Oktoberplatz

Martin von Arndt

Oktoberplatz

oder

Meine großen dunklen Pferde

Roman

KLÖPFER&MEYER

Sie kommen,
meine großen dunklen Pferde kommen!
Mit dem sachten und rauschenden Innern ihrer Hufe.
Die Pferde des Schlafs galoppieren,
galoppieren über das Land.
Thomas Wolfe: Tod, der stolze Bruder

Kali raptam adczujesz kamunalnyja pachi,
I żyćcio ciabie woźmie u piatlu.
Zrazumiejesz tady, szto try czarapachi
Pa-raniejszamu ciahnuć ziamlu.
Hej la-la-la-laj,
Ty nie czakaj, siurpryzau nia budzie.
N.R.M.: Try Czarapachi

Wenn du in der Kommunalka (Gemeinschafts-
wohnung) plötzlich die Ausdünstungen riechst
Und dich das Leben in den Schwitzkasten nimmt
Wirst du verstehen, daß nach wie vor
Drei Schildkröten diese Welt ziehen.
Warte nicht ab, es wird keine Überraschungen geben!
N.R.M.: Drei Schildkröten

Tümpel, so tief, daß auf ihrem Grund
Höhlen sein könnten

Ich habe Draht gekauft. Draht zum Überbrücken der Sicherung. Und einen Pürierstab, dieselbe Marke, dasselbe Modell, das mein Tantchen dazu benutzt, um ihren Tag mit einem Bananen-Shake zu beginnen.

Weil die Metro voll war, wie immer um diese Zeit, ging ich in ein Schnellrestaurant an der Njamiha und stopfte mich mit Bliny voll, bis mir schlecht wurde, bis sich mein Magen umstülpte, wieder und wieder, bis er leer war, entspundet. Dann setzte ich mich zurück an meinen Tisch, den Schweiß noch auf der Stirn, und während um mich her die Idiotie einer Pubertierenden-Selbstfindung mit Klingeltönen und MTV Russia tobte, machte ich mich daran, den Pürierstab mit meinem Taschenmesser aufzuschrauben.

Es begann zu regnen, zu schneien, zu regnen. Ich ging zu Fuß bis zur Station Maladzjozhnaja, den Kragen meines Hemds hochgeschlagen, den Wintermantel trug ich unterm Arm, ein Paket unter vielen. Ich spürte, wie meine Brustwarzen unter dem Synthetikstoff prall wurden, gegen die Kälte rebellierten. Die letzten hundert Meter sprintete ich, harte lange Schritte auf den Ballen. In der Metro rieb sich meine klatschnasse Kleidung an den Businessjacken der mich Umdrängenden, die sich angewidert von mir wegzudrehen versuchten. Erfolglos.

Zuhause habe ich Kaffee gekocht, habe mich hingesetzt, bin wieder aufgestanden, habe mich hingesetzt, habe nicht von dem Kaffee getrunken. Der Sekundenzeiger der Uhr pulsierte vor meinem Auge, in meinen Augen.

Die leitenden Teile im Inneren des Pürierstabs so mit dem Einschalter zu verbinden, daß auf dem Knopf Strom fließt, ist ein Leichtes. Strom durch den Knopf durchzuleiten, ist ein Leichtes, man muß nur ein wenig mit dem Messer an seiner billigen Plastikabdeckung kratzen. Mein Tantchen ist Linkshänderin. Der Strom wird unmittelbar zu ihrem Herzen vorstoßen. Der Pürierstab liegt in der Faust. Die Faust ist fest um das Instrument geschlossen. Verkrampft.

Ich schütte die Kanne Kaffee aus. Der Sekundenzeiger der Uhr pulsiert.

Der Sicherungskasten von Tantchens Wohnung befindet sich im Bad. Während eines Stromausfalls hatte ich versucht, die vermeintlich defekte Sicherung zu wechseln. Mit der Taschenlampe im Mund habe ich – nackt, auf Zehenspitzen – vor dem Kasten gestanden und eine nach der anderen raus- und wieder reingeschraubt, während mein Tantchen von hinten durch das Delta griff, das meine Oberschenkel mit den Bodenfliesen bildeten, und mit fünf schwarzlackierten Fingernägeln meine Hoden streichelte. Bis sie nach einem Blick aus dem Fenster feixte, daß das ganze Viertel ohne Licht sei. Ich drehte mich zu ihr um, sie biß in das andere Ende der Lampe, zog sie mir aus dem Mund, wir haben den Sicherungskasten wieder zugeschlossen, und, statt auf Licht zu warten, zweimal Sex im Stehen gehabt. Zehnmal Schwarzlackiertes verkrallte sich in die Küchengardine. So habe ich ihr vor einem dreiviertel Jahr beim Umzug geholfen, beim Sicheinleben in ihre neue Stadt. Mjensk. Minsk.

Rechts von mir: mein Messer, meine Zange. Und zu meiner Linken: Draht, Draht zu meiner Linken. Wenn man ihn richtig anbringt, wird es nach Schludrigkeit aussehen, nach derselben Schludrigkeit, mit der wir jahrzehntelang unser Haus instand gehalten haben. Vielleicht auch nach der Faulheit eines Vormieters, der, um die kaputten Sicherungen nicht ständig wechseln zu müssen, sie einfach überbrückt hat.

Der Sekundenzeiger der Uhr.

Stromstärken von mehr als 50 Milliampere, so habe ich gelesen, sollen ausreichend sein, um das somatische Nervensystem zu zerstören. Steigen sie über eine Sättigung von 150 Milliampere: Exitus. Die Elektrokution wird wie ein bedauerlicher, wie ein bescheuerter Unfall wirken. Die meisten Menschen sterben zuhause. An und mit ihren Haushaltsgeräten, den Föhn, den Pürierstab, die Bohrmaschine noch in der Hand. »Na, was soll's?!« wird der Pathologe sagen, und er wird ein Tuch über Tantchens Gesicht ziehen. Vorsichtig wird er dabei zu Werke gehen, sie nicht berühren, um das gesottene Fleisch nicht von den Knochen zu lösen. Wegen der Verbrennungen an der Hand und am Arm werden sich Eiterblasen gebildet haben, die wie kleine rote Tümpel aussehen. Tümpel, so tief, daß auf ihrem Grund Höhlen sein könnten, Höhlen mit Gängen, die man schwimmend durchqueren, durch die man auf die andere Seite hinübergelangen könnte.

Der Sekundenzeiger. Der Sekundenzeiger.

Das Haus steht immer offen. Ein Ersatzschlüssel für die Wohnung liegt im Keller. Mein Tantchen ist so vergeßlich! Sie wird gegen 20 Uhr weggehen. Um diese Zeit ist auf dem ganzen Weg von der Metro bis zu ihrem Haus auch nicht mehr eine Straße beleuchtet. Die Menschen werden vor ihren überlauten Fernsehern sitzen, Castingshows auf allen Kanälen, nur die blöde Töle aus dem vierten Stock, die ihr Herrchen am Ton der Auto-Zentralverriegelung erkennt, wird lautstark bellen, das ganze Haus zusammenbellen. So daß mich niemand hören wird. Das Austauschen des Pürierstabs: zwei Minuten, höchstens drei, je nachdem, ob mein Tantchen ihn von Hand gesäubert, in die Spülmaschine oder auf die Wandhalterung gesteckt haben wird. Das Überbrücken der Sicherung: zehn, fünfzehn Minuten. Aber Tantchen wird nicht vor vier Uhr morgens heimkommen. Und ich werde, kaum daß die Spielshows begonnen haben, wieder auf der Straße sein. Die einzigen, die mir begegnen, sind Studenten, die Flasche Bier in der einen, die Zigarette in der anderen Hand, im Wohnheim dürfen sie nicht trinken, nicht rauchen, nicht randalieren. Ich werde zwei Flaschen Wodka im Magasin kaufen und das Restgeld auf der Theke liegen lassen. Befreiung, so habe ich beim ungarischen Dichter György Konrád gelesen, sei es, vom Mörder zum Geliebten zu werden. Aber das funktioniert nur in der Literatur.

Nächster Morgen, 7:32 Uhr. Ein auf Vibration geschaltetes Handy tanzt wie verrückt auf einem Glastisch, der ganze Tisch vibriert. Niemand geht ran. Niemand scheint zuhause zu sein. Obwohl ich auf dem Sofa liege. Der Restalkohol läßt mich wie in einer Retorte eingesperrt atmen. Mein Leben in vitro. Ich bin nicht da, einfach nicht da. Das Handy macht eine kurze Pause, dann meldet es sich mit einem schweren Brummen nochmals. Ich weiß, was mich erwartet, würde ich zum Telefon greifen.
Sie haben – eine – Nachricht auf Ihrer Mailbox.
Erste Nachricht auf der Mailbox.

Leck mich.

7:34 Uhr. Der Sekundenzeiger der Uhr steht still. Leise summt die Gasleitung. Ich werde wieder einschlafen. Wenn ich mich ganz fest auf Großpapa konzentriere, werde ich wieder einschlafen. Ich arbeite an einem widerspenstigen Webstoff, und ich muß zurück, zurück zum Anfang, zu *einem* Anfang. Oder aber zum Ende. Zum ersten Ende, mit dem alles begonnen hat. Großpapa.

Kartoffelzucker

Treppab, treppab, treppab.

Unten sind sie damit beschäftigt, den massigen Körper anzuwuchten. Zu dritt. Rasou, der Fleischer, faßt unter den Schultern an. Vater und Onkel Janka greifen nach je einem Bein. Es riecht nach Aprikosenschnaps.

»Jetzt!« heißt das Kommando, und alle heben an. Der Leib sackt in der Mitte zusammen, sie bekommen ihn nicht vom Kellerboden hoch. Die Träger straucheln, taumeln aufeinander zu, sechs pralle Fäuste, dreißig weiße Fingerkrallen. Stürzend reißt der Schwächste eine Naht entzwei, raaatsch, durch den Bund schiebt sich fleckige Unterwäsche. Es riecht nach Salmiak. Es riecht nach wilder Minze. Das Bein rutscht Vater aus der Hand, klatscht auf den Stein, etwas kracht und geht entzwei, ein Pantoffel schlurft über den Boden, Großpapa ist tot.

Dieselben Bilder. Immer dieselben Bilder. Begleitet von einem monotonen Sirren. Aber es ist nicht das Motorengeräusch eines Filmprojektors, obwohl es derselbe Laut ist. Es ist die ostdeutsche Gefriertruhe, die sich Großmama vom Mund abgespart hat. Die im Kellerhintergrund steht. Dort, wo sie ein Stromkabel durch das Fenster gezogen haben.

Immer dieselben Bilder, wenn ich die Augen schließe.

Wenn ich die Augen schließe, ist Großpapa tot. Er ist die Kellertreppe hinabgestürzt. Er wollte zu seinem Schnapsversteck. Vater hat im Keller ein Geldversteck. Großpapa ein

Schnapsversteck. Aprikose, Pflaume, Wodka. Die leere Flasche Aprikosenschnaps, die er mit hinunternehmen wollte, liegt oben auf dem Treppenabsatz. Unzerbrochen. Großpapa liegt auch auf dem Treppenabsatz. Unten.

Großpapa war krank. Leberzirrhose. Dazu Rückenmarkentzündung. Außerdem war er Epileptiker. Er wollte längst nicht mehr. Gemußt hat er auch nicht mehr. Mit seinen achtzig Jahren.

Mit seinen achtzig Jahren liegt der Epileptiker vor der Kellertreppe. Sein Leiden: die Blutschmiere in seinem Bart. Alezja entdeckt ihn als erste, von oben. Sie ruft. Nach dem Vater. Dann ruft Vater. Alle laufen sie zusammen, Onkel Janka, der mit Vater schon am frühen Morgen einen neuen Schacher vorbereitet, Rasou, der auf ein Schwätzchen mit Großpapa gekommen ist, und ich. Alezja schicken sie weg, mit mir versuchen sie es auch, aber vergeblich. Ich bin vierzehn Jahre alt. Ein Mann. Ich gehe mit ihnen die Treppe hinab und sehe den blutigen Schaum. Großpapas Gesicht sehe ich nicht. Er liegt darauf. Motorensirren. Es riecht nach Salmiak. Nach wilder Minze. Nach Eisen.

Ich weiß: Großpapa muß gewaschen werden. Dieselben Bilder, derselbe Film.

Wenn sie ihn die Stiegen hinaufgeschafft und auf sein Bett gezerrt haben, wird Onkel Janka seine Jacke durchstöbern, er wird einen Flachmann darin finden, sich wundern, was der Alte wohl im Keller suchte, wenn er noch ein Fläschchen bei sich hatte, er wird es herausbefördern und sagen:

»Das letzte Hemd hat keine Taschen!«

Dann wird er es aufschrauben, einen Schluck tun, es in die Runde reichen, das Gesicht nachschmeckend verziehen, und sich selbst antworten:

»Na, was soll's?!«

Es wird nach Aprikosenschnaps riechen. Vater wird mich zur Großmama schicken.

Die arbeitet schon wieder. Keine zwei Wochen ist es her, daß sie entbunden hat. Aber Marya, die Kleine, ist Großmamas viertes Kind, das sei nur eine Frage der Routine. Milch hat sie ohnehin keine mehr. Sie kann längst wieder arbeiten. Nur die angehende Nierentuberkulose macht ihr zu schaffen.

Großmama arbeitet im Gemischtwarenladen. Ich kann Kaslou, den Leiter, nicht ausstehen, deshalb besuche ich sie selten, selbst wenn es dann Süßigkeiten gäbe. Tatsiana und Alezja sind ständig da. Ich habe sie darauf eingeschworen, die abgestaubte Besucherschokolade mit mir zu teilen, was besonders Alezja schwer fällt. Dabei muß sie auf ihre Pickel achten. Fett wird sie allmählich auch, und die Jungs aus meiner Klasse fangen an, sie und mich, ihren Neffen, zu hänseln. Sie ist die einzige Zwölfjährige, die noch keinen Freund hat. Trotzdem kann es nicht genug Schokolade sein, sie beginnt mit einem Stück, ißt sofort einen Riegel hinterher und anschließend verputzt sie die ganze Tafel. Es ist mehr als essen. Sie mästet sich. Sie stopft sich, verspundet sich. Seit sie entdeckt hat, daß sie tagelang bluten kann. Oder vielleicht ist es auch wegen Großpapa.

Bei meinem Eintritt in den Laden weiß Großmama, daß etwas geschehen sein muß. Mit ihren fünfundvierzig Jahren ist sie eine alte Frau für uns. Und wie eine alte Frau lugt sie, mit schiefgehaltenem Kopf, über die Theke. Es ist Alezja, die auf sie zutritt und laut verkündet:

»Mamuschka, der Papa ist gestürzt.«

Und mit unverhohlener Wehleidigkeit in der Stimme sagt sie noch:

»Kann ich Kartoffelzucker haben?«

Wortlos bindet sich Großmama die Schürze auf, blickt auf mich, ich sehe weg. Wortlos wendet sie sich Kaslou zu, der den

Auftritt von Anfang an hinter seinen akkurat geschichteten Stapeln Konservenbüchsen verfolgt hat. Er nickt. Beiläufig. Sie schiebt uns der Tür entgegen, aber noch bevor wir aus dem Laden sind, hebt er Zeige- und Mittelfinger seiner rechten Hand und ruft:

»Zwei Stunden! Zwei!«

Als ob er mit seinen fünfzehn Kundinnen am Tag nicht imstande wäre, den Tante-Natascha-Laden allein zu schmeißen.

Draußen steht die Sonne schon hoch. Wir müßten längst in der Schule sein. Großmama erinnert uns daran, aber zu ihrem Ärger erklären wir uns für schulunfähig. Eine halbe Stunde gesteht sie uns zu. Die Entschuldigung für eine halbe Stunde. Weniger Zeit als sie selbst hat.

Jetzt, da Tatsiana vorantrabt Richtung Schule, Alezja sich einen letzten Rest Kartoffelzucker in den Ranzen steckt, für den Rückweg, beginnt etwas Besitz von mir zu ergreifen. Großpapa sagte immer: »Kommst du über den Hund, dann kommst du auch über den Schwanz.« Ich habe nie verstanden, was das heißt, und das lag nicht daran, daß er es auf Ungarisch gesagt hat. Ich habe vielmehr nie verstanden, was er damit gemeint haben könnte. Er wahrscheinlich auch nicht. Aber darum geht es nicht, darum ging es nie. Es geht um Großpapa. Den ich von jetzt an suchen müßte. Den ich doch immer nur gefunden hatte. Den ich nie wieder aus dem Kellerversteck von Rasou nach Hause holen würde und dafür Kalbasa zugesteckt bekäme von der Rasowa, die mich als »Mein Engelchen« begrüßte, weil durch mich die trinkerische Zusammenkunft rasch, heiter, und vor allem ohne ihr Zutun aufzulösen war.

»Geh deine Wurst holen!« sagte die Großmama, und Rasou, der Fleischer, sagte:

»Der kleine Polizeimann! Gell, du führst uns nicht beide ab? In der Ausnüchterungszelle ist's so hundstrocken!«

Dann schenkten sie einander den Letzten ein, sprachen sich ein »Trink, und laß es nicht wiederkommen!« zu, ergaben sich den besten Schauern der Aprikose, ich mußte Großpapa aufhelfen, weil die Entzündung im Rücken ihn steif und immer steifer werden ließ, und schmatzend und lachend verdrückten wir die erste Wurst zusammen auf dem Nachhauseweg. Denn das, schwatzte Großpapa, sei der Sozialismus, der wahre Sozialismus, nicht der abgeschmackte, der Aftersozialismus, den sie von Stalin gelernt hätten: Nicht einsam trinken, gemeinsam trinken, nicht einsam essen, gemeinsam essen.

Ich hatte ihn doch immer nur gefunden, wo sollte ich ihn jetzt suchen?

Und, mit leisem letzten Zögern, beschließe ich, lieber gleich etwas von all der Sonne abzuarbeiten, die diesen Sommer noch vor mir liegt. Diesen Sommer ohne den Alten.

Ich glaube nicht, daß meine Tantchen bemerken, daß ich nicht mehr bei ihnen bin. Außer Stanislau wird es auch in der Schule niemand bemerken. Nicht einmal die Lehrer.

Ich sei kein bemerkenswerter Schüler, sagen sie, für meine vierzehn Jahre nicht besonders aufsässig, nicht besonders talentiert. Was mich zwar nicht vor dem Pionieralltag, wohl aber vor den Komsomolzen bewahrt hat, die keine Anstalten mehr machen, mich unter ihre Fahne zu ziehen.

Und wäre ich nicht Stanislaus Freund, hätte auch keines der Mädchen aus der Schule je Notiz von mir genommen. So kennen sie mich als Liebesboten, stecken mir kleine, aus den Schulheften gerissene Zettel für ihn zu, aus denen ich, am Polentümpel sitzend, winzige Boote baue, um sie in die rauhe See ohne Wiederkehr zu schicken. Manchmal antworte ich für Stanislau. Ich bin geschickt im Antworten für andere, so geschickt, daß beide Seiten bis heute den Betrug nicht bemerkt haben. Stanislau wäre mir dankbar, wüßte er davon. Ich halte ihm den Rücken frei. Den Kopf. Die Seele. Die nach dem Tod seiner kleinen Schwester keinen Platz mehr für Mädchen hat. Vielleicht lerne ich jetzt verstehen. Vielleicht werde ich wie Stanislau. Schließe mich zu Hause ein, bette mich unter Bücher. Erhoffe, erwarte von ihnen etwas. Antworten. Und schicke keine Boote mehr auf den Tümpel, der jetzt, ich arbeite die letzten Bitten um Verabredung von gestern ab, erste kleine Wasserringe zeigt. Dann überfallartiger Regen. Ein Krieg zwischen Himmel und Erde. Wie im Himmel. So auf Erden. Regen beugt sich nieder über die Landschaft, gerade so, als wollte er von ihr kosten. Ich laufe, harte lange Schritte auf den Ballen, ich übe meinen Antritt. Ein guter Leichtathlet hat nie Trainingspause.

Erst jetzt ist unser Haus zu einem Trauerhaus geworden, mit allem, was man sich ihm zugehörig denkt: Den Kindern ist es verboten, drinnen zu spielen, kein Wort, kein Laut, kein Tritt auf den Dielen. Nur die Großen poltern geschäftiger denn je durch den Korridor. Im Zimmer, in dem der Alte aufgebahrt liegt, ist es außerdem verboten zu sprechen. Sie haben ihn schweigend ausgezogen, ihn gewaschen und in seinen Sonntagsstaat gesteckt. Sie. Großmama, die zwischendurch der Kleinsten die Flasche gegeben, und Mutter, die hin und wieder verstohlen mit den Schultern gezuckt hat.

Es ist uns verboten, schnell durch den Flur zu jagen und die Töpfe zu schlagen, wenn wir das Essen ankündigen. Das ist jetzt Kindersache. Beim Essen selbst kein Unterschied: Schweigen, wie immer. Nur daß Vater nicht zischt, wenn man trotzdem zu sprechen wagt. Das übernimmt jetzt Großmama. Vater schüttelt nur den Kopf. Womit hat er diese Blagen verdient?

Wir Blagen stehlen uns heimlich ins Schlafzimmer der Großeltern, das uns ganz neu ist. Das gemeinsame Schlafzimmer, das kein Gemeinsam mehr kennt. Oder es noch nie gekannt hat. Außer zum Kindermachen. Der Raum ist in zwei exakt gleich große Sektoren geteilt, die man nur zu überschreiten wagte, wenn die eine Seite den Schnapsvorrat der anderen umbettete und die andere das Umgebettete wieder hervorsuchte, um es in der Kehle neu zu lagern. Um kein Spielverderber zu sein. Jedesmal mit dem gleichen Ernst bei der Sache. Schließlich hatte Großpapa die Regeln ja aufgestellt.

Ansonsten sahen sie sich wenig, sprachen sie wenig miteinander. Großmama hatte Kaslou. Großpapa hatte mich.

Und Alezja, die »Mittlere«. Mich zum Zuhören, sie, ihm dienstbar zu sein. Wenn er mal wieder mußte. Es falle ihm eben alles ein wenig schwer mit seinen achtzig Jahren. Mit dem steifen Rücken. Mit der großen runden Leber, die schuld war, daß er mußte, wenn er nicht wollte, und nicht konnte, wenn er mußte.

Und mit seinem Leiden. Hatte Angst, er komme ohne fremde Hilfe nicht mehr zu sich, die Zunge zwischen den Zähnen, die Stirn blutig gekratzt, dort an der Wand in dem engen Badezimmer. Wenn er mußte, folgte sie ihm stumm.

Weshalb Alezja, ich könne ihm doch helfen. Aber nein. Denn ich bin der Junge.

»Das ist nichts für Jungen«, sagt Großpapa und schenkt sich noch einen ein, bevor er sich auf den Weg macht.

»*Das* ist was für Jungen, Kleiner«, lacht er und läßt mich an der Flasche riechen. Heute nur riechen. Er war schon großzügiger. Aprikosenschnaps. Überdeckt nur wenig den Salmiakgeruch, den er wieder ausströmt. Deshalb wird es jetzt Zeit, Großpapa streicht Alezja über den Scheitel und läßt sich von uns aufhelfen, bis er mich augenzwinkernd zurückwinkt: Du weißt ja, nichts für Jungen.

Heimlich bin ich doch mitgegangen. Weil es so eng ist in dem Raum, den man vor einigen Jahren einfach nur mit einer Zwischenwand von der Küche abgetrennt hat, können sie die Tür nicht schließen. Alezja öffnet ihm die Hose, zerrt zugleich an ihr und an der verfilzten, feuchten Unterhose, zerrt sie ihm in die Kniekehlen, bis er »Halt!« ruft, denn er möchte noch Stoff spüren zwischen Oberschenkel und Toilettensitz, sonst wird's gar zu arg im Winter. Dann stützt er sich mit der Linken gegen die Wand, seine Rechte sucht die Tochter, die, wenn er sich jetzt nach hinten sinken läßt, verzweifelt um Gleichgewicht bemüht den Arm nach vorn reißt, bis Großpapa auf den Sitz aufplumpst, ihr zunickt, »Geht schon« zischt, und an den ineinander zerknüllten Hosen zieht. Dann höre ich ihn laut stöhnen, leise fluchen. Eine Begleitmelodie. Immer im selben Tonfall. Es dauert, dauert lange, bis er Alezja wieder herbeizitiert. Sie befördert ihn unter Zuhilfenahme ihres Körpergewichts in den Stand, wischt ihm kurz zwischen die Beine und dreht ihn um, daß er vor dem Toilettenbecken steht. Großpapa brummelt. Alezja dürfe jetzt abschütteln. Und sie dürfe da auch ruhig mal dran ziehen, ja, feste ziehen, nach hinten, feste! Und wieder nach vorn, feste! Schließlich müsse sie sich daran gewöhnen. Als Mädchen.

Plötzlich weiß ich, weshalb Tatsiana, die doch die größere und kräftigere ist, nicht mehr mitgeht. Und ich bin ja der Junge. Ich muß mich nicht daran gewöhnen.

Großpapa, so sagte mir Rasou Jahre später in wodkaseliger Vertrautheit, habe eben schon immer … und nichts für ungut, das dürfe ja auch sein, das habe ja fast jeder Mann, gell, das dürfe man nicht vergessen, und er wolle damit ja auch nicht schlecht von ihm sprechen, der Großpapa sei ein feiner Kerl gewesen, ein wirklich ganz prima Kerl, vielleicht der beste

Kerl im Städtchen, gell … eine Vorliebe habe er halt gehabt für »kleine Mädchen«. Sonst hätte er sich ja auch nie mit der Großmama eingelassen.

»Mußt mal rechnen, Wasja, Junge«, sagte er mit wichtigtuerischem Stirnrunzeln, »mußt mal rechnen, wie alt deine Großmutter war, als dein Vater zur Welt gekommen ist. Fünfzehn war sie, gerade mal fünfzehn geworden.«

Aber so sei das eben, und nichts für ungut, gell, sa sdarouje, und daß es nicht wiederkomme!

Großpapas Totenzimmer. Sie haben große Kerzen zu seinen Füßen angesteckt, am Kopfende steht der wurmstichige alte Kellertisch, Kreuz, Weihwasserschale, Öllampe, in der Luft ein klebriger Rauch, »Kackruß, katholischer«, hat er dazu immer gesagt, aufbegehrt hätte er gegen diese Aufbahrung.

»Ich weiß, mein Gott lebt«, sagte Großmama, wenn sie die Wortwechsel mit ihm beenden wollte, und: »Na sicher«, antwortete der Alte, »fragt sich nur, wovon.«

Großpapas Totenzimmer. Zwei Rubelmünzen liegen dort, wo seine Augen waren. Wir Blagen stehlen uns heimlich in den Raum, der uns ganz neu ist. Alezja tastet sachte an den Rändern des Lakens, dann rücken ihre Finger dem Körper immer näher. Schließlich ziehen sie um ihn eine Spur in das Tuch. Berühren will sie ihn aber nicht mehr. Denn es ist nicht mehr ihr Papa, das haben ihr die Großen gesagt. Aber weshalb nicht, das haben sie ihr nicht gesagt. Sie sieht fragend zu mir auf. Ich sage: »Das letzte Hemd hat keine Taschen!«, dann: »Na, was soll's?!« und kneife sie dabei in den Arm, ganz fest ins Fleisch. Einen Moment schwankt sie, soll sie weinen oder lachen, und dann toben wir drei doch durch das Zimmer, allen Verboten zum Trotz, so wild, daß das Öllämpchen auf dem Tisch erzittert und fast alle Kerzen ausgehen.

Bis die Großen wieder da sind von ihren Gängen, ihren »Formalitäten«. Das Radio wird angestellt. Die Stimme sagt beschwingt, der Rat für gegenseitige Wirtschaftshilfe habe mit der »Europäischen Gemeinschaft« eine Erklärung über die Aufnahme offizieller Beziehungen unterzeichnet. Und schildert dann in elegischem Ton, wie unsere Nationalmannschaft nach einem kämpferischen Spiel das Finale bei der Fußballeuropameisterschaft in Deutschland verloren habe. Vater schüttelt den Kopf. Auch das noch. Weil das Radio unablässig brummt und knackst, schaltet er ab. Obwohl gleich seine Lieblingssendung kommt. Aber Respekt für den Alten muß schließlich sein. Der Alte. Der ihn unzählige Male geschlagen hat. Ins Gesicht. Mit dem Handrücken. Jefim Abramawitsch, mein Lauftrainer, meint, daß es für die Juden nichts Schlimmeres gebe, als mit dem Handrücken geschlagen zu werden. So schlägt der Herr den Knecht. Er schlägt ihn und treibt ihn vor sich her, treibt ihn von sich fort. Den ungehorsamen, den Kainssohn.

Während der Totenfeier ist Onkel Janka vollauf damit beschäftigt, den bereits austretenden Leichensaft aus Großpapas festgezurrten Mundwinkeln zu wischen. Es ist stickig, schwül. Nicht einmal die Birken vor den Fenstern schütteln ihr Laub. Es riecht nach Erbsen. Nach frisch gepflückten Erbsen und dem Saft unter der Hülse.

Tatsiana, Alezja und ich, wir bilden die erste Reihe hinter dem Sarg. In unserem Rücken geht die Großmama, aufrecht und starr, mit Marya im Arm, und Janka, Großmamas Onkel, der unablässig schnauft, jammert, sich die Nase putzt, über die Augen und das Haar mit seinem Feiertagstaschentuch wischt. Dahinter, wir können sie nurmehr erahnen, Vater, Mutter, auch Rasou, der sich, seiner Rauchwürste wegen, gern vor der Beerdigung gedrückt hätte.

Tatsiana, Alezja und ich. Wir ziehen uns wechselseitig zum Grab hin, wir folgen dem Sarg, in den man, der fortgeschrittenen Leberzirrhose wegen, zusätzliche Nägel schlagen mußte, um zu verhindern, daß die Gase im wasserprallen Körper die schwache Kiste sprengen. Aber es nützt nichts, rein gar nichts. Bei der Grablegung ächzt das Holz unter der Zweieinhalbzentnerlast, die Träger, auf sieben aufgestockt, straucheln, dem ersten rutscht prompt das Seil aus den Händen, rahursch, die Bretter sind längst gesprungen, als Großpapa unten aufschlägt.

Er war der Mann

Großpapa. Er war der Mann. Der Mann des Städtchens.

Fünfzehn Jahre war meine Großmama, als er sie zum ersten Mal schwängerte. Großmama, die Tochter seines besten Freundes Sándor. Die fünfziger Jahre gingen ihrem Ende entgegen. Chruschtschow, der Allesfresser, wollte sich Westberlin einverleiben, und in Budapest hängten sie Imre Nagy, Großpapas prominentesten Fürsprecher, als er kurz vor Ende des großen vaterländischen Kriegs erstmals sowjetischen Boden betrat. Als Vater zur Welt kam, trug der Alte noch immer Trauer um »seinen Imre« und traute dem Radiosprecher nicht, der verkündete, Nagy sei ein vom Westen gekaufter Verräter. Großpapa kannte Verräter, der war keiner! Und so polterte er: Das Kind könne selbstverständlich keinen anderen Namen als Imre tragen. Doch Großmama, mit der ganzen Kraft ihrer Jugend und dem Stolz auf ihre neue, ihre belarussische Heimat, rollte nur mit den Augen und setzte Mikola durch. Und der Alte, der jede Form von Nationalismus und Separatismus ebenso ablehnte wie einen kernigen Streit mit der Wöchnerin, schrieb den Namen in seinem Kopf um zu Nikalaj. Wenigstens das.

Mein Vater setzte alles daran, Großpapas Aufmerksamkeit zu erregen, aber er verstand einfach nicht, daß er dafür kein verklemmter Duckmäuser, der schon im Alter von vierzehn Jahren ein Depot mit Angespartem im Keller anlegte, sondern ein großer Sozialist hätte werden und sich den Namen »Roter Nikalaj« verdienen müssen.

Nächst dem Geld galt Vaters ganze Aufmerksamkeit den früh entwickelten Brüsten seiner Nachbarin Sweta. In unserer Familie ist Kindersegen immer eine Sache der Kinder selbst gewesen. Mein Vater war sechzehn, Mutter auch, als sie dem Alten in vorauseilendem Gehorsam einen Stammhalter, mich, schenkten; aber auch der Alte pflanzte sich noch zweimal fort, in Verachtung der Schwäche seines Leibes, auch ungeachtet der spöttischen Bemerkungen allenthalben, gönnte seiner Frau zwölf milde Winter, ließ sie mit fünfundvierzig noch einmal diesen einzigartigen Schmerz verspüren, um anschließend, gleichsam an ihrer statt, im Wochenbett zu sterben. Und was in anderen Ländern vielleicht Einzug in die Zeitungen gehalten hätte, hielt bei uns nicht einmal recht Einzug in die Köpfe. Geschweige denn in die Herzen.

Tatsiana war es, die irgendwann nach dem Tod des Alten damit begann, Stammbäume zu zeichnen. Angeblich für Marya. Ich glaube aber, in Wahrheit fürchtete sie einfach, die Übersicht zu verlieren.

Hier war sie also, unsere Familie:

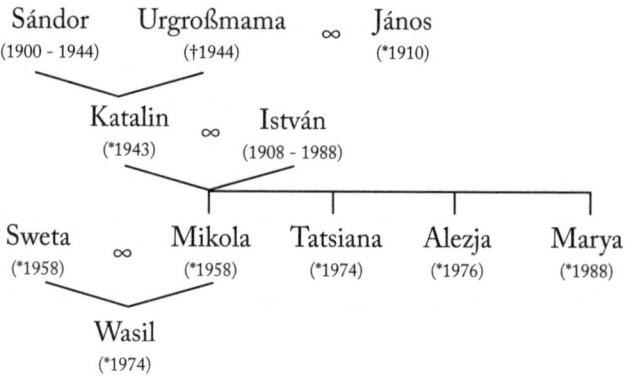

24

Ich bin, was verdächtig nach einem toten Trieb links unten aussieht. Und er war es, der stets im Mittelpunkt stand: Großpapa István.

Er war der Mann. Der Mann des Städtchens, geboren am Tag und zur Stunde, als der russische Schachgroßmeister Tschigorin in Lublin starb. Von Lublin bis Budapest waren es 600 Kilometer, zu weit, um Tschigorins noch ziemlich munteren Geist in ihm zu reinkarnieren. Und so verpatzte Großpapa in unseren samstäglichen Schachpartien zähneknirschend eine Eröffnung nach der anderen.

Die Budapester Vorstadt, in der Großpapa aufwuchs, war damals so aufregend wie heute, nur daß sie weniger nach Abgasen stank. Meine Urgroßeltern waren Kleinbauern, wie alle; ein Klepper, mehr tot als lebendig, zwei Kühe, fünf Schafe, allabendlich Laub brennen. Rauch stieg, der Westwind verwirbelte ihn, und er zog ins Haus, bis in die frühen Nachtstunden. In der Dämmerung brannte es sich am schönsten, Großpapa und sein Vater hatten das Laub den Tag über im Garten gerecht. Großpapa liebte ihn über alles, den Moment, als die Flammen flügge wurden.

Als er alt genug war, schickte ihn meine Urgroßmutter zum Roten Sándor, dem Sohn ihrer Jugendliebe. Urgroßvater tobte, einen Monat lang, mehr aus Eifersucht denn aus politischen Bedenken, dann wurde er mitsamt Sándors Vater und den übrigen Reservisten der KuK-Armee eingezogen.

Der Rote Sándor gab Großpapa Unterricht in Sachen Herren und Knechte. Er lehrte ihn Lesen, mehr als die öffentliche Schule, weil Großpapa sie nur in den Monaten besuchte, wenn es nichts zu säen, zu jäten, ernten oder brennen gab. Großpapa las im Manifest, sollte die ersten zwanzig Seiten auswendiglernen, was er wenig widerstrebend tat, weil sein Kaff, trotz des großen Krieges, nicht aufregender geworden war. Sándor lehrte ihn, daß die Engländer etwas nicht inwendig, schon gar nicht auswendig lernten, sondern »by heart«, und daß der Sozialismus eine Herzensangelegenheit oder nichts sei. Und schließlich lehrte Sándor ihn, daß das Gemetzel, das gerade bei Marmaros-Sziget zwischen Österreichern und Russen tobte, und das auch ihre Väter nicht überleben sollten, nur eine Wiederholung dessen war, was die Herren 1849 in Budapest, 1871 in Paris und 1905 in Petersburg angerichtet hatten, als sie auf ihre Knechte schießen ließen.

Nach den recht abgeschmackten KuK-Kondolenzbriefen brannte man seltener Laub. Aber immer öfter und lauter hörte man von dem kranken alten Kaiser in Wien sprechen, und von der großen Sache, die ausgerechnet bei den Russen schon Wirklichkeit geworden war. Und Sándor lehrte Großpapa Russisch. Oder das, was er dafür hielt.

Dann kamen der Oktober 1918 und die Budapester Arbeiter- und Soldatenräte. Aus seinem Moskauer Exil war Béla Kun zurückgekehrt, um die sozialistische Republik auszurufen, und der brauchte jeden Arm. Sándor zögerte keine Sekunde, spannte das Pferd vor den Wagen, und fuhr mit Großpapa, zwei weiteren Freiwilligen und einem nach Apfelessig riechenden Gewehr, das sie einen Tag lang geputzt hatten, und für das sie keine Munition besaßen, in die Stadt. Während sich die einen eine neue Ordnung und eine neue Verwaltung gaben, gaben sich andere einfach nur einen neuen Namen und eine neue Biographie. Großpapa wurde der Rote István. Man behandelte ihn wie einen Erwachsenen, einen Mann.

»Zehn Jahre und die Revolution. Danach braucht ein Mensch nicht mehr viel, um zu leben«, johlte der Alte, schlug mit der einen flachen Hand auf meinen Hinterkopf, mit der anderen auf den Tisch, und er richtete, trotz seiner Schmerzen, wieder einmal seinen Rücken auf.

Als nur wenige Wochen später die Truppen des rumänischen Königs in der Hauptstadt einmarschierten, war Großpapa längst wieder nach Hause zurückgekehrt und hatte begonnen, seine abendlichen Feuer zu entfachen. Die Mutter hatte ihn angefleht: Die Felder lagen brach, und ohne Männer war es schrecklich einsam im Haus. So erlebte er nicht, wie Horthy und seine Milizen der Räteregierung mit weißen Handschuhen den Garaus machten, wie sie in die Menge schossen und die Pester Genossen im Frühnebel verscharrten, der wie ein zerschlissener alter Mehlsack über dem Donaustrand lag.

Großpapa hatte seinen alten Namen zurückerhalten und seine alte Biographie. War er nun also wieder der kleine István. Hatte sein kurzes revolutionäres Leben und seine jungenhafte Erinnerung. Das mußte genügen für lange Zeit.

Ein Jahr später kam auch der Rote Sándor wieder. Ausgezehrt, müde bis ins Herz hinein. Er sprach nicht, oder nicht mehr viel. Er hatte nichts mehr zu lehren und auch nichts zu lernen. Die beiden säten, jäteten und ernteten. Sie brannten Laub. Und weil ihre Familien nach dem Tod der Väter beschlossen hatten, den Haushalt zusammenzuwerfen, nährten sich Großpapa, Sándor und ihre Mütter zunehmend von Sándors jüngerem Bruder János, der noch nie Interesse an der Sache der Knechte gezeigt hatte, vielmehr mit Hingabe, by heart, verschacherte, was er an Gutem und Gehaltvollem zwischen den Dörfern aufzustöbern pflegte.

An einem klaren Februartag begann sein Leiden. Le grand mal. In Dresden kartätschte die SA Arbeiterführer nieder, und in Ungarn warf die Epilepsie Großpapa vom Kutschbock. Er blinzelte durch froststarrende Zweige in die Sonne, Hell und Dunkel kamen und gingen, und die weißen Baumkronen hieben wieder und wieder und wieder auf seinen Schädel ein, um sich seiner besten Erinnerungen zu bemächtigen. Auf dem

Landstraßenpflaster zerplatzten die roten Schaumbläschen. Lange wurde er nicht gefunden. Er hatte Glück, daß sein dummer Gaul diesen Tags allein zu seinem Hafer zurückfand und so die Familie alarmierte. Für sie, die größer geworden war – János' Geschäfte waren mittlerweile so erfolgreich, daß er sich ein kleines Weib zugelegt hatte –, wurde der István zur Last, weil man ihn nicht mehr auf den Markt schicken konnte. Auch das mußte János nun selbst übernehmen. Großpapa versorgte das Feld, so gut es ging, aber es ging immer öfter nicht mehr.

Einfacher war es, das Haus mitsamt dem kleinen Weib zu versorgen, denn bei János' ununterbrochener Abwesenheit wollte und wollte sich kein Kind einstellen. Als es endlich doch soweit war, wußte niemand so recht, von wem es stammte, das Würmchen mit den drei dunklen Locken, aber als es, keine zwei Wochen alt, nach Phasen ununterbrochener Spasmen, abgelöst von leerer und letzter Apathie, an einem Hirnkrampf starb, schien auch das festzustehen. Es ging eben alles immer öfter nicht mehr.

Wenigstens rettete ihn sein Leiden vor der ins Haus stehenden Einberufung. Die Nächte von Reichsverweser Miklós Horthy wurden länger und schwärzer, zu diesen Stunden gedachte er Ungarns Pein, und wie übel er das ihm Anvertraute verweste; und da die Alliierten lustig auf das krumme kleine Ländchen zwischen Theiß und Drau pfiffen, versuchte Ritter Miklós, sich an die andere Seite ranzuwanzen. Wenig später tobte um Großpapa der Zweite Weltkrieg. Und nur um ein weniges leiser tobte János. Sein kleines Weib trug erneut einen Stammhalter unterm Herzen, diesmal ohne Mitwirkung von Großpapa, aber leider auch wieder ohne seine. Obwohl Sándor der Übeltäter war, entfloh Großpapa, des Streits überdrüssig, in die Hauptstadt. Dort sprach man immer offener davon, daß es mit den Deutschen zu Ende gehe. Und er, der seine Jahre in Gleichgültigkeit gegen Weiße wie Braune hingebracht hatte, schmeckte in der Stadt seiner jungenhaften Erinnerungen noch einmal den Frühling. Er wollte tun, was ein Epileptiker für den Umbruch tun konnte. Doch was er sah, das waren nicht die marschierenden roten Brigaden, was er sah, das waren die deutschen Maschinengewehre auf den Donaubrücken, und die deutschen Panzer auf der Burg, und er sah, wie ganz Ungarn sich, ohne zu zögern, in den Matsch warf.

Dann kamen die Pfeilkreuzler, Szálasis dreckiges Dutzend, die Söldlinge der Nazis. Sie begannen damit, die Juden zusammenzutreiben, und alles Volk, das auf der Straße war. Großpapa war auf der Straße.

Es waren zwei, ein alter und ein junger, noch viel zu klein für die Uniform, die er wie einen Mantel trug. Sie waren drauf und dran, ihn mit den anderen in die Donau zu schießen. In einem Hinterhof in Ferencváros rissen sie ihm die Hose herunter und sahen nach, ob da eine anständige Vorhaut war. Überzeugt hat sie der Anblick nicht. Der Junge brachte seine Mauser in Anschlag.

»Trägt aber keinen Stern«, sagte der alte Pfeilkreuzler.

»Eben, vorschriftswidrig, muß weg«, knurrte der Junge, während er nervös am Abzug fummelte.

»Habt ihr denn so viel Munition?« fragte Großpapa den Alten, während er die drei letzten amerikanischen Zigaretten herzeigte, die er aus János' Vorräten gemaust hatte.

»Wär ich ein Jud', hätt ich sicher keinen Stern getragen, aber wär ich dann auf die Gasse, um euch entgegenzugehen?«

Und um sein Selbstbewußtsein zu zeigen, hat der Großpapa zu singen begonnen: »Nyisd ki, babám, az ajtót – Öffne, Liebste, mir die Tür«, hat ein paar Tanzschritte angedeutet, und der Alte hat lachend, mit spöttischem Seitenblick auf den

Jungen, mitgesungen, »Nein, das geht nicht, denn der Nachbar lugt herfür«, hat sich zwei Zigaretten hinter die Ohren gesteckt und die dritte angezündet, hat salutiert, dem Jungen von hinten gegen die Mütze geschlagen, und ihm den Weg zur Donau gewiesen. Und das hat Großpapa den Kopf gerettet. Das und die Tatsache, daß die Nazis nach einem solchen Tag keine Patronen mehr hatten. Und daß sein Leiden einmal, im rechten Augenblick, ausgeblieben war.

Dann schickten auch die Ungarn ihre Juden nach Auschwitz und zum Frontdienst ohne Waffe, und die Deutschen sprengten das Straßenpflaster von Budapest. Aber Großpapa war längst auf dem Weg nach Osten, wo die Pfeilkreuzler Dorf um Dorf an die Sowjets verloren.

Nur um Lebewohl zu sagen kehrte er zurück, von diesem Ungarn wollte er nichts mehr wissen, er wollte in die Sowjetunion, und er verfluchte sich selbst, weil er so lange damit gezögert hatte. Nur um Lebewohl zu sagen kehrte er zurück zu den Häusern, von denen nicht viel übriggeblieben war, nachdem deutsche Panzergranaten an ihren Fassaden gerüttelt hatten, und er fand keine der drei Frauen wieder. Nur die Brüder lebten, und mit ihnen Sándors Tochter Katalin. Katika. Großmama.

Als er den Heimkehrer fest in die Arme nahm, fand János, nach Tagen des Zerfließens in Reue und Selbstmitleid, in dem Maße wieder zu sich, in dem Großpapa zu seinem Leiden zurückfand. Allein zum Schachern fand János nichts, und das machte ihn wirklich unglücklich. Er erklärte, wenn der Russe zum Ungarn komme, sei Ungarn verloren, deshalb sei es besser, wenn der Ungar zum Russen gehe, und Sándor, die plärrende Katika auf dem Arm, schlug vor, noch rasch ein Schaf zu schlachten, es zu zerteilen, zu pökeln, und die Wurst eine Nacht über den Rauch zu hängen. Großpapa zuckte mit den Schultern, was soviel heißen sollte wie: In einer Nacht, mit etwas Tabak, Maiskolben und Selbstgebranntem im Gepäck, da kann man weit kommen auf den Viehzügen, die planlos in alle Richtungen rollen. Aber auf die Schafwurst wollte auch er nicht verzichten, und so mußte die Sowjetunion noch ein wenig warten.

Bis Eger aßen sie die Wurst und sahen Ungarndeutsche, die ihre Wehrmachtsuniformen im Wald vergruben. In Nyiregyháza tauschte János Mais gegen Zwiebelbrot. In Kisvárda war der Selbstgebrannte dran. Bei Záhony mußten sie auch an die Zigaretten gehen. In Ungvár, das Großpapa Uzhgarad nannte, bekam Katika Durchfall von einer Erbsensuppe, die János bei einem Bauern erbettelt hatte. Und als die vier, halb verhungert und halb verblödet von den bitteren Karpatenbeeren, endlich vor Barislaw standen, war es Mündungsfeuer der Roten Armee, das Sándor tödlich verwundete.

Ein Schreiben seines revolutionären Waffenbruders Imre Nagy, das Großpapa immer bei sich trug, bestätigte, daß er ein wertvoller Kadermann war. Wertvolle Kadermänner siedelte Stalin in Gebieten an, die vor dem Krieg zu Polen gehörten, mit den Ihren sollten sie sich um die Sowjetisierung kümmern. So kam meine Familie in die Nähe von Hrodna. Belarus. Und kam doch nie hier an.

Und aus István wurde Stepan oder Stafan, und aus János wurde Janka, und aus Katika Katja. Und dann haben sie in Sándors Grabtafel den Namen Sascha schnitzen lassen. Krasnyj Sascha, der Rote Sascha.

Janka heiratete zum zweiten Mal, seine Katja bekam eine Stiefmutter, die halb taub und halb scheel war, so bannte er wenigstens die Gefahr, daß er wieder betrogen würde. Großpapa zog von Dorf zu Dorf und verdingte sich als Ausbesserer. Es gab jede Menge auszubessern, besonders nach der alljährlich wiederkehrenden Flut. Im ganzen Land fehlte es an Männern. Keiner packte besser zu als der Großpapa, auch wenn er manchmal vor lauter Übereifer in fremde Taschen und unter fremde Röcke packte.

Ein neues Jahr, und der Hauch aus Moskau kam als Sturm in Budapest an. Ungarns politische Führer, die Rákosis und Gerős und Hegedüs, kamen und gingen. Auch Imre Nagy ging, aber er ging nur, um noch bestimmter wiederzukehren. Vier Wochen. Vier Wochen lang war Großpapa wieder zehn Jahre alt. Schlief nicht. Aß nicht. Kannte kein Blut, keine Familie, nur Flammen, die flügge wurden. Dachte daran, ob er den Weg, den er vor zwölf Jahren gekommen war, auch zurück schaffen würde. Aber als die Panzer der Sowjets auf denselben Stellen standen, wo einst die deutschen gestanden hatten, und in die Menge feuerten, verstand er, daß er, mit seinem Leiden und seiner Rückenmarkentzündung, ein Überbleibsel der Flucht quer durch die Karpaten, nicht einmal mehr zum erschossenen Konterrevolutionär taugte. Nicht Imre Nagy hatte den Sozialismus verraten – der Sozialismus hatte ihn verraten. Großpapa begann den Geschmack an ihm zu verlieren.

Umso mehr fand er jetzt Gefallen an Katjas Haar, das nach Beeren roch und nach frischer Butter und am Sonntag auch ein bißchen nach dem Versprechen allergrößter Lust. Fünfzehn Jahre war sie alt, die Großmama. Sie schien einem Kolchos-Plakat entlaufen, mit ihren niedlichen roten Locken und den hohen Wangenknochen. Sie plapperte Weißrussisch und Russisch und alles zugleich und durcheinander in ihrer Trasjanka, ihrer Viehfuttersprache, und wußte vom Ungarischen nicht mehr als: »Vatter tot und Mutter tot, will gutt Frau sein so wie sie«. An einem Tag im späten September ließ sich die Großmama vom Großpapa in einen Winkel des Hauses ziehen, das sich wieder einmal satt trank an den Fluten aus dem Fluß; sie ließ sich das Versprechen abnehmen, der ach so tauben Stiefmama nichts davon zu verraten, wenn er sie in dieser Nacht in ihrem Zimmer besuchen käme. Und Katja, Großmama, die doch nur einmal einen Kuß hat drücken wollen auf den Mund eines ausgewachsenen Mannes, gleich ob der 19 oder 49 wäre, sagte fiebrig kichernd ja.

Die fünfziger Jahre. Man hat geglaubt, die Erde sei eine Scheibe und das Leben werde schon immerzu weitergehen, Atombomben hin oder her. Man rückte näher zusammen im Wasser. Wer aber behauptet, der Mensch liebe innig, was innig mit ihm verbunden, könne es jedoch nicht ebenso innig begehren – der kennt nicht die menschlichen Leidenschaften.

Und schon gar nicht die Potenz eines ungarischen Ausbesserers.

Nach der Geburt meines Vaters wurde der Alte etwas ruhiger. Als wäre er einer Heimkehr zugehastet. Und vielleicht kehrte er nun auch heim, irgendwie, ins Land, gegen das sein eigener Vater noch gekämpft hatte. Kehrte heim als Vater. Als väterlicher Freund. Erinnerte sich seiner eigenen Erziehung, sprach seinem Nikalaj noch einmal davon, daß der Sozialismus eine Herzensangelegenheit oder nichts sei. Sprach und sprach und sprach, über Wochen und Monate und Jahre sprach er, und er vergaß darüber den Sohn, dem der Kopf schwirrte und der doch nichts anderes zu wollen schien, als Onkel Janka auf seinen Fahrten zu begleiten, um Devisen zu ernten wie andere Weizen und Kohl.

Es begannen die Jahre, in denen wir uns in eine hartnäckige Ruhe duckten. Und uns zufriedengaben mit dem, was wir hatten. Die Zeit unserer ostdeutschen Gefriertruhen. Großpapa flüchtete sich unter die Kellertreppe zu seinem Schnaps, sachte, der Rückenmarkentzündung wegen, und er flüchtete sich in den Verschlag hinter der Fleischerwohnung und trank sich mit Rasou, der die besten Rauchwürste in der ganzen Sowjetunion machte, die Leber prall. Nur in die warmen Kissen der Großmama flüchtete er sich immer seltener.

Die zwanzigjährige Kumpanei mit Rasou, dem Fleischer. Der ihn besser kannte als die eigene Frau. Vielleicht kannte auch ich ihn besser. By heart. In mancher Hinsicht bin ich Großpapas Kind. Das seinen Geschichten lauschte, Stunde um Stunde. Sie inwendig lernte und auswendig lernte. Und ihre Lücken mit dem Material seiner Phantasie füllte, wenn es einmal nicht mehr weiterkam.

Und meine Tantchen? Zwar wurde ich einige Tage vor Tatsiana geboren, doch Mutter merkte erst sehr viel später als Großmama, daß sie schwanger war. Großpapa sollte es Vater irgendwie beibringen, daß sie bald einen Esser mehr im Haus hätten, daß er jetzt doch noch ein Geschwisterchen bekäme, kurz: Er solle sich einen Moment setzen, solange noch Platz sei, und dann hurtig mit seinem Onkel Janka losziehen, einen schönen neuen Stuhl aufzutreiben.

Als Alezja sich zwei Jahre darauf ankündigte, zeigte Großpapa nur noch auf den Stuhl. Vater saß bereits.

Und die Verkündigung Maryae war dann ohnehin Großmamas Aufgabe, so hinfällig war der Rote István mittlerweile geworden.

»Der alte Hund, Gott hab ihn selig, und nichts für ungut«, sagte mir Rasou Jahre später beim Laubbrennen in wodkaseliger Vertrautheit, »mit der vermaledeiten Fallsucht, an der er gestorben ist, nach den freudlosen Jahren mit deinem Duckmäuser-Vater und deiner grantigen Großmama, gell, da muß es ihm eine Genugtuung gewesen sein, sie, ihn, und die Schwiegertochter mit drei Waisenbündeln schmachten zu sehen. Nur dich, dich hat er bestimmt nicht gern allein zurückgelassen, Wasja, mein Junge.«

Ich nickte und prostete ihm zu. Laß es nicht wiederkommen.

Ich brenne das Laub und lasse den Rauch vom Westwind verwirbeln. Das Laub brennt sich schöner in der Dämmerung.

István hätte man mich nennen sollen

István hätte man mich nennen sollen. Stepan, Stafan, Steven, Étienne, Stefan, Esteban.

Nach Großpapa hätte man mich nennen sollen. Weil ich ein Versehen, nein, ein Unfall war. Denn eigentlich war ich als Mädchen geplant. Großpapa hat sich ein Mädchen gewünscht, Großmama hat sich ein Mädchen gewünscht, Vater hat sich ein Mädchen gewünscht, nur meiner Mutter war schon alles egal, wenn nur diese elende Zeit, für zwei zu essen, für zwei zu kotzen und zwei zu tragen, endlich vorüber wäre. Dann bin ich doch ein Junge geworden. Und die Familie hat sich entschlossen, wohl oder übel auf Blau umzustellen.

Ein Mädchen. Wäre ich das Mädchen geworden, das sie erwartet hatten, was wäre uns alles erspart geblieben, was wäre uns allen erspart geblieben! Ziehen sich durch die Geschichte doch die nicht erspart gebliebenen Männerferkeleien! Was hatten wir nicht schon alles überleben müssen, nur weil aus Männern keine Frauen geworden sind! Und jetzt hatten wir also mich.

István. Man hätte ein Zeichen setzen, das Kind mit dem falschen Chromosomen den edelsten aller Namen, einen Königsnamen!, tragen lassen können. Als kleinen Willkommensgruß. Wie ein Sedativum verabreicht, damit ich nächtens besser schliefe. Man hat sich anders entschieden. Aus purer Enttäuschung haben Großpapa, Großmama und Vater sich anders entschieden, und weil Mutter auch noch zur standesamtlichen Eintragung alles egal war, wenn nur das Kind bald irgendeinen Namen erhielte und mit dem Schreien aufhörte, hat es einen Namen erhalten. Irgendeinen. Nur nicht István.

Wasil: das war die Lesart der Großmama. Wasilij die des Großpapa. Er duldete eben keinen belarussischen Separatismus im eigenen Haus. Vater nannte mich »Plärrkopf«, oder »Blag«, auch »Bub«, aber nur, wenn die Menge Wodka ausgereicht hatte, ihn milde zu stimmen. Mutter hat mich viel zu selten überhaupt gerufen, als daß ich mich erinnerte, wie ich für sie hieß. Und für meine Tantchen hörte ich schon immer auf den Kosenamen Wasja.

Ich besaß früh ein Charaktergesicht. Leider eben nur das Gesicht. Die geschürzte Oberlippe stammt von der Familie meiner Großmama, der Rote Sándor hatte eine einzigartige Oberlippe, eine umgestülpte Pyramide mit Spitze irgendwo im Rachenraum. Dagegen ist die furchtsam verkleinerte Unterlippe ein mütterliches Erbe. Den Rest muß man sich nur noch als Dreingabe vorstellen, die dem ganzen keine Würze mehr gibt, und auch keine Verfeinerung.

Was die Natur nicht vorangelegt hatte in meinem Körper, das hat das Leichtathletik-Training besorgt. Die Einsamkeit des Kurzstreckenläufers? Es gibt nichts Besseres, die Gedanken abzutöten, als 200, 300 Meter lange Sprints, Sprints, bis die Oberschenkel hart, eins werden mit der Grasbahn und alle Kraft sich in einen winzigen Punkt unterhalb der Schädeldecke zusammenzieht. Ich bin einzig zu dem Zweck gewachsen, Sprinter zu werden.

»Noch zehn, zwölf Zentimeter«, schwatzte Jefim Abramawitsch, mein Lauftrainer, ich weiß nicht, auf welche meiner Hirnregionen er von oben beschwörend einsprach, »noch zehn, zwölf Zentimeter, dann hast du Gardemaß für die Zweihundert-

Meter. Erst kommt die Spartakiade, und dann machen wir einen Olympioniken aus dir. Nach Minsk werden sie dich holen und nach Moskau, und dann siehst du bald auch London, Paris und New York.«

Aber dann, dann war ich mit einem Mal in Minsk, und man hatte glatt vergessen, mich zu fragen, was ich denn sportlich noch erreichen wollte. Und als man mich nach Moskau hätte holen sollen, lag das bereits in einem anderen Land, und eine so große und allgemeine Verwirrung begann sich unser zu bemächtigen, daß die Leichtathletik das letzte war, woran wir dachten.

Freilich stürzte mich Vater in die allererste große Verwirrung meines Lebens, da er Mutter hartnäckig Sweta nannte, obwohl sie doch Mutter hieß, wie absolut jeder wußte. Aber wenn ich an meine ersten Jahre zurückdenke, sehe ich meine Mutter nicht. Ich sehe Tatsiana im Gitterbett neben mir, 4500 Gramm bei der Geburt, ein ordentlicher Brocken, ein quietschfideles Ding. Ich dagegen schien beklagenswert damit beschäftigt, zu atmen, Herz und Kreislauf zu regulieren, den Wärmehaushalt zu stabilisieren, Nahrung aufzunehmen und sie bei mir zu behalten. Leben war Arbeit. Mein Leben begann mit Arbeit.

(Deshalb schickte man mich später auch zu den Leichtathleten. Leicht war ich, Athlet sollte ich werden. Nicht auszudenken, was passiert wäre, hätten meine Eltern andere Sportarten ähnlich wörtlich genommen. Russenkegeln. Oder Apnoetauchen.)

Nach meiner Geburt fragte Vater Großpapa:

»Bleibt das etwa so rot?«

Und der Alte antwortete:

»Na hoffentlich. Wenigstens *ein* Aufrechter in der Sippe!«

Dann griff ich nach Großpapas Daumen und hatte ihn, trotz der Schwäche meines Leibes, auch schon ganz fest im Griff.

Tatsiana im Gitterbett neben mir. Sie probte ihren Ausbruch, immer wenn sie gerade mal nicht schläfrig war, also fast andauernd, und ich sah ihr fasziniert beim Klettern zu. Die Röte in meinem Gesicht begann sich allmählich zu verlieren.

Wenn Mutter einen guten Tag hatte, vertauschte sie unsere Kleider, dann erst trug ich die für mich bestimmten Farben. Mutter hatte ja Zeit. Sie blieb zuhause, Großpapa, Großmama, Vater waren bei der Arbeit. Sechzehn Jahre, und gleich zwei Kinder, auch wenn das zweite nur die Schwester des Mannes war. Und nicht einmal eine romantische Geschichte, die man hätte erzählen können, wenn die Freundinnen fragten, als sie kamen; aber sie kamen nur noch selten, seit Mutter eine ebenso billige wie freudlose Notheirat hinter sich gebracht hatte, sogar am Wodka hatte man gespart. Keine romantische Geschichte. Bei meinen Eltern fiel das Leben eher im Telegrammstil aus:

Vater bespannt Nachbarmädel von Schlafzimmerfenster zu Schlafzimmerfenster Stop Öffne, Liebste, mir die Tür, auf Tanzschritte wird verzichtet, da viel zu besoffen Stop Nachbarmädel ist blöd genug, auf Avancen einzugehen Stop Nachbarmädel wird schwanger Stop Ergebnis bin ich Stop

Lebe, wie du stirbst: unauffällig. Das Motto meiner Eltern. Obwohl sie jung waren, die Eltern. Die jungen Eltern. Die allzu jungen Eltern. Die doch alten Eltern. Die Eltern, die doch so alt waren, wie andere niemals sein werden. Alt geborene Eltern. Zum Altsein verdammte Eltern. In kaum neun Monaten waren sie erwachsen geworden, so schien es, eine Spezialität dieses Alters. Und dieses Landstrichs.

Die Kinder, Tatsiana, Alezja und ich, hatten zu viele Fragen. Zu viele für die Eltern. Zu viele, um sie zu beantworten. Und zu viele, die sie nicht beantworten konnten. »Davon versteht ihr nichts.« Was so viel hieß wie: Davon verstehen wir nichts. Also: Laßt die Finger davon! Und zur Bekräftigung erhielten sie einen Schlag, diese Finger, dreißig brennende Fingerkuppen. Ich war der einzige, der weinte – ein Plärrkopf eben! –, Tatsiana zuckte nur mit den Schultern und gewöhnte sich an, die Antworten auf ihre Fragen in Büchern zu suchen. Und Alezja? Alezja verstopfte sich prompt den Mund mit Essen. Dafür gab es wenigstens nichts auf die Finger.

Davon versteht ihr nichts. Eine solche Mitteilung (Mit-Teilung?) kam dem Todesurteil für ein Thema gleich, und so zeichnete sich schon früh ab, daß ich kein Schiffsbauingenieur, kein Physiker, und kein Landvermesser werden würde. Bei allem Neuen, das mir später in der Schule begegnete, gewöhnte ich mir eine einfache Technik an, mir keine Blöße zu geben. Wenn ich etwas, das selbstverständlich zu sein schien, nicht kannte oder nicht wußte, ließ ich es mein Gegenüber im Vorübergehen erklären, prägte es mir ein; nächstens behandelte ich es wie etwas, mit dem ich seit jeher routinierten Umgang pflegte. Ich spiele Routine. Nichts macht mir bis heute mehr Angst, als etwas das erste Mal zu tun, als Anfänger bei einer Sache zu gelten, und sei sie auch noch so unbedeutend.

Als Großmama einmal Zweifel anmeldete, ob die Schläge auf die Finger nicht vielleicht ernste seelische Nebenwirkungen haben könnten, öffnete Vater grunzend eine Flasche Bier, leerte sie in einem Zug, und stellte sie sich auf den Kopf. Dann ging er damit, vorsichtig balancierend, in die Knie, hob die Arme in Flugstellung, stand in dieser Yoga-Figur einen Moment, bevor er sich verbeugte, die Flasche kurz vor dem

Boden auffing, sich wieder aufrichtete und die Küche verließ. Vater schien sagen zu wollen: Kinder haben keine Seele zu haben. Schlimm genug, daß es sowas bei Erwachsenen gibt.

Die Eltern, die allzu jungen. So kam ich also zum Großpapa. Der gab zwar auch keine Antworten, aber er liebte es zu erzählen. Und ich gewöhnte mich ans Zuhören.

Großpapa konnte als einziger Mensch durch leisen Druck auf die Nasenwurzel aus beiden Nüstern gleichzeitig ausrotzen. Unnötig zu erwähnen, daß ich ihm eine ähnliche Geschicklichkeit schuldig bleiben mußte. Als sich Großmama, Vater und Mutter unisono darüber beschwerten, daß er für den Kleinen ein schlechtes Vorbild war, gewöhnte er sich, sehr zu meinem Bedauern, an, Taschentücher zu benutzen. Im Winter hängte er sie, vollgerotzt wie sie waren, immer über den Ofen zum Trocknen. Ein vollbeflaggtes Schiff, hart am Wind. Ich liebte es, in dessen Nähe, luvwärts, ein Lager zu bereiten, ein kleines Zelt aus alten Decken, im Winkel, wo ich nicht störte, und doch unbemerkt lange wach bleiben und die Erwachsenen belauschen konnte. Bis mir ausgerechnet Mutter diese kleine Eigenart verbot, schließlich hätte ich ohnehin schon, als einziger in dieser Familie, ein fürstliches Einzelzimmer. Ausgerechnet Mutter, die ansonsten nie eine Meinung hatte, die nie eine Entscheidung traf, verbot mir mein Zelt, obwohl sie doch noch gut hätte wissen müssen, daß es für ein Kind nichts Schöneres gibt als sein eigenes kleines Heim im Heim; Mutter, selbst immer wieder Kind. Kaum war Alezja zur Welt gekommen, behandelte sie sie wie ihre Lieblingspuppe, zwängte sie in Prinzessinnenkleidchen, flocht ihr goldene Schleifen in die ersten blonden Locken, trug sie stundenlang mit sich herum und nahm sie überallhin mit, während Tatsiana und ich zuhause blieben, ausrangiertem Spielzeug gleich, wie auf einen Haufen, wie aufeinander geworfen.

Im Alter von sieben Jahren sollte mir Großpapa auf Drängen von Großmama endlich einmal etwas Nützliches beibringen und mit dem Gerede von der Revolution aufhören. Der Alte entschied sich fürs Schachspielen. Als dies so gut klappte, daß ich ihn schon wenige Wochen später nach seiner verpatzten Tschigorin-Eröffnung das erste Mal besiegte und dafür prompt am Nachmittag ins Bett geschickt wurde, kam das Ausbessern an die Reihe. Großpapa war bereits in Pension, in unserem Haushalt gab es viel zu wenig auszubessern, und das wenige, das ihm Rasou aus dem Fleischkombinat brachte, reichte kaum für ein paar Stunden Beschäftigung im Monat. Also verfiel Großpapa darauf, elektrische Geräte zunächst einmal unter Generalverdacht zu stellen, und sie, wenn sie schon nicht ausdrücklich kaputt waren, doch für so untauglich zu erklären, daß sie ausgebessert, ja verbessert werden mußten. Kein Schalter und keine Sicherung, die seinen kritischen Augen standhielten, selbst nach dem zwölften Aprikosenschnaps, der den Lauf der Uhr erst rund machte, keine Wicklung eines Elektromotors, die eine Fehlerprüfung überstanden hätte. Für mich war das auf Dauer nichts. Geduld konnte mir auch Großpapa nicht beibringen, ich brauchte rasche Ergebnisse, schnelle Erfolge. Wollten die Geräte nicht, wie ich wollte, drohte ich ihnen. Wollten sie noch immer nicht, begann ich, auf sie einzuschlagen. Waren sie so verblendet, mir auch dann nicht zu gehorchen, zerstörte ich sie, mit Zornestränen in den Augen. Sollten sie, sollten die anderen Geräte doch sehen, was sie davon hätten, wenn sie sich mir widersetzten. Großpapa beobachtete solche Szenen, beobachtete mich mit traurigem Blick. Er schwieg, auch dann, wenn mir das Blut über die Hand floß, wenn ich mich selbst verletzt hatte in meiner Raserei.

Nur einmal sagte er:

»Du hättest einen prima Kulaken abgegeben!«

Dann schickte er mich spielen.

Immer häufiger schickte er mich spielen. Schließlich bat er mich nicht mehr in die baufällige alte Garage neben dem Haus, die er sich als Werkstatt eingerichtet hatte.

Meine Tantchen hatten sich in der Zwischenzeit aneinander zu gewöhnen. Als Alezja mit vier Jahren endgültig dem elterlichen Schlafzimmer entwachsen war, steckte man sie zu ihrer großen Schwester, die zuvor mit mir ein Zimmer geteilt hatte. Ich bekam mein fürstliches Einzelzimmer, und Tatsiana bekam Platzangst. Die puppengleiche Alezja war stetig in die Breite gewachsen, glich mehr und mehr den derben ungarischen Bauers- und Schmiedeleuten, denen sie entstammte. Jeder Zoll ein Hammerschlag. Mutter fand immer seltener Kleidchen, die Alezja paßten, und so begann sie das Interesse an ihr zu verlieren. Tatsiana sollte sich von jetzt an um das Schwesterchen kümmern, aber sie und Alezja hielten es schon lange für Pech, als Geschwister zur Welt gekommen zu sein. Tatsiana hatte sich früh für Bücher zu interessieren begonnen, besonders eines über den Bau des menschlichen Körpers hatte es ihr angetan (wochenlang stand ich ihr als Vergleichsmodell zur Verfügung, bis uns Vater einmal dabei erwischte, anschließend kühlten zwanzig Fingerkuppen im kalten Wasser, und Tatsiana bat mich inständig, doch mit dem Heulen aufzuhören, mit *den* Griffeln könne sie mich einfach nicht streicheln). Immerhin gab sie sich Mühe, Alezja daran teilhaben zu lassen, ihr das Geheimnis der Buchstaben beizubringen, aber die winkte nur leise gähnend ab und durchsuchte das Haus nach den Süßigkeiten, die Großmama jeden Sonntag an neuen Orten versteckte. Jede Woche war Ostern. Und Buchstaben sättigten nicht.

Als Tatsiana eine neue Puppe bekam, die sie endlich von ihren anatomischen Vorlieben ablenken sollte, ging die ganze

Familie durch eine grauenvolle Zeit. In Phase Eins weinte Alezja ohne Unterlaß, in Phase Zwei schlich sie wie eine Untote durch die Zimmer. Bis Vater und Onkel Janka loszogen, endlich Gleichheit und Gerechtigkeit unter den Schwestern zu stiften – was sie Zeit und Mühe kostete, schließlich war unsere Wirtschaft nicht darauf ausgerichtet, beliebig viele Puppen derselben Sorte zur freien Verfügung zu halten, und ohne Onkel Jankas Geschäftsverbindungen wären sie fraglos gescheitert.

Alezja, beim Auspacken noch voller Vorfreude, ließ ihre Mundwinkel hängen, als sie ihr neues Spielzeug erblickte.

»Och, das ist ja genau die gleiche.«

Sie seufzte herzzerreißend.

»Ich dachte, ich bekomme eine schönere als Tanja.«

Zurück also zu Phase Eins. Vater war entnervt. Großmama war entnervt. Tatsiana war entnervt. Ich ging auf die Wiese hinter dem Schlittenhügel, wie so oft in diesen Jahren, grub zwei kleine Löcher ins Erdreich, und übte Tiefstart. Ein guter Leichtathlet hat nie Trainingspause.

Der Schlittenhügel. Er war eine wenig spektakuläre Erhebung, gerade hoch genug, um im Winter eine zehnsekündige Fahrt hinter sich zu bringen, der Transport des Schlittens von der Wiese auf die Hügelkuppe dauerte siebenmal so lang. Was den Schlittenhügel aber zu einem echten Erlebnis machte, war der Weg nach Hause. Um wieder ins Städtchen zu gelangen, mußten alle Kinder am Friedhof vorbei. Es dämmerte schon am Nachmittag, war es Viertel nach fünf, sah man kaum mehr die Hand vor Augen. Wir orientierten uns an den hundert Lichtern auf den Gräbern, blakende, flackernde Lämpchen, »die Seelen der Toten«, sagte die Großmama. Jeder von uns hatte Schatten von menschlicher Gestalt und unheimlicher

Länge gesehen, die keines dieser Lichter hätte werfen können. Über dem ältesten Teil des Friedhofs beobachteten wir wieder und wieder ein rotes Glimmern und Glosen. Manche erzählten von Begegnungen mit Unbekannten, die sie mit schwerem Zungenschlag nach dem Weg aus dem Krieg oder dem ins Leben gefragt hätten. Großmama beschwor eine Erscheinung mit klaffendem schwarzen Loch im Schädel. Sie hatte sich ihr, kaum war sie achtzehn Jahre alt geworden, unter schrecklich lautem Röcheln als ihr Vater vorgestellt. Großmama hatte ihren Korb fallen lassen, den Rock gerafft, sie war nach Hause gehetzt, hatte die Türen versperrt, und sich, mit dem Bild der Muttergottes und einem Nudelholz bewaffnet, in der hell erleuchteten Speisekammer eingeschlossen. Uns Kindern standen die Haare zu Berge.

»Dummes Zeug«, schrie der Großpapa, »wenn der Rote Sascha überhaupt jemandem erschienen wäre, dann ja wohl mir. Um einen zu saufen. Außerdem hat ihn keine einzige Kugel am Kopf erwischt.«

»Sondern?«

»Zwei am Bauch. Eine tiefer. Glatter Eierdurchschuß links.«

Die Großmama zeterte, schlug die Türen, versalzte das Essen. Das konnte tagelang so gehen. Bis Großpapa aufhörte, ihr hämisch zuzuzwinkern.

Was unsere Familie in diesen Jahren rettete, war das Schlachtfest. Großpapa und Onkel Janka hatten es als eine Erinnerung an den Auszug aus Ungarn gestiftet. Und auch wenn die beiden ansonsten nicht oft miteinander verkehrten, weil Großpapa meinte, Onkel Janka habe aus Rache seinen einzigen Sohn zum Kapitalistenschwein gemacht, brachte sie die letzte Septemberwoche wieder zusammen. Die Woche, in der traditionell Schafhälften, die Rasou aus dem Fleischkombinat organisierte, geschlachtet, zerteilt und gewurstet wurden.

Die ganze Familie sah der Zeit mit Vorfreude entgegen. Wenn auch der übliche Streit nicht ausblieb, die Fäuste flogen und die Hände an Wangen klatschten, war er doch schneller als sonst geschlichtet. Jeder hatte genug mit dem Schaf zu tun und nicht mit sich. Sogar Vater schien gelöst und Mutter weniger teilnahmslos als sonst. Doch niemand war mehr in dieses Fest vernarrt als ich. Weil es Wurst gab, die geräuchert werden mußte. Und für das Feuern war ich seit meinem achten Lebensjahr ganz allein zuständig. Großpapa hatte mich sogar zum Generalfeuermeister ernannt und mir drei Orden aus Blech gebastelt, die ich in den Septembertagen offen am Hemd tragen mußte. Der erste zeigte zwei stilisierte Flammen, gelb auf rotem Grund; der zweite einen bronzefarbenen Salamander (bei näherem Hinsehen entpuppte er sich als Mops mit schlimmem Husten); der dritte bildete irgendetwas ab, das niemand erkannte, eine behaarte Wurst, vielleicht noch einen Mops, sichtlich fiel Großpapa zum Thema Feuer nichts Entscheidendes mehr ein. Ganz gleich: Während dieser Tage war ich Generalfeuermeister, hatte Holz gesammelt, auch ein wenig Laub gerecht. Meine Tantchen und ich sahen zu, wie Großpapa mit dem Feuer zu uns trat, er sagte, er liebe den Moment, wenn die Flammen flügge würden, ob er uns das schon erzählt habe?! Dann übergab er mir die kleine Fackel.

Rauch stieg, der Westwind verwirbelte ihn, und er zog ins Haus, bis in die späten Abendstunden. Alezja stellte sich hin und wieder in den Wind. Dann tanzte sie, wild wie die Baba Jaga. Sie liebte es, nach Asche zu riechen. Und ich liebte den Geruch von Asche an ihr, in ihrem langen blonden Haar.

Drei Streichhölzer aus Teheran

Für die Hiesigen waren wir keine Hiesigen, wir waren die Familie vom Roten Ungarn. Aber die Hiesigen waren ja auch keine Hiesigen, selbst wenn das der einzige Name war, den sie sich selbst gaben: Die Hiesigen. Gefragt, welche Sprache sie sprächen: Die Hiesige. Was das für ein Land wäre: Das Hiesige.

Sie waren keine Russen. Sie wußten nichts von Belarus. Und Polen war unter ihren Füßen einfach, schwupp, westwärts gezogen worden. Sie hatten es, wie einen fliegenden Teppich, nicht aufhalten können, oder nicht aufhalten wollen, und nun waren sie fremd im Eigenen, sprachen eine fremde Sprache im eigenen Land, ohne das Land auch nur ein einziges Mal verlassen zu haben.

Wir waren das mittlere Streichholz. Das ganz links, faselte Churchill, während Väterchen Stalin seine Stiefel musterte und sich auf den Moment freute, sie endlich ausziehen zu dürfen, es war Ende November 1943, der englische Premier hatte seinen Londoner Nebel mit dem trüben Himmel Teherans vertauscht, der voller Staub war, und Churchill hustete sich krank und dumm, tagelang: das Streichholz ganz links war Deutschland, das kleine krumme daneben Polen, und das rechts außen, das der kahle alte Mann mit der Blume am Revers jetzt nach links verschob und dabei die anderen vom Tisch kullern ließ, das war Rußland. Wie Soldaten, die seitlich wegtreten. Auch die latschten anderen hin und wieder auf die Zehchen, das sei nun mal nicht zu ändern. Und dann beugte sich Churchill vor, hob Polen vom Boden auf, und zündete sich damit, trotz seines Staubhustens, eine Zigarre an.

Meine Kindheit in unserem Städtchen. Es krankte in der Sonne, und die Kleinstädterhäuser und die Scheuern und die Hühner dösten krank und schief unter unserem blauen Himmel. Blau. Das stählernste Blau, das ich in meinen dreißig Jahren erinnere. Und dabei erinnere ich so manches Blau: das flandrische, das den Malern einer fernen Epoche so wohlfeil war, daß sie ihre Bilder nicht genug damit zuschütten konnten, das stille venezianische Blau des Canaletto und das russische Blau, das stupide blaue Tuch, das den ganzen Sommer über Petersburg liegt; und dann unseres, ein Blau, so stählern und so schön, daß es uns mit Zins und Zinseszins von den Russen oder dem lieben Gott noch einmal abgefordert werden wird.

Unser Städtchen. Es verfiel bald nach dem Krieg, von dem irgendeiner behauptete, wir hätten ihn gewonnen (aber so recht glauben mochte es niemand, schließlich hatte jede Familie unzählige Beerdigungen hinter sich gebracht), verfiel in einen sowjetischen Dämmer. Aus dem Dämmer wurde Schlaf, wurde Tiefschlaf. Und auch das charakterisiert kaum den noch heute anzutreffenden Zustand, wenn ich die Straße von der Busstation zu meinem Elternhaus gehe, und mir außer einem streunenden Kater und dem streunenden Wind, der den Geruch der Silage mit sich trägt, niemand begegnet. In amerikanischen Western würde Tumbleweed die Stille noch stiller machen. Bei uns genügt ein ferner Hammerschlag, und die Tatsache, daß man die Hand, die den Hammer führt, den ganzen Tag nicht zu Gesicht bekommen wird.

Hier steht der Weizen dicht. Die Halme tragen zwei, drei Ähren, sie wachsen auf so engem Raum, daß man nicht durch sie hindurchkommt und die Wachteln nicht auffliegen. Das hier war immer nur »das Land«. Eben nicht Moskau. Nicht einmal Minsk. Doch wenn sich Touristen, meist übergewichtige, verlebte Deutsche, die alles ganz genau wissen wollten, nach Hrodna verirrten, immer auf der Suche nach leibhaftigen Erinnerungen an ihren ersten Besuch, den sie uns in ihren schlammbedeckten Panzern abgestattet hatten, hörten wir den alten Ausdruck: »Der Westen«. Das hier ist der Westen Rußlands. Hier: westrussisches Gras. Hier: westrussische Tümpel. Hier: westrussische Hühner. Hier: der westrussische Mensch. Als ob irgend jemand ernsthaft Kenntnis davon hätte haben wollen, daß es einen Westen, einen Süden, einen Norden in einem solchen Land überhaupt gäbe. Der Westen Rußlands? Aber liegt das nicht eigentlich im Osten? Am Ende der Welt? Braucht das Ende der Welt etwa eine geographische Feingliederung?

Hier steht der Weizen dicht. Nur selten backen wir Brot aus ihm, dafür ist der Durst der Männer zu groß. Allabendlich ziehen sie von einem Haus zum nächsten und sprechen sich die Lage des Landes schön. Und die Frauen freuen sich, daß das Haus männerfrei ist und treffen sich zum Durak spielen. Durak ist ein einfaches Kartenspiel, so einfach wie das Leben: Am Ende ist immer einer der Dumme und hat schlechte Karten. Oder überhaupt noch welche. Stundenlang spielen sie. Wenn die Männer nicht die Karten mitgenommen haben. Was sie gern tun, wie die Frauen feixen, um überhaupt etwas in der Hose zu haben.

Gott schütze uns vor den Kleinstädtern! Sie haben kein Land, sie haben kein Leben, und sie haben auch keine Sprache. Ich mußte unsere, meine Sprache erst wie eine Fremdsprache erlernen. Es gibt Aufnahmen von mir auf einem uralten Tonbandgerät, das mein Vater einem Belgier, einem ebenso verirrten wie verwirrten Moskau-Transitreisenden, Ende der Siebziger Jahre abgejagt hatte. Eine Grundig Stenorette. Man hört durch das 10-Kilohertz-Rauschen den schleppenden, scheppernden, bäuerischen Akzent meiner Kindheit. Weil man mich im Magasin und in den Bäckereien in Minsk ausgelacht hatte, meine Trasjanka, die »Viehfuttersprache«, die nicht Russisch war und nicht Weißrussisch, und doch von beidem etwas, das Schlechteste von beidem, das, das bestenfalls für die Schweine taugte, meine Sprache, meine Zunge, eine Schweinezunge: Weil man mich, den Weißrussen, in meinem eigenen Land ausgelacht hatte, begann ich in der Internatszeit damit, sie mir abzutrainieren, meine bäuerische Schweinezunge, meine bestialische Schweinezunge, begann ich damit, mir die russische Hochsprache aufzutrainieren, wie früher die Oberschenkelmuskeln, daß sie die 200 Meter lange Strecke überstanden, ohne zu übersäuern, ohne hart zu werden, jeden Tag drei Stunden, drei Stunden weniger Akzent, drei Stunden weniger Schwein. Ich erlernte eine Muttersprache, die meine Mutter nicht sprach. Wie eine Fremdsprache erlernte ich, was man in Moskau und in Minsk zu unserer Muttersprache erklärt hatte. Und noch heute bin ich mir nicht sicher, in meinem Umgang mit den Herren Professoren aus Rußland, mit Akademikerzöglingen und denen aus der sogenannten besseren oder großstädtischen Gesellschaft. Ich stottere. Ich kehre zurück zu unvernünftigen Worten und Phrasen, zurück zu meinen Kleinstädtern, zu meinem stählernen, westlichen Blau.

Und zu Großpapa. Die Flucht zu ihm war so einfach wie wirkungsvoll, wollte ich hin und wieder vergessen, was ich war.

»Ein Volk von pfeilschießenden Reitern sollten wir sein«, sagte der Alte und strich sich über den schweißnassen Schädel, den er immer hatte, wenn er mal wieder von »daheim« sprach. »Gott schütze uns vor den Pfeilen der Ungarn!, haben die Europäer gebetet und dabei den Kopf eingezogen, sie wußten ja nicht, ob zufällig wieder einer über sie hinwegpfiff. Unser

Unglück hat damit begonnen, daß wir seßhaft geworden sind. Wir haben den Wanderer in uns ausgetrieben, aber zu rasch, und nicht gründlich genug: Was wandern will in uns, muß nun Alkohol schlucken, Alkohol oder Tabletten. Und wenn es zu lange in uns rumort und immer noch keine Ruhe gibt, wenn es schwimmt und nicht ertrinkt, tötet es uns. Wandre, sauf oder stirb!, frotzelt der kleine Ungar, der durch meine Leber irrt. Und mich immerzu zwickt.«

Und dann brachte er mir bei, was Ungarn und Russen gemein ist: das Fehlen des Wortes »haben«. Bei mir ist, sagen wir, bei mir ist eine ganze Flasche Wodka. Ja, jetzt, fragt sich nur, wie lange noch. Denn Wodka, Geld oder die Liebe: Sie müssen wandern, vom einen zum andern oder von der Kehle in die Blase, mit kurzem Umweg über den Schädel. Jetzt ist's bei mir, dann ist's bei dir, dann ist alles futsch. Mal verliert man, mal gewinnen die anderen. Die Russen, sagte der Großpapa, wüßten so gut wie die ungarischen Nomaden, daß alles in Bewegung sein müsse. Alles, was da geworden ist, ist vergänglich, ist nicht lange bei uns. Das kennzeichne unser Verhältnis zum Eigentum, sagte der Großpapa.

Die Flucht zu ihm war so einfach wie wirkungsvoll, wollte ich hin und wieder vergessen, was ich war, wenn ich von den Hiesigen mal wieder als Nicht-Hiesiger beschimpft wurde, meist nach dem Lauftraining, wenn die anderen in ihren verschwitzten blauen Sportklamotten durch die Straßen schlenderten und sauer auf mich waren, weil der Ungar, der »rasende Zigeuner«, den Staffelstab hatte fallen lassen, aus Unachtsamkeit. Oder Übereifer.

Gott schütze uns vor den Kleinstädtern! Wer in diese Welt hineingeboren ist und nur mit einem Haar zu wenig aufwächst, wer nicht quer in dieses Maul paßt, um ihm verabreicht zu werden, der wird sich nicht biegen. Der wird brechen.

Kapitän Nemo

Plötzlich stand er vor mir mit seinen flachsblonden Haaren und der ein wenig zu ausladenden und zugleich zu kurzen Stoffhose, über den Knöcheln mit einer Kordel verschnürt, damit die Hosenbeine nicht schlackerten. Das Lauftraining hatte gerade begonnen, wir sollten ein paar Runden traben, und da ich die Schnürsenkel zuhause nicht richtig zugemacht hatte, wollte ich sie nachbinden. Ich kniete, und die Sonne, die ohnehin nicht wärmen wollte, verdunkelte sich. Blinzelnd sah ich auf.

Stanislau war schlaksig, mindestens einen Kopf größer als ich. Ein zäher Langläufer mit Pferdelunge, obwohl man munkelte, er habe schon zu rauchen begonnen. Dabei war er gerade einmal dreizehn Jahre alt. Und ich zwölf.

»Ja?« fragte ich, während ich langsam aufstand, Auge in Auge mit dem anderen, wie ein streunender Kater, der sein Revier verteidigte, jeden Moment den Angriff des Artgenossen erwartend.

»Du weißt etwas vom Tümpel, oder?«

»Vom Polentümpel?«

»Sag nicht ›Polentümpel‹.«

»Wie soll ich denn sonst sagen?«

Wir hatten eine Geste unseres Trainers aufgefangen, einander umkreisende Zeigefinger, die dazu aufforderte, uns endlich zu bewegen, und so waren wir ins Traben gekommen.

»Wie soll ich sonst dazu sagen, hä?«

»Mir egal, nur nicht Polentümpel.«

Nur nicht Polentümpel, so ein Quatsch! Alle sagten sie Polentümpel. Ein Tümpel, so tief, daß auf seinem Grund Höhlen sind, Höhlen mit Gängen, die man schwimmend durchqueren, durch die man auf die andere Seite, nach Polen gelangen kann.

Im Krieg, erzählte Jefim Abramawitsch, habe man so Informationen über die Front geschmuggelt, hinter dem Rücken der Deutschen. Aber vielleicht hieß der Polentümpel auch Polentümpel, weil die Sowjets nach dem Krieg darin polnische Offiziere ersäuften, die noch immer nicht verstanden hatten, daß das mittlere Streichholz abgebrannt war und nun die Sowjets hier herrschten, und mit ihnen die russische Sprache.

Wohl jeder Achtjährige hatte schon im Polentümpel getaucht, aber natürlich war jedem ziemlich schnell die Luft ausgegangen, und er hatte nach dem Auftauchen sein besonderes Abenteuer zu erzählen gehabt: einen Kampf mit Schlingpflanzen, oder den Ungeheuern der Tiefe, oder einfach nur mit dem aus Angst vor dem Ertrinken verrückt spielenden Darm.

»Soll ich nicht Polentümpel sagen, weil du Pole bist?«

Stanislau fiel hinter mich zurück, aus den Augenwinkeln sah ich, daß seine Lippen zuckten.

»Ich bin kein Pole. Ich bin Weißrusse.«

»Mein Großpapa sagt, ihr seid Polen. Katholische Konterrevolutionäre. Wahrscheinlich seid ihr Faschisten.«

Ich spürte, wie etwas mein nach hinten auspendelndes rechtes Bein mit Schwung nach links beförderte. Es verhakte sich hinter dem anderen und ich fiel mit dem Gesicht auf die Grasbahn.

»Du nennst uns nicht Faschisten!« brüllte Stanislau und kniete schon auf mir, mit einem Arm wandte er einen Polizeigriff an, mit dem anderen zog er mich am Haar.

»Dein Großvater ist ein KGB-Spitzel, das weiß doch jeder. Und ein geiler Bock und Zigeuner dazu. Und du bist auch nicht besser, du lümmelst doch immer nur mit deinen Tanten rum!«

Stanislau preßte mein Gesicht auf den Boden. Das Gras roch nach Scheiße. Es war unmöglich, etwas gegen ihn zu unternehmen, er war zu schwer und saß so geschickt auf mir, daß ich ihn nicht boxen konnte. Und ihn mit der freien Hand zu kratzen verbot mein Jungenstolz. Meine Nase begann zu bluten, dann spürte ich, wie das Gewicht auf meinem Rücken leichter wurde und eine Hand nach der meinen griff. Kaum war ich aufgestanden und hatte mir haftengebliebene Halme aus dem Haar und vom Trainingsanzug gestreift, spürte ich, wie dieselbe Hand mein Ohrläppchen zog. Jefim Abramawitsch schleppte Stanislau und mich im Klammergriff zum Ausgang. Die anderen lachten, lachten über uns beide. »Da schlägt sich das Pack!« riefen sie.

Jefim Abramawitsch ließ in seinem Griff nicht nach, im Gegenteil, je mehr wir jammerten, desto fester zog er. Ich spürte, wie sich mir einer seiner Fingernägel ins Fleisch bohrte.

»Rachmones«, schimpfte er, »so eine Schande! Gerade ihr beiden solltet doch zusammenhalten!«

Das Training war für heute beendet. Jefim Abramawitsch schüttelte den Kopf, als er hinter uns das Tor zum Sportgelände verriegelte. Dann scheuchte er uns mit ausladenden Wischbewegungen seiner großen Hände davon wie lästige Fliegen. Vom Grasplatz hörte ich noch immer das Feixen der anderen.

Stanislau und ich hatten den gleichen Heimweg, aber natürlich gingen wir auf verschiedenen Seiten der Straße, er rechts, ich links. Ich sah, wie er immer wieder nach Birkenreisern, die am Straßenrand lagen, griff, und sie, vor sich hinbrabbelnd und dabei hin und wieder auch einen Fluch ausstoßend, zwischen den Fingern zerbrach. Von fern war das

Dröhnen einer Propellermaschine zu hören. Der Wind trug den Geruch von Bärlauch mit sich.

»Dabei wollte ich doch nur wissen, ob du mal im Tümpel getaucht hast.«

Die Ansprache kam unerwartet. Ich beobachtete ihn über die Straße hinweg.

»Ob du was gesehen hast.«

Ich schwieg.

»Vielleicht eine kleine Höhle oder sowas.«

Ich schwieg. Stanislau wurde immer leiser.

»Die anderen muß ich ja gar nicht fragen. Die bereiten sich für die Komsomol vor und reden über sowas nicht mit mir.«

Ich blieb stehen.

»Du willst tauchen?« fragte ich, während zwischen uns Staub vom Pflaster aufstieg, den ein vorbeifahrender LKW aufgewirbelt hatte, »rübertauchen nach Polen?«

»Hör bloß mit Polen auf!« schimpfte Stanislau und blieb jetzt ebenfalls stehen.

»Gut. Aber tauchen willst du. Weil … weil: Ich will auch tauchen.«

Diesmal schnitt uns ein roter Moskwitsch Stimme, Gehör und Blickkontakt ab.

»Komm zu mir rüber, ich hör dich nicht«, rief Stanislau.

Vor unseren Augen kreuzten zwei MTS-Schlepper den Weg, die Traktoristen begrüßten einander durch Handzeichen.

»Komm du doch«, rief ich.

»Nein.«

»Doppelnein.«

»Dann treffen wir uns morgen am Tümpel.«

»Um drei.«

»Um vier.«

»Also um fünf.«

Schon als Jefim Abramawitsch uns vom Polentümpel mit seinen Unterwassergängen erzählt hatte, beschloß ich, eines Tages als erster die Durchquerung zu wagen. Dann wäre ich nicht nur der rasende Zigeuner, wie mich die anderen Kinder nannten, sondern auch der beste Taucher weit und breit.

Natürlich war mir bewußt, daß es dazu einiger Planung bedurfte, ich wollte ja nicht so blöd sein, mit bloßer Atemluft runterzugehen, um ebenso erbärmlich zu scheitern wie Generationen von Hiesigen zuvor. Also fragte ich Großpapa um Rat.

»Nur mal angenommen, man müßte lange tauchen. Wie macht man das?«

»Lange üben.«

»Nein, ich meine: Wenn man tauchen müßte mit Geräten und so.«

»Geräte, oho! Laß mal sehen. Na, da brauchst du erst einmal viel Luft, ist ja klar. Und etwas wegen dem Druck. Und vernünftige Klamotten, weil es arschkalt wird im Wasser ...«

Undundund. Ich schrieb so fleißig mit, als würden mich diese Notizen wie von selbst auf die andere Seite tragen.

Als ich mich mit Stanislau am Polentümpel traf, konnte ich bereits mit meiner Liste glänzen. Und einer Zeichnung, die zeigte, wie man auf die andere Seite käme. Sie war nicht ganz maßstabsgetreu. Und ging von Höhlen aus, von denen ich rein gar nichts wußte.

Stanislau war wenig beeindruckt. Beide blieben wir skeptisch, ob wir unsere Ideen und unsere Planungen tatsächlich zusammenwerfen sollten. Aber da bislang noch keiner von uns den entscheidenden Schritt unternommen hatte, begann uns zu dämmern, daß wir es allein nie wagen würden. Und das gab den Ausschlag.

»Man bräuchte etwas zur Orientierung unter Wasser«, sagte Stanislau, während wir an der Uferböschung saßen und auf den schmutzig braunen Tümpel blickten. Von allen Seiten war hochfrequentes Froschquaken zu hören. Hin und wieder plumpste etwas ins Wasser. Stanislau bereitete eine Belamorkanal vor. Die Kunst bestand darin, ihren mehrere Zentimeter langen Zigarettenfilter so umständlich zu knicken, daß der beißende Gestank und die unbeschreibliche Hitze in der Röhre keine größeren Schäden beim Konsumenten anrichteten. Stanislau war geschickt, er schien wirklich einige Übung darin zu haben, knack, knack, knack, fertig war er, er sah kaum hin dabei.

»Stell dir vor, es sind richtig viele Höhlen, so richtig viele, und die zweigen hier ab und dort ab, wie schnell du die Orientierung verlierst. Und dann weißt du irgendwann auch gar nicht mehr, in welcher Richtung hier ist und in welcher Richtung – «

»Polen!«

»– drüben.«

Die Zigarette flammte mit einem leisen Knistern auf.

»Kennst du Jules Verne?«

»Sprinter?« fragte ich.

Stanislau sah mich beunruhigt an. Dann zog er aus seiner Sporttasche ein Buch: Zwanzigtausend Meilen unter dem Meer. Von Jules Verne. Ich wunderte mich. Ganz so tief, dachte ich, würde es im Polentümpel nicht runtergehen.

Stanislau erzählte mir von Kapitän Nemo, von der zu erwartenden Unterwasserwelt. Und dann zeigte er mir seine Zeichnungen, die zumindest maßstabsgetreu schienen. Über Tauchbrille, Kompaß und Messer war er bislang mit seiner Ausrüstung nicht hinausgekommen. Von Großpapa und Onkel Janka unterstützt, steuerte ich eine Sauerstoffflasche sowie zwei Atemschutzgeräte nebst Schläuchen bei; »vom Zug gefallen, Janka hat sie mitgenommen, bevor sie noch jemand stiehlt«, sagte Großpapa, schneuzte sich ergiebig und schüttelte das Taschentuch aus.

Als Taucheranzüge sollten uns alte Kunstlederflicken dienen, die wir aufs Geratewohl aneinandergenäht hatten. Sie waren einigermaßen warm und saugten sich nicht voll. Zwei Monate waren über dieser Arbeit vergangen.

Stanislau hatte eine sieben Jahre jüngere Schwester, die er seit kurzem immer zu unseren Treffen mitbrachte. Hinten, auf dem nur noch an zwei Schrauben befestigten Gepäckträger seines Fahrrads saß sie, klein und pummelig, ganz das Gegenteil ihres schon beinahe männlich wirkenden Bruders. Eigentlich störte sie nicht, ich nahm sie kaum wahr, bei keiner Zusammenkunft dieser Tage hätte ich sagen können, ob Jadwiha wirklich bei uns war oder nicht. Sie mußte mit von der Partie gewesen sein, weil sie buchstäblich immer da war, aber sie war nicht zu bemerken, saß still auf ihrem Platz und spielte mit ihrer Stoffpuppe, sprach nicht, antwortete nicht, wenn sie gefragt wurde, verriet uns aber auch nie.

Trotzdem quengelte ich ein ums andere Mal.

»Ehrlich, Stas, muß das sein? Ich nehm meine Tantchen ja auch nicht überallhin.«

»Ja, ich soll auf sie aufpassen. Es geht ihr nicht gut.«

Es ging Jadwiha nie gut. Sie war entweder krank oder verzweifelt. Dabei war sie gerade einmal sechs Jahre alt.

»Ist es so schlimm, daß sie da ist?«

»Auf einer Skala von eins bis zehn, eins harmlos, zehn schlimm«, immer öfter drückte ich meine Empfindungen nun in Zahlen, auf Skalen aus, »so um die sieben.«

»Sieben ist gut. Damit kann ich leben«, sagte Stanislau und knickte einen neuen Zigarettenfilter. Siebenmal.

In den folgenden Wochen waren wir Tag für Tag am Tümpel und verbesserten unsere Ausrüstung. Die Tests fielen zu unserer Zufriedenheit aus, wir versuchten, im Flachwasser mit dem Kopf nach unten zu atmen. Als das überraschend gut funktionierte, unternahm Stanislau kleine Tauchgänge ins Tiefere, auch um zu sehen, ob unsere Ledermontur hielt. »Positiv«, kommentierte er den Vorgang, aber er schlotterte, obwohl es noch nicht spät im Jahr war.

Aber doch spät genug. Eines Tages sagte er, wir müßten den Tauchgang in den Frühling verschieben. Das Wasser würde zu kalt werden, die Ausrüstung sollten wir auch noch einmal überprüfen, und außerdem mache ihm Jadwiha Sorgen. Ich war stocksauer. Wegen seiner kleinen Schwester wollte ich mich nicht um die Möglichkeit bringen, schon zu Weihnachten ein Held zu sein. Aber Stanislau tat wie ein Erwachsener und sprach »ruhig« und »vernünftig« auf mich ein, wie es die Erwachsenen tun, wenn sie einem grundlos mal wieder allen Spaß verderben wollen. Also gab ich klein bei, sorgte nur dafür, daß wir unsere Ausrüstung nicht aufteilten, sie sollte in Groß- papas Garage überwintern. Stanislau packte seine Schwester hinten aufs Rad, ich wollte unseren Krempel mit einer kleinen Handkarre nach Hause ziehen. Wir verabschiedeten uns bis morgen in die Schule. Ich winkte dem noch mehr als sonst schwankenden Zweiergespann Lebewohl, und kehrte mich, kaum waren sie außer Sichtweite, wieder dem Ufer zu. Wenn Stanislau warten wollte: bitte, aber ich würde jetzt nicht knei- fen. Nicht nach all den Wochen, die ich mit Vorbereitungen zugebracht hatte, die mich den letzten Nerv und den einen oder anderen Gegenstand, der nicht wollte, wie ich wollte, das Leben gekostet hatte. Jetzt mußte es sein! Was sollte schon passieren, mir würde ein wenig kalt werden, ich hätte einen Schnupfen, und ich hätte Stanislau gezeigt, daß wir schon längst soweit waren. Man müßte endlich etwas wagen. Das war unser ganzes Problem: niemand traute sich, endlich einmal etwas zu wagen.

Die Sonne spiegelte sich khakifarben auf der Wasserober-fläche. Hin und wieder sah man kleine Luftblasen auf ihr zerplatzen.

Ich war erstaunt, wie leicht es ging, wie leicht es war, unter Wasser zu atmen. Daß es da einen seltsamen Druck gab auf meine Augenhöhlen, in meinen Ohren, in meinem Kopf, beachtete ich nicht angesichts der Faszination, unter Was-ser atmen zu können wie ein Fisch. Und weil es überhaupt nicht dunkel war, ging ich tiefer. Und noch ein Stück tiefer. Und noch eines. Und ich dachte, ich müßte bald den Grund erreicht haben. Aber nun wurde die Sicht wirklich immer schlechter, ich tat ein paar Schwimmzüge und wirbelte dabei soviel Schmutz auf, daß ich gar nichts mehr sah. Und dann dröhnte es in meinem Kopf. Nur noch dies Dröhnen, als ob ein Unterseeboot an mir vorüberführe, rechts, links, oben, unten. Ich erschrak, versuchte mich wieder auf das Atmen zu konzentrieren. Ich mußte nach oben. Aber ich hätte nicht mehr genau angeben können, wo oben war und wo unten, weil mein Kopf zersprang und ich keine anderen Gedanken fassen konnte außer: Atmen, kein Wasser schlucken, Atmen, Atmen, Atmen. Ich tat einige kräftige Strampelbewegungen mit den Beinen, dann wurden sie hart wie nach einem langen Sprint. Wasser drückte in meinen Mund, der Hustenreflex zog noch mehr Flüssigkeit hinterher. Es war, als fiele ich kopfüber. Dann schlug etwas hart gegen meinen Schädel, ich spürte ein Ziehen an der Schulter und sah eine gewaltige Portion Licht.

Brechreiz. Als ich mich meinem Magen hinterherkrümm-te, war der Kopfschmerz so stark, daß mir die Sinne sofort wieder zu schwinden drohten. Eine Hand klatschte mir ins Gesicht. Bitte nicht mit dem Handrücken, dachte ich. Ich, der Kainssohn. Dann näherte sich Jadwihas Puppe meinen Augen, schwankte vor ihnen wie ein Besoffener hin und her.

»Hallo«, sagte ich schwach.

»Hallo«, antwortete die Puppe mit außerordentlich munterer Kinderstimme, »du bist nicht tot, oder?«

»Nein, der ist nicht tot, der ist ein Idiot, aber er ist nicht tot.«

Die Puppe streichelte mir ein wenig über die Nase, aus der noch immer Wasser lief. Es kitzelte.

»Gott sei Dank ist er nicht tot.«

Dann verbreitete sich der beißende Rauch einer Belamor-kanal.

In dubio pro Deo

Was mir von dem Tauchgang geblieben ist: ständig wiederkehrende Migräneanfälle. Ich kämpfte zwei Wochen lang mit den direkten Nachwirkungen. Mein Nasenbluten, meine Kopfschmerzen wurden hingenommen wie jedes andere kindliche Unwohlsein. Nur Tatsiana erzählte ich davon, bei ihr war ein Geheimnis gut aufgehoben, und im Gegensatz zu Großpapa würde sie mir auch keinen Vorwurf machen. Sie wußte, daß es meine einzige Chance war, die Welt zu entdecken, und zugleich mich dieser stumpfsinnigen Welt um mich, um uns, zu entdecken. Ihre Reaktion bestätigte lediglich ihr noch immer hellwaches medizinisches Interesse: Sie sorgte sich um meinen Geisteszustand, den *nach* dem Tauchgang, und so stellte sie mir hin und wieder kleine Rechenaufgaben, oder sie fragte mich Vokabeln im Deutschen ab, um die Bestätigung zu erhalten, daß mein Gehirn nicht oder nicht entscheidend gelitten hatte.

Ich ging weiter ins Lauftraining, trabte ein paar Runden, bis mir Blutstropfen unter der Nase hingen. Jefim Abramawitsch schickte mich wieder nach Hause, aber ich wollte dableiben, bei Stanislau bleiben. Und vielleicht auch bei Jadwiha und ihrer Puppe, die nun überall mit von der Partie waren.

Jadwihas Puppe hieß Agata. Wahrscheinlich weil sich, wie bei ihrem heiligen Urbild, an der Stelle, an der der Oberkörper sein sollte, nur eine ganze Reihe von Wollknoten befanden, die die auseinanderlaufenden Einzelfäden zusammenhielten, aus denen sie bestand. Stanislau stammte aus einer katholischen Familie, die es unter den Sowjets nicht leicht hatte. Schon der Umstand, daß die Hiesigen zwischen den Kriegen Polen waren, stellte sie unter den Generalverdacht, Reaktionäre zu sein. Jede Form von Religion war der Sowjetunion suspekt, aber der Katholizismus war die verhaßteste. Zur alten Feindschaft der Orthodoxen kam hinzu, daß er einst die Religion der polnischen Adligen war. Also hielten die meisten weißrussischen Katholiken die Klappe und kehrten ihren Weihrauchschwenkern den Rücken. Nur Stanislaus Eltern lebten ihre Maxime öffentlich, so gut es eben ging. Die Maxime lautete: In dubio pro Deo.

Schon in der weißrussischen und polnischen Namenswahl ihrer Kinder konnte man so etwas wie Dissidententum erkennen. Dem Stanislau allerdings nicht so recht entsprechen wollte. Er las Marx und Lenin, ohne daß man ihn in der Schule dazu hätte anhalten müssen. Er las nicht nur über die Geschichte des Sozialismus, er studierte sie, und das in einem Alter, in dem andere unserer Klassenkameraden damit beschäftigt waren, herauszufinden, ob es sich mehr lohnte, mit dem Rauchen oder mit dem Wichsen zu beginnen, oder mit beidem.

Bis zum jähen Tod seiner kleinen Schwester.

Mit einem Mal hatte Stanislaus Leben kein Ziel, sein Verantwortungsgefühl keine Zuflucht mehr.

Auch ich vermißte Jadwiha, vermißte Agata, die mir das Leben gerettet hatte. Sie war am Tümpel zurückgelassen worden, und Jadwiha hatte ihren großen Bruder mit einer vom Durchgerütteltwerden auf dem Fahrrad bebenden Stimme gebeten, doch noch einmal zurückzukehren, die Puppe würde sich fürchten die Nacht über allein da draußen. Nie wieder würde Jadwiha unsere Zusammenkünfte teilen als der kaum anwesende Beobachter, der doch immer mehr zu einem Mitverschworenen geworden war.

Für Stanislau aber war es, als hätte man ihm ein Organ seines eigenen Körpers entfernt. Er litt unter dem Tod der Schwester, wie ich nie wieder jemanden habe leiden sehen. Er brach mit allem, was ihm an- und zugehörte: mit Marx und Lenin, mit dem Traum vom Tauchen, mit den Mädchen unserer Klassenstufe, deren Herzen ihm nur so zuflogen. Vor allem aber brach er mit seiner Kindheit. Und begann, sich selbst neu zu erfinden.

Ein amerikanischer Analytiker hätte vermutlich konstatiert: Schuldgefühle, denen unbewußte Tötungswünsche vorausgegangen waren für das Wesen, das er beaufsichtigen mußte, das mehr als nur einmal eine Romanze verhindert hatte mit einem miniberockten jungen Ding; eine ganze Skala an Schmerzgedanken eben, Töne rauf, Töne runter, man kann sich alles erklären, man kann sich alles hinreden.

Fakt ist, daß seine Eltern Stanislau nie gezwungen hatten, Jadwiha mitzunehmen, daß er geradezu versessen darauf war (und ich habe mich schon damals gefragt, ob sie das selbst eigentlich mochte, eingedenk des tobsüchtig sich nach allen Richtungen werfenden Gepäckträgers, von dem abgestiegen sie noch minutenlang an allen Gliedern zitterte). Fakt ist, daß Stanislau trachtete, ihr beizubringen, was er wußte, mit geduldigem Eifer, während sie ihm unbeteiligt, aber nicht unaufmerksam dabei zusah. Es mochten die Momente gewesen sein, die Jadwiha aus ihrer Stumpfheit zogen. Und uns versicherten sie, daß sie tatsächlich an unserer Welt teilnahm und nicht, wie hochrangige Spötter unter den Leichtathleten behaupteten, einfach nur komplett plemplem war. Stanislau suchte ihr seine Welterfahrung einzuimpfen, sie mit ihren sieben Jahren mit all dem zu versehen, was er in seinen vierzehn gesammelt hatte, suchte sich verstandesmäßig zu reproduzieren, rasch und unermüdlich, so als ob er derjenige wäre, der bald sterben und sich vergewissern müßte, daß alles seinen Platz hätte in der kleinen, lebenstüchtigen Schwester.

Es kam anders. Und ging sehr schnell. Jadwiha klagte eines Freitags über Bauch- und Kopfschmerzen, nichts Ungewöhnliches für das Kind, aber die Heftigkeit, mit der sie diesmal auftraten, alarmierte die Familie. Ich sah Stanislau auf seinem Fahrrad an unserem Haus in die eine, dann, eine halbe Stunde später, einen Arztwagen in die entgegengesetzte Richtung jagen. Einen Tag später war Jadwiha tot. Multiples Organversagen. Irgendwie liege es in der Familie. Sagten die Ärzte.

Der Lebenstüchtige war er, er mußte es sein, den trostlosen Eltern eine Stütze, noch mehr die Stütze seiner selbst. Stanislau begann, sich selbst neu zu erfinden, jetzt, da er weiterleben mußte, da er die Aufgabe und Verpflichtung hatte, an seiner Schwester statt weiterzuleben, nachdem er sich als unfähig erwiesen hatte, Verantwortung für die Kleine zu tragen, die noch leben könnte, hätte er nur auf sie aufgepaßt, hätte er sich nur rechtzeitig selbst geopfert, diese ganze Skala an Schmerzgedanken eben, Töne rauf, Töne runter.

Einige Zeit nach Jadwihas Tod bekamen Stanislaus Eltern Besuch von einem Verwandten aus Moskau. Er hatte Karriere in der Partei gemacht, war ein Anhänger Gorbatschows, raunte, hinter vorgehaltener Hand habe er von einer ziemlich unguten Sache erfahren, die in Tschernobyl passiert sei. Wir rätselten. Was war Tschernobyl? Großpapa schlug im Atlas nach und fand eine gleichnamige Stadt in der Ukraine. Und Stanislau gab weiter, was er zuhause gehört hatte: daß da, in der Nähe von Homyel, irgendetwas passiert sei mit Atomen. Großpapa bat ihn, nicht weiter zu schwatzen, von Atomen verstünden wir nichts. Trink, und laß es nicht wiederkommen.

Auch mit Atomen mochte etwas passiert sein, ja, aber was hauptsächlich passierte, war, daß Stanislau erst jetzt erfuhr, daß wir alle erst jetzt erfuhren, was sich am Südostrand von Belarus wirklich abgespielt hatte. Mit seiner verhinderten Opferbereitschaft und der ganzen Zähigkeit seines Langläuferlebens durchstöberte Stanislau die Bibliotheken in Hrodna nach Büchern über Radioaktivität, über Spätfolgen radioaktiver Strahlung, über Leukämie und Schilddrüsenkrebs und multiples Organversagen. Und begann, nicht nur sich selbst, sondern auch dem System die Schuld an Jadwihas Tod zu geben; dem System, das die Bevölkerung nicht unterrichtet hatte, das uns Tag für Tag mit dem Wind aus Südost im Rücken in die Schule gehen, uns ins stille Verderben rennen ließ. Sonst hätten wir das Gemüse aus dem Garten und die Pilze aus dem Wald doch nicht gegessen. Sonst wäre Stanislau mit der kleinen Jadwiha doch nicht so oft nach draußen zum Spielen gegangen, um sie mit Sand zu bedecken, bis nur noch die Arme hervorlugten, die Agata hielten, und das schmale Kindergesicht, das stundenlang gluckste und strahlte, strahlte, strahlte.

Noch wollte niemand so recht auf Stanislau hören, schon gar nicht seine Eltern, die im frühen Tod der Tochter nichts als eine Strafe Gottes für ihre eigenen Verfehlungen sahen. Und im Grunde seines Herzens glaubte auch Stanislau, daß das Gerede über den »nuklearen Genozid«, das endlich im ganzen Land laut wurde, nichts als eine Ausrede für sein Versagen als großer Bruder war. Stanislau war verzweifelt bemüht, seinen Eltern alles recht zu machen und für zwei Kinder zu leben, aber was er auch tat, es war nicht gut genug. Eines Nachmittags kehrten wir vom Lauftraining zurück. Vor dem Block, in dem Stanislau lebte, erwartete uns seine Mutter, die uns mit Stirnrunzeln begrüßte. Sie fragte, ob er daran gedacht habe, zu Kaslou zu gehen, Milch und Eier mitzubringen. Stanislau schlug sich vor die Stirn, er ließ seine Tasche fallen, wollte auf der Stelle kehrt machen, da hörte ich seine Mutter mit vor Enttäuschung und Lebensüberdruß dünner Stimme sagen:

»Ach, laß.«

Nicht mehr als dies: Laß, bevor sie sich selbst, wie schicksalsergeben, auf den Weg machte. Laß, schien sie zu sagen, darauf kommt es jetzt auch nicht mehr an. Laß, schien sie zu sagen, hättest nicht du an ihrer Stelle sterben können. Laß, von dir erwarten wir nichts anderes, wie solltest du an Milch und Eier denken, du hast ja nicht einmal an deine Schwester gedacht. Und hätte Stanislau an Milch und Eier gedacht, wäre es kaum anders gewesen: Laß, du kannst an Milch und Eier denken, nicht aber an deine Schwester.

Stanislau war vernichtet. Ich versuchte ihn zu trösten, aber es gelang mir nicht. Selbst als ich ihn daran erinnerte, daß er mir das Leben gerettet hatte, fand ich keinen Widerhall, keinen Anklang, drang nicht zu ihm durch. Nach dieser Szene lag ich die halbe Nacht wach und zerbrach mir den Kopf darüber, wie ich Stanislau helfen, wie ich ihn für meine Rettung entschädigen könnte. Aber schon am nächsten, ziemlich unausgeschlafenen Morgen hatte ich meine eigene Portion Lebensgift zu schlucken. Als mich Alezjas und Vaters Stimmen aus dem Bett riefen. Als ich ihre Schritte hörte, treppab, treppab, treppab.

Verlottern

Mehr als ein Jahr war Großpapa nun schon tot, und ich hatte ihn noch immer nicht gefunden. Dafür hatte Jefim Abramawitsch aufgehört, von oben beschwörend auf meine Wachstumsregionen einzusprechen. Ich hatte quasi über Nacht optimale Sprintergröße erlangt und überragte ihn um Zentimeter. Sieben Härchen sprossen mir am Kinn und drei über der Oberlippe. Noch vor dem Frühstück, das wir vier Kinder nun immer häufiger ohne Erwachsene einnahmen (Mutter blieb tagelang im Bett), häckselte ich den Flaum mit Vaters Rasiermesser klein. Bei Tisch blutete ich voller Stolz unter den Pflastern hervor.

»Böse Pickelchen?« fragte Tatsiana, zog Mund und Nase zu einer Schnute, die niedlich und angriffslustig zugleich aussah, und näherte ihren Zeigefinger meinem Gesicht. Ich ergriff ihn, schob ihn zurück in die demilitarisierte Zone und sagte: »Vaterländische Pflicht.«

»Du bist ein Held!«

»Ich weiß.«

Nach dem Mittagessen rächte ich mich mit einem pudelnassen Waschlappen, den ich der Schlafenden aus nächster Nähe ins Gesicht klatschte. Ihr Sonnenbaden war jäh beendet, nun ging es im Schweinsgalopp über die Wiesen und durch die Maisstauden, die hinterm Haus in den Himmel schossen. Und weil ich der bessere Läufer war, arbeitete mein Tantchen mit den fieseren Tricks, warf mir Maiskolben hinterher, schnellte

mir die Stengel zwischen die Beine. Bei dem sich anschlie-
ßenden Ringkampf lag ich auf ihr, preßte ihre Schenkel mit
meinen Knien auseinander, drückte ihre Arme zu Boden.
Tatsianas Kleid war bis weit über die Taille hochgerutscht,
seine Träger fielen zu beiden Seiten der Schultern herab und
entblößten den lilafarbenen Halo einer Brustwarze. Beide
hatten wir hochrote Köpfe, unsere Finger waren ineinander
verkrampft, wir rochen des anderen Atem, und keiner wollte
zuerst loslassen, es war ein Spiel, unser Spiel seit jeher.

Es war längst kein Spiel mehr, das Großmama beobachtet
hatte, und so berief sie den Familienrat ein. Wir waren zu alt
für solche Spiele. Die Spiele waren zu riskant geworden. Nach
diesem Ringen mußte ich mir nicht nur die grasverschmierten
Ellenbogen waschen. Ich wechselte auch die Unterwäsche.

»Verlottern« war das Wort, das Großmama gebrauchte, es
gab für sie kaum ein schlimmeres: »Verlottern wird der Junge.«
Verlottern, das war schon immer das Gräßlichste, was sich diese
Familie überhaupt zu denken und vorzustellen vermochte. Verlottern bedeutete den Anfang vom Ende. Es hatte zu tun mit –
ja, womit eigentlich? Es hatte mit so ziemlich nichts Konkretem
zu tun, es war, recht besehen, sogar die Abwesenheit von allem
Konkreten, und das war vielleicht das Allerschlimmste: daß die
Familie zu »verlottern« nicht einmal ein passendes Bild fand.
Denn das Bild des Säufers, der im Rinnstein an seiner eigenen
Kotze zu ersticken drohte, taugte nicht, das ähnelte Vater zu
sehr, Wochenende für Wochenende immer mehr, aber der
drohte nicht zu verlottern, im Gegenteil, denn mit steigendem
Wodkakonsum scheffelte er mehr und immer noch mehr Geld.
Wer verlottert, wird dabei nicht reich, das war, was feststand, was
feststehen mußte. Großmama grub tief in ihrem Tagebau der
Tugenden. Und endlich förderte sie Begriffe zutage. Begriffe,
mit deren Hilfe sie verschwieg, daß es eigentlich nur meine

Neigung zu Tatsiana war, die sie als gefährlich ansah. Disziplin und Respekt, hallte es von den nackten Wänden wieder. Man müsse wenigstens versuchen, einen disziplinierten und respektvollen Sowjetbürger aus mir zu machen, der es zu einem disziplinierten und respektvollen Sowjetberuf bringen würde. Polizist. Schlafwagenschaffner. Lauftrainer.

Mutter sagte wie immer gar nichts, sie zuckte nur hin und wieder verstohlen mit den Schultern und bemühte sich, nicht mit offenem Mund zu gähnen. Und Vater nuckelte lange an seinem gebratenen Fisch, von Zeit zu Zeit spuckte er die Gräten auf einen Teller, den er auf Kinnhöhe hob. Für ihn waren die Jahre nach dem Tod des Alten Aufbruchjahre. Endlich konnte er seinen Geschäften mit Onkel Janka in Ruhe nachgehen, ohne das unaufhörliche Dazwischenreden und den Spott des Alten. Immer wenn ich ihn fragte, woher das viele Geld denn nun stamme, murmelte er irgendetwas von »Perestrojka« und zog die rechte Augenbraue hoch.

(Ich übernahm Antwort wie Geste auf die Frage, wovon ich denn eigentlich mein Studium finanzierte – nur eine Augenbraue hochziehen, allein das zu üben hat mich Wochen gekostet).

Wenn die Braue wieder sank, sah er mich mit einem unsteten Flackern in den Augen an. Es war dasselbe, das ich beobachtet hatte, wenn Vater und Großpapa miteinander sprachen – oder, was heißt schon »sprachen«, wenn Großpapa eine Bemerkung auf Vaters Kosten machte und der nichts zu erwidern wagte oder nichts zu erwidern in der Lage war. Dieses Flackern. Ich deutete es auf mich, deutete es als: Der Junge ist wie sein Großvater, der Junge fragt zuviel, der Junge muß weg.

Als Vater endlich mit seinem Fisch fertig war und die fettigen Finger am Tischtuch abwischte, sagte er: »Minsk.«

Und Großmama nickte. Und Mutter gähnte. Und ich weiß

nicht, ob es sich wirklich so abgespielt hat, denn ich hätte das alles, hinter der geschlossenen Tür lauschend, durch den Türschlitz spähend, mitanhören und mitansehen können, aber ich habe es nicht getan, weil ich arglos war, viel zu sehr damit beschäftigt, mich zu fragen, was ich mit den nächtlichen Träumen machen sollte, in denen mir immer häufiger Tatsiana erschien, mit halb entblößter Brust; Träumen, aus denen ich mit einem unbestimmten Gefühl der Sehnsucht und klebrigem Bettzeug erwachte; Träumen, deren Inhalt ich nicht einmal Stanislau erzählen konnte.

Als man mir endlich mitteilte, wie meine nähere Zukunft aussehen würde, war das Internat nicht nur beschlossene Sache, alle Formalitäten waren geregelt, dank Onkel Jankas Beziehungen. Wenige Wochen später sollte ich nach Minsk. Finis comoediae.

Ich wußte, daß es sinnlos wäre, mich allein gegen diese Entscheidung zu stemmen. Ich suchte Verbündete, doch es gab nur noch einen innerhalb der Familie. Tatsiana war nervös. Sie hatte zu rauchen begonnen, ich kann nicht sagen wann, und während wir am Polentümpel saßen und ich mich heiser redete und zugleich einen Kloß in meinem Hals spürte, brannte sie sich mit der Zigarette Mückenstiche aus, mir schien, allein zu dem Zweck, nicht zu mir aufsehen zu müssen. Als ich schließlich schwieg, gab sie sich abgeklärt und erwachsen und sprach »ruhig« und »vernünftig« auf mich ein (oh, wie sehr ich dies Erwachsentun schon immer haßte, wie sehr!). Sie suchte mir einzureden, daß ich im Grunde beneidenswert sei, daß ich endlich rauskäme, daß ich in Minsk viele Freunde finden und eine richtige Oberschule besuchen würde. Nach wenigen Sätzen hörte ich ihr gar nicht mehr zu, ich wollte weglaufen, Tatsiana versuchte mich aufzuhalten, aber sie bekam nur noch die Manschette meines Hemds zu fassen, das unter der Spannung zerriß.

Ärmel- und fassungslos nahm ich Abschied von Stanislau, der mich beschwor, keinen Unsinn zu machen und ihm zu schreiben. Wir gaben einander die Hand, wie zwei alte Bekannte, die sich wunderten, daß das jetzt alles gewesen sein soll. Ich spürte einen kleinen Brief in meinen Fingern.

»Lies ihn erst dort«, sagte Stanislau.

Der Abschied von meiner Familie, nachdem ich tagelang mein Zimmer nur noch in den nötigsten Fällen verlassen hatte: Marya, auf Großmamas Armen, noch keine zwei Jahre alt, leise vor sich hinplappernd, starrte mich mit tiefem Blick an, ihre Karyatide sah mir nicht in die Augen, Tatsiana sah mir nicht in die Augen. Auf Vaters Frage, ob sie nicht mitkommen wolle, mich auf den Bahnhof nach Hrodna zu bringen (eigentlich hatte ich erwartet, meine Eltern würden mir das Fahrtgeld in die Hand drücken und mich zur städtischen Busstation schicken, »Den Weg kennst du ja, und trödel nicht rum«), behauptete ich, ich hätte Alezja versprochen, sie könne mitfahren. Deren Gesicht hellte sich plötzlich auf. Ich kämpfte mit den Tränen.

»Und daß du uns keine Schande machst!« sagte Vater auf dem Bahnsteig, auf dem wir eine geschlagene Stunde standen, weil wir natürlich viel zu früh dran waren. Immer wieder sagte er es und klopfte mir bei jedem zweiten Wort zur Betonung vehement auf die rechte Schulter, ich hatte schon Angst, ich würde mit blauem Fleck und Haltungsschaden im Internat einlaufen. Mutter seufzte und weinte und sagte wie immer gar nichts. Als der Zug einfuhr, drückte mir Alezja einen festen Kuß, der nach Kakao schmeckte, auf den Mund, und verlangte, ich solle ihr etwas Schönes aus Minsk mitbringen, wenn ich das erste Mal nach Hause käme, aber ja nichts, was ich auch Tatsiana mitbrächte. Ich schnaubte.

Ich hatte nicht vor, Tatsiana je noch etwas mitzubringen.

Heimweh ist mein großväterliches Erbe

1. Alle Wäschestücke sind mit Identitätskennzeichen des Internatsschülers in folgender Reihenfolge zu versehen:
   a. Familienname,
   b. Vorname,
   c. Vatersname.
2. Der Wäschewechsel findet wie folgt statt: Unterwäsche zweimal pro Woche: Mittwoch auf Donnerstag, Samstag auf Sonntag; Bettwäsche: einmal im Monat, erstes Wochenende, das ein Heimfahrwochenende ist.
3. Freitag ist Duschtag. Jeder Internatsschüler hat einen Zeitraum von zehn Minuten zur Durchführung des Vorgangs.
4. Wecken ist um sechs Uhr morgens. Dem ist ausnahmslos Folge zu leisten, es sei denn, es liegt ein schulärztliches Attest vor. Nach dem Wecken ist ohne weitere Aufforderung wie folgt vorzugehen:
   a. Bettwäsche verwahren,
   b. Toilette und Leibwäsche,
   c. Antreten zum Frühstück,
   d. Patriotischer Dienst.
5. Die Küche ist für den Internatsschüler strikt verbotenes Terrain. Ausgenommen sind diejenigen, die zum Küchendienst eingeteilt worden sind. Sie unterstehen dem Küchenkollektiv und haben seinen Dienstanweisungen Folge zu leisten. Diebstahl, insbesondere Küchendiebstahl, ist unvereinbar mit den

Prinzipien einer sozialistischen Erziehung und hat sofortige Relegation zur Folge.

6. Jedem Internatsschüler steht ein abschließbarer Spind für die persönliche Habe zur Verfügung. Das Schließfach wird regelmäßig vom Erziehungskollektiv auf Ordnung und Inhalt geprüft, auch in Abwesenheit des Internatsschülers.

Die Betten. Weiße Eisenbetten, überall sprang der Lack ab, nachts zerrieben wir unter der Decke Farbreste zu Staub. Das Weiß fand sich unter den Fingernägeln, zu kleinen Spänen geformt schoben sie sich unter die Haut, entzündeten sich.

Jedes zweite Fenster hatte einen Sprung. Jedes fünfte war zerbrochen. Die meisten waren blind, zumindest unten. Oben, wohin Köpfe und Rücken der Internatsschüler nicht reichten, konnte man an Herbsttagen die Vögel nach Süden ziehen sehen.

Bohnerwachs und Fußschweiß. Es roch nach fabrikneuer Plaste und altem Holz. Es roch nach gebratenen Kartoffeln und Roter Beete, wenn man sich der Küche, nach Desinfektionsmittel und Fischhalle, wenn man sich den Wasch- und Toilettenräumen näherte. Das ständige Übergeben morgens, in der Nase den Pißgeruch der Ablaufrinnen, mit abwechselnd gelben und rostroten Streifen. Das Schlangestehen vor dem Abtritt, Fürze wie Maschinengewehrsalven, das Lachen der einen, die stolz auf ihr stahlhartes Gedärm waren, das Fluchen der anderen, die, wie ich, noch die Aura der Nacht um sich hatten.

Oder die der Migräne.

Dann die Technik der morgendlichen Katzenwäsche. Augenmerk auf Ohren und Fingernägel, die wurden kontrolliert. Wer unter den Achseln stank, zog sich nur den Spott der Zimmergenossen zu, drei an der Zahl. Der Genosse Zimmerälteste hatte beim Appell Bericht zu erstatten. Von ihm hingen Wohl und Wehe eines Internatsschülers ab, was er verschwieg, bedeutete eine Runde Strafdienst oder einen Spießrutenlauf weniger. Manche ließen sich für diese Dienste gut bezahlen, andere drängte es einfach nur danach, ihren Sadismus auszuleben. Endlich Zimmerältester! war die Parole. Von jetzt an waren das Schuheputzen, der Fischhallendienst und das Wodka- und Zigarettenschmuggeln vorbei. Von jetzt an hatte man seine willfährigen Diener.

Ich hatte Glück. Mein Zimmerältester war ein Schwäch- ling, der seine Frischlinge in Ruhe ließ, wenn sie ihn in Ruhe ließen. Das hieß: An Wochenenden, an denen wir nicht heim- fahren durften, mußten wir ihn den Kater vom Freitag, den Kater vom Samstag ausschlafen lassen. Keinen Mucks auf dem Zimmer, das ganze Wochenende nicht. Wir waren im Geschäft.

Erst nach Tagen las ich den Zettel, den Stanislau mir zuge- steckt hatte. Ich weiß selbst nicht, wie ich ihn hatte vergessen können, diese einzige Verbindung nach Daheim.

Sie griffen Jesus und führten ihn hin und brachten ihn in des Hohenpriesters Haus. Petrus aber folgte von ferne. Da zündeten sie ein Feuer an mitten im Hof und setzten sich zusammen; und Petrus setzte sich unter sie. Da sah ihn eine Magd sitzen bei dem Licht und sah genau auf ihn und sprach: Dieser war auch mit ihm. Er aber verleugnete ihn und sprach: Weib, ich kenne ihn nicht. Und über eine kleine Weile sah ihn ein anderer und sprach: Du bist auch deren einer. Petrus aber sprach: Mensch, ich bin's nicht. Und über eine Weile bekräftigte es ein anderer und sprach: Wahrlich dieser war auch mit ihm. Petrus aber sprach: Mensch, ich weiß nicht, was du sagst. Und alsbald, als er noch redete, krähte der Hahn. Und der

Herr wandte sich um und sah Petrus an. Und Petrus ging hinaus
und weinte bitterlich.

Darunter gekritzelt fand ich folgende Worte:

Die Opfer, die Gott gefallen, sind ein geängsteter Geist. Ein geäng-
stet und zerschlagen Herz wirst du, Gott, nicht verachten.

Kackruß, katholischer. Stanislau hatte nichts Besseres zu tun,
als mich im Internat zu missionieren, als mich mit seinen blöden alten Geschichten zu langweilen; mich, nicht in mythischer
Vorzeit, sondern hier und heute verlassen und verraten, von
Tanja, dem einzigen Menschen, an den ich bereits mit einer
Mischung von Lust und Liebe gedacht hatte und von nun an
nur noch mit einer von Rache und Schmerz würde denken können. Die Bilder, die Nacht um Nacht herandrängten und die
ich nicht wegträumen konnte und auch nicht wegschrubben,
die Bilder von Tanjas halb entblößten Brüsten unter mir, über
mir, neben mir im Bett, machten alles nur noch schlimmer. Ich
war vertrieben von den Meinigen, weggestoßen von meinem
Tantchen. Dort, wo mein Leben war, war plötzlich ein Loch,
eines, das ich nicht einmal dazu benutzen konnte, um meinen
Start zu trainieren. Aber ein Loch, das sich nicht zuschütten
ließ und sich auch sonst für nichts eignete, war wertlos.
    Und Petrus ging hinaus und weinte bitterlich.
    Hoffentlich!, dachte ich, hoffentlich weint sie bitterlich.
Wenigstens das.

Wunden lecken. Der Drill in den Schulstunden, das Aufste-
hen, Strammstehen, Aufsagen, Hinsetzen, die Schuluniform
in blauer, die Schulbedienstetenuniform in grauer Farbe, die
Ranghöchsten tragen eine Mütze mit gewaltigem schwarzen

Schirm. Das ist die Sowjetunion, unken wir: Jeder Deckel findet seine Flasche.

Wenn ein Pfiff ertönt, stehen wir und starren. Erst auf die leeren Tischbänke. Dann auf die leeren oder schon zur Hälfte mit Reis oder Salat gefüllten Teller. Als sei von hier, von diesem fast jungfräulichen Porzellanimitat, eine neue Offenbarung zu erwarten. Oder wenigstens ein Wort. Hundert junge Menschen und doch kein Wort. Wir setzen uns.

Bei meinem Gegenüber hebt sich der Hemdkragen auch nicht einen Millimeter über das Revers des Uniformjacketts. Er trägt eine tonnenschwer aussehende Brille auf der feingeschnittenen Nase und bearbeitet seine Kost mit so exakten Messerstrichen und Gabelstichen, daß ich, schier verzweifelnd ob der Zähigkeit des Fleischklumpens vor mir, mich fühle wie ein Holzfäller. Oder ein dreister alter Fleischer auf Stadturlaub.

Der Junge links neben mir hält seine Glieder kaum in Zaum. Alles an ihm ist Bewegung und Länge, diese Extremitäten wollen beschäftigt sein. Rechts verbirgt einer seinen ersten sprießenden Oberlippenbart hinter einer Hand, in die er zugleich den Kopf gestützt hält. Er stochert im Reis. Was nicht von selbst auf die Gabel spaziert, hat es nicht verdient, unter dem Bärtchen, in seinem Mund zu landen.

Wenn ein Pfiff ertönt, rasseln wir auf und sehen zu Boden, dorthin, woher die neue Offenbarung ihren Ausgang nehmen soll. Aber es tut sich nichts, nichts als ein schwaches Stimmchen hinter mir, das sich nur wenig über die verlorenen Essensreste erhebt und Aufmerksamkeit einfordert für den Wochenplan. Dann fliehen alle der Tür zu. Wie gern setzte ich mich wieder und kämpfte weiter mit meinem Klumpen. Der Fleischer in mir hat sein Pensum noch nicht geschafft. Und seine Heimat ist weit.

Heimweh ist mein großväterliches Erbe.

Um es zu betäuben, begann ich zu lesen. Bis zu diesem Moment hatte ich gelebt wie ein Analphabet. Jetzt war es wie ein Rausch. Ich las rascher, vehementer und radikaler als alle anderen. Meine ersten Gefährten hießen Majakowskij und Rimbaud. »*Ein Mensch, der sich verstümmeln will, ist doch verdammt, oder?*« Die Bücher waren Leihgaben meines Zimmergenossen Trafim. Rimbaud, erklärte Trafim, dessen Vater einst ein landesweit berühmter Literaturwissenschaftler gewesen war, bevor er auch für die Universität die Perestrojka forderte und nun lediglich Typoskripte nach ihrer Größe sortierte, Rimbaud war ein in der Sowjetunion geduldeter Bourgeois, weil er auf den Barrikaden gekämpft hatte, als die Herren auf die Knechte schießen ließen, 1871. Anderes Gedankengut, das als »bourgeois« eingestuft war, war schwerer zu bekommen, die Internatsbibliothek bestand nur aus geprüfter sozialistischer Fachliteratur. Doch Trafim fand immer Mittel und Wege, durch seinen Vater Bücher oder Gedichtabschriften aufzutreiben. Wo einer allein nicht weiterkam, weil die Verse nicht übersetzt und die Sprachen unbekannt waren, hat der andere ausgeholfen. Oder sich vielleicht auch nur ausgedacht, was da stand. Apollinaire. Artaud. Balmont. Barbey. Blok. Camus. Char. Chodassewitsch. Cortázar. De Quincey. Huysmans. Ghelderode. Hoffmann. Jarry. Jerofejew. Jessenin. Kafka. Lautréamont. Lorca. Mallarmé. Mandelstam. Rodenbach. Sade. Sartre. Sologub. Swinburne. Thomas. Trakl. Unamuno. Ungaretti. Villiers. Wolfe. Zwetajewa.

Von den vierteljährlichen Beurteilungen des Erziehungskollektivs war abhängig, ob die Zeit, die nach Internatsordnung bis zum ersten Heimfahrwochenende vergehen sollte, verkürzt wurde oder nicht. Mein erstes Gutachten war verheerend. Es bescheinigte mir einen »merkwürdigen Mangel an moralischen

Einsichten«, eine »Gefühlskälte bei hohen psychischen Ener-
giemengen«, auch eine »Neigung zu impulsiven Entschlüssen
und irrationalen Handlungen« (dabei hatte ich in dieser Zeit
auch nicht einen internatseigenen Gegenstand zerstört). Von
Disziplinierungsverweigerung ganz zu schweigen. Ich war ein
permanenter Fall für den Strafdienst. Und blieb noch eines
und noch eines, und noch ein weiteres Wochenende in Minsk,
in meiner Verbannung, die mir längst zu einer freiwilligen
geworden war, denn ich hätte, wenn schon, dann als Rächer
heimkehren wollen, oder als Renegat. Doch soweit war ich
noch nicht, ich war noch immer bei: »… und weinte bitterlich.«

Bis unser Zimmerältester eines Tages nicht mehr aus dem
Alkoholkoma erwachte und uns Sergej zugeteilt wurde. Sergej
war ein vierschrötiger rotblonder Fiesling, der mit seinen kaum
achtzehn Jahren eine Glatze bekam und sich den Rest seines
Haars im Armeestil schor. Als ich ihn das erste Mal dabei
beobachtete, dachte ich an die behaarte Wurst auf meinem
Generalfeuermeisterorden. Auf seine Frage, wie er aussehe,
antwortete ich ehrlich. Ein Schubser von Sergej genügte, ich
landete in meinem Spind, nicht ohne zuvor noch übers Bett
gefallen zu sein.

»Die haben mir schon gesagt, daß du Ärger machst«, zischte
er, »aber nicht mehr lang, darauf wette ich.«

»Topp«, sagte ich, mich aufrappelnd, und fing mir umge-
hend den zweiten Stoß ein.

Sergej hatte zahlreiche Aufsichtspositionen im Haus.
Wahrscheinlich war er so eine Art Kader- oder Verbindungsmann des Internatskollektivs, einer dieser Bauernlümmel, die
sich mit der nötigen Gewissenlosigkeit und Brutalität nach
oben andienen und es in jeder Gesellschaft zu etwas bringen.
Seltener zum Schlafwagenschaffner oder Lauftrainer. Häufiger
zum Polizisten. Die Statur dafür hatte er bereits.

Sergej wurde mein ständiger Begleiter, mein Schatten, mein Zwilling, wir waren Kastor und Pollux beim Fischhallendienst, er oben, ich unten, er überwachte mich, er kontrollierte mich, er schob und schubste mich zur Arbeit, sein Unterarm drückte mir am Spind die Kehle zu, zweimal mußte Trafim ihn anflehen, mich loszulassen, ich sei schon ganz blau angelaufen. Aber die Wette würde *ich* gewinnen.

Eines Samstagnachmittags schien es soweit. Sergej mußte meinetwegen das ganze Wochenende im Internat zubringen, wir waren so ziemlich die einzigen, die zurückgeblieben waren. Plötzlich gab er seine Dienstwache auf. Er steckte sich eine der Zigaretten, die für gewöhnlich hinter seinen Ohren angewachsen waren, zwischen die aufgeplatzten Lippen, und zog ab Richtung Hintertreppe. Ich fühlte, daß ich gewonnen hatte, und so schickte ich ihm eine ebenso derbe wie effektvolle Verwünschung auf Weißrussisch hinterher, die ich Rasou, dem Fleischer, abgehört hatte, wenn der mal wieder seine Rasowa aus dem Keller befördern wollte. Sergej stutzte, dann warf er die Zigarette weg und rannte wie ein wilder Stier auf mich zu. Mir war klar, daß ich zwar gewinnen, die Siegestrophäe aber nur noch mein Grab zieren würde. Ich zog meinen Antritt an, den langen Gang im zweiten Stock hinab, vorbei an den Bilder der Parteigrößen, über braune und weiße Bodenkacheln hinweg gewann ich einen deutlichen Vorsprung, das Geklapper von Sergejs Halbstiefeln wurde immer leiser. Dann wandte ich mich nach rechts, elegant wie ein Kurvenläufer, die 200 Meter hatte ich einfach im Blut, aber das stellte sich als Fehler heraus, dort war keine Tür mehr, nur noch die Wand, und ich verfluchte mich dafür, so selten im zweiten Stock Dienst geschoben zu haben. Endlich schlitterte Sergej um die Ecke, fing sich an der Außenwand ab und kam mit erhobener Hand auf mich zu. Ich ließ mich auf die Knie fallen, in der Hoffnung, rechts oder links an ihm vorbeizurutschen, oder, im schlimmsten Fall, wenigstens mein Gesicht vor seinen Schlägen schützen zu können. Durch die Fingerspitzen hindurch sah ich Sergejs Rechte näher kommen, aber der erwartete Schmerz blieb aus.

»Komm schon hoch«, knurrte er schnaufend auf Weißrussisch.

Ich fürchtete eine beispiellose Perfidie und schüttelte den Kopf.

»Nun mach.«

Ich verharrte in meiner Stellung. Dann packte er meine Hand und zog mich in den Stand. Er musterte mich.

»Woher kommst'n du eigentlich?«

»Hrodna. Aus der Nähe von Hrodna.«

»Ich auch. Ich bin aus Bruzgi. Du kannst mich Sjarozha nennen.«

Noch immer wußte ich nicht, worauf das alles hinauslaufen würde.

»Warum machst du es dir eigentlich so schwer hier, hm?«

Ich sah ihn an.

»Und mir? Glaubst du, ich hab Lust, immer dein Hündchen zu spielen?«

Ich verbiß mir die Antwort.

»Mann, uns alle kotzt das an. Alle sind wir abgeschoben worden. Aber du bist doch keine fünf mehr! In einem Jahr bist du hier raus. Und es liegt ganz allein an dir, ob das ein gutes oder ein noch beschisseneres Jahr wird. Mir wär's zu anstrengend. Ich hab mich entschlossen, für die hier zu funktionieren. Der Rest ist meine Sache. Den Rest bekommen die ja nicht mal mit.«

»Welchen Rest?«

»Du warst noch nie in der Stadt, oder? Na klar warst du da nicht, du hast ja immer nur das Scheißhaus geschrubbt.

Was glaubst du, wo ich jetzt wäre, wenn ich dich nicht an der Backe hätte? Willst du nicht mal mitkommen, und dann entscheiden, ob es sich lohnt, dein Beleidigtspielen, weil deine Alten Arschlöcher sind, genau wie meine?«

Ich zuckte mit den Schultern. Ich nickte. Letztlich war alles besser als das hier.

»Also dann los, räumen wir den Mist hier auf, dann ab zur Njamiha.«

Ich schüttelte den Staub von meiner Uniform und setzte mich langsam in Bewegung.

»Übrigens, Wasja …«

Ich drehte mich um und fing mir eine schallende Ohrfeige ein.

»Wofür die war, weißt du selbst am besten.«

Mein erster Impuls hieß: zurückschlagen. Aber dann hörte ich Sergej lachen und mußte selbst grinsen.

Es begannen kopfschmerzträchtige Tage, kopfschmerzhochträchtige Wochen. Sjarhej, wie Sjarozha eigentlich hieß, doch die Erzieher nannten uns nie bei unseren belarussischen Namen, hatte Minsker Freunde. Freunde, die nichts mit dem Internat zu tun hatten. Sie waren drei, vier Jahre älter als wir, studierten. Wir schmuggelten uns und unseren Wodka an der Aufsicht des Studentenwohnheims vorbei, wir saßen auf ihrem Zimmer, einer packte seine Gitarre und spielte ein neues Lied von Grazhdanskaja Abarona, von Aukcyon. Wir übten, so kunstvoll wie möglich, unsere Familien-, Vor- und Vatersnamen auf den Oktoberplatz zu kotzen, ohne uns dabei erwischen zu lassen; wir schlichen, gerade noch rechtzeitig, an der Aufsicht des Internats vorbei und tranken den Letzten gemeinsam auf dem Zimmer, im Dunkeln, rülpsend, lachend, mit dem Stöhnen von Trafim und Sascha, die schlafen wollten, als Generalbaß.

Wir spielten Schach. Sjarhej war ein zäher Gegner, aber er kam bestenfalls mit einem Remis davon. Er riet mir, auf den Sport zu setzen, um mir und dem ganzen Zimmer mehr Freizügigkeit zu verschaffen. Meinen ersten Hundertmeterlauf hatte ich noch in 16,0 absolviert. Den nächsten schon in 11,1 Sekunden.

Die Tage waren jung wie wir. Sie schienen geschlafen zu haben, und wir waren eifrig bemüht, sie der Reihe nach zu wecken. Der baldige Schulabschluß, das Alter, in dem man sich die Nächte um die Ohren schlägt mit Diskussionen, wie die Welt beschaffen, wie sie zu verändern sei, und was sie eigentlich koste. Mit diesem Gefühl, zum ersten Mal aus sich selbst heraus leben, denken, agieren zu können. Die große Genugtuung des Erwachsenwerdens, aber noch nicht erwachsen sein zu müssen. Die große Herausforderung. Wir alle spürten, daß sich nun längst Fälliges vor unseren Augen vollzog. Und wenn nicht gerade vor unseren Augen, so doch hinter unseren Rücken. Litauen hatte sich unabhängig erklärt, die Deutschen planten ihre Wiedervereinigung. Und eines Tages hörte unsere Viererbande, um Trafims Radio geschart, daß sogar die Russen und Ukrainer daran dachten, sich aus der Sowjetunion davonzustehlen. Sjarhej krümmte seine zehn Finger, einen nach dem anderen, wie um die Sowjetrepubliken auszuzählen. Dann sagte er:

»Da bleiben wohl nur noch wir übrig.«

»Das wird ein großes Erbe«, sagte ich.

»Das wird vor allem teuer, Kamerad.«

»Teuer?«

»Teuer. Wenn der Kapitalismus kommt, wird es teuer für uns. Oder denkst du, daß Gorbatschow sich halten könnte, wenn wir nicht schon längst pleite wären?«

Teuer. Pleite. Es war mir neu, daß man in Kategorien von teuer und pleite denken konnte, wenn es um einen ganzen

Staat ging. Zumal wir immer davon ausgegangen waren, daß es uns, der Belarussischen SSR, gut ging. Am besten. Schließlich waren immer wir das Vorbild, das Leitbild, würden als erste die Vollendung erreichen, den Kommunismus verwirklichen. Zumindest hatte Chruschtschow davon gefaselt.

Das Jahresende nahte, ich mußte nach Hause, einmal mußte ich doch nach Hause. Auch wenn ich noch keinen Beweis dafür hatte, daß sie sich Sorgen um mich machten. Die Briefe, die wir aus Disziplinierungsgründen an die Eltern schrieben, kopierte ich getreu nach Vorlagen, die Sjarhej aufgetrieben hatte. Breschnjew ersetzte ich durch Gorbatschow. Doch der schwulstige Rest hätte meine Familie stutzig machen müssen, vor allem die Tatsache, daß es in Minsk weder einen Kasaner Bahnhof noch einen Kreml gab.

Als mein Zug in Hrodna ankam, war niemand da, um mich abzuholen. Als ich zu Hause ankam, war niemand da, um mich zu empfangen. Ich ging zu Stanislau. Bei der Begrüßung gaben wir einander die Hand, wie zwei alte Bekannte, die sich wunderten, daß sie sich nicht so recht darüber freuen konnten, einander wiederzusehen. Und der Herr wandte sich um und sah Petrus an. Einen Moment hatte ich das Gefühl, selbst ein Verleugner zu sein. Ich hatte ihm in der ganzen Zeit vielleicht drei Briefe geschrieben, den letzten vor etwas mehr als einem halben Jahr. Sicher hatte ich mich verändert, sicher hatte sich meine Sprache verändert. Stanislau ereiferte sich, daß auch wir bald einen souveränen Staat hätten und uns nicht mehr dafür schämen müßten, im eigenen Land die eigene Sprache zu sprechen. Ich gähnte, die Fahrt hatte mich erschöpft, ich schnitt das Gespräch mit Sjarhejs lapidarem Kommentar ab, einen unabhängigen Staat müßten wir uns erst einmal leisten können. Stanislau zog lautstark Luft durch die Nase ein. Viel mehr Luft als nötig, viel mehr als im Zimmer war, er hörte gar nicht mehr auf, Luft durch die Nase einzuziehen, ich bekam Angst, er würde platzen. Und als er sie endlich wieder ausstieß, ließ er am Ende des Luftzugs ein merkwürdig niederfrequentes Stöhnen hören.

Ich ging nach Hause und wunderte mich, wie groß Marya geworden war. Sie fand kaum mehr Platz auf meinem Arm. Ich spielte Väterchen Frost für sie, der Rest agierte als schimpfendes Volk: Alezja weigerte sich, das Schneeflöckchen zu geben, Großmama war beleidigt, weil Tanja und ich nicht rechtzeitig zum katholischen Fest nach Hause gekommen waren. Und sie weigerte sich, zum orthodoxen nachzufeiern. Vater war besoffen wie immer, aber zugleich suchte er merkwürdig gerührt meine Nähe, ich dachte, er dachte, ich hätte inzwischen irgendeine Art männlicher Initiation hinter mir, oder vielleicht roch er auch einfach nur die hormonellen Ausdünstungen des geschlechtsreifen jüngeren Männchens, Duschtag war ja schon eine Woche her. Mutter drückte mich, ohne rechte Überzeugung, wie mir schien, und Alezja war so fett geworden, daß sich ihr Bauch bei unserer Umarmung fast zu wohlig an meinem Schritt rieb.

Und Tatsiana?

»Komsomolzenlager. Du mußt schon mit mir vorlieb nehmen«, frotzelte Alezja.

Ich war überrascht. Noch zu Großpapas Lebzeiten hatten er und Großmama einander neutralisiert in Fragen der ideologischen Erziehung. Die Formel, die dabei herauskam, lautete: Pioniere ja, Komsomol nein. Selbst als mein Lauftrainer eines Tages vorsprach und erklärte, aus mir könne noch etwas werden, aber ohne Eintritt in die Komsomol müßte ich immer eine halbe Sekunde schneller sein als alle anderen, erklärte Großmama, die Geschwindigkeit sei ein Geschenk des Herrn, und wenn

Gott mich laufen sehen wolle, würde er schon für die halbe Sekunde sorgen. Jefim Abramawitsch raufte sich das Haar, aber niemand hielt dagegen. Vater, weil er gerade nüchtern war und vom Laufen ohnehin nichts verstand, Mutter, weil ihr sowieso alles egal war, Großpapa, weil ihn die Motoren riefen und er sich nicht in offene Feldschlacht mit Großmama begeben wollte.

Und ausgerechnet jetzt, nach Großpapas Tod, mit dem Untergang der Sowjetunion, war Tatsiana Komsomolzin geworden?

»Wird nicht schaden. Schließlich will sie Medizin studieren.«

Ich sah Alezja an, schnaufte, hoffte, daß wir eines Tages in einem Land leben würden, in dem man keine vorgezeichneten Gesinnungslaufbahnen durchhecheln mußte, um etwas zu werden.

Wie sollte ich mich verhalten? Einerseits war's mir recht, ich hatte keine Lust auf oberflächliche Gespräche, als wäre zwischen Tanja und mir nie etwas geschehen, nicht das, was zu meiner Verbannung geführt, und nicht das, womit sie mich verraten hatte. Andererseits nahm sie mir damit die Möglichkeit, ihr meine bodenlose Verachtung zu zeigen. Ich hielt mich an Alezja, nahm sie zu meinen Spaziergängen mit, erzählte ihr vom Internatsleben, ich weiß nicht, ob sie überhaupt zugehört hat. Allmählich paßte nichts mehr in sie hinein, kein Essen, keine Worte.

Allabendlich öffnete uns Vater zwei Bier, eines stellte er vor mir auf den Tisch, manchmal setzte er sich neben mich und schwieg, manchmal prostete er mir nur zu und ging allein in den Garten, trotz der Kälte. Am Weihnachtsabend begann ich, mich doch über seine stumme Anhänglichkeit zu wundern.

»Irgendwas ist faul«, sagte Alezja.

»Was meinst du?«

»Die Miliz war hier. Und Kolja spricht nicht mehr mit Onkel Janka.«

»Vater spricht mit überhaupt niemandem.«

»Nicht einmal mehr mit Onkel Janka.«

»Nicht einmal mehr mit Onkel Janka. Ja, dann ist es wirklich schlimm. Was denkst du, müssen wir uns Sorgen machen?«

Alezja überlegte. Dann fragte sie: »Vermißt du mich?«

»Weiß nicht. Vermißt du mich?«

»Weiß nicht.«

Sie seufzte.

»Ich mach mir keine Sorgen mehr. Ich hab's satt. Irgendwas muß anders werden. Ich hab alles so scheißsatt.«

Sie hatte recht: Sie war der lebende Beweis fürs Satthaben.

Noch bevor Tanja zurückkam, saß ich schon wieder im Zug nach Minsk. Ich war erleichtert, von Vater und Großmama wegzukommen, war froh, unsere Viererbande wieder vereint zu sehen.

Die größte Neuigkeit im Internat: Es gab keine Briefe mehr an Freunde aus sozialistischen Bruderstaaten. Es gab nämlich keine sozialistischen Bruderstaaten mehr. Nur zur Sicherheit wurde noch jeden Morgen die Flagge mit Hammer und Sichel gehißt. Aber die Nationalhymne war kaum mehr als ein tiefer Brummton, und einige von uns sangen bereits das alte Lied: »Njachaj zhywje mahutny, smjely nasch bjelaruski wolny duch – Daß unser freier belarussischer Geist stark und unerschrocken lebe!«

Attestat srelosti, die Feier des Schulabschlusses stand noch bevor. Wir stießen schon lange im Vorfeld auf unsere baldige Freiheit mit billigem Schampanskaje an. Nur Sascha wollte nach Moskau, Trafim und Sjarhej blieben in Minsk. Sie forderten mich auf, mit ihnen zusammen das Studium aufzunehmen, mit oder ohne Militärdienst dazwischen. Sie malten sich, sie malten mir, wir malten uns den Riesenspaß aus, den wir haben würden. Wir träfen uns zu einem Gabelfrühstück bereits um 12 Uhr in der Mensa, nur Trafim wäre schon seit Stunden wach, hätte drei Veranstaltungen besucht und zwei Bücher zu Ende gelesen, Sjarhej dagegen würde, wie ich, direkt dem Bett entstiegen sein. Natürlich nicht dem eigenen.

Wir brachen in einem jungen Staat in ein neues Leben auf. Vorbei mit der Tyrannei! Wir tranken uns, tranken einander in die Freiheit, eine Woche vor der Entlassung aus dem Internat, eines dieser geduldeten Besäufnisse auf dem Fußballplatz, die Abgänger wurden von den Frischlingen umsorgt, die auch dafür zuständig waren, die Besoffenen in ihre Zimmer zurückzubringen. Bei uns waren unzählige Flaschen Wodka, aber Sjarhej hatte ein tolles Tempo vorgelegt und das Gros bereits vernichtet. Irgendwie mußten Trafim und ich versuchen, ihn ins Bett zu bringen, bevor die Alkoholstarre einträte. Auch für mich war es längst Zeit, ein Wodka mehr und ich würde nicht mehr in der Horizontalen liegen können, ohne daß es mir unablässig den Magen umdrehte.

Sjarhej glich einem widerspenstigen Maultier. Er wollte sich nicht helfen lassen beim Gehen, von Gehen konnte für ihn überhaupt noch nicht die Rede sein.

»Das ist doch Scheiße, jetzt schon ins Bett zu gehen, ich will noch nicht sterben.«

»Red keinen Blödsinn, Sjarozha, außer uns ist doch schon fast keiner mehr da.«

»Ich will noch nicht sterben.«

»Keiner stirbt.«

»Scheiße«, er riß sich los, »von wegen, da rollt ein Teil des Andromedanebels auf uns zu.«

Pause, wir bekamen ihn wieder zu fassen.

»Mit 500 Kilometern in der Stunde. Oder in der Sekunde. Das habe ich vergessen.«

Pause.

»Das wird eine Scheißexplosion geben! Alles Scheißleben wird erlöschen. Wir werden alle sterben!«

Pause.

»In fünf Milliarden Jahren.«

»Bitter«, sagte Trafim und hielt Sjarhej eine Wodkaflasche vor, »aber Zeit, einen davor zu nehmen, haben wir noch, oder?«

»Sicher.«

Es war, als hätte man dem Maultier eine Karotte vorgehalten, Sjarhej ließ sich von der Flasche ziehen. Er trank wieder.

»Aber schade ist das trotzdem«, endete er seinen Gedanken, kaum hatte er den Wodka abgesetzt. Dann sah er mich an, zog mein Gesicht ganz nah an seines, ich konnte den Fusel- und Salzgurkenatem riechen, er drückte mir einen Schmatz auf die linke, auf die rechte Wange, dann grinste er und sagte mit versagender Stimme:

»Jetzt hab ich die Wette doch gewonnen.«

Ich spürte, wie er sich, verzweifelt um Gleichgewicht bemüht, an meinem Revers festhielt und auf Antwort wartete.

Ich dachte nach. Ich mußte zugeben: Ich hatte ihn die ganze Zeit unterschätzt.

»Remis«, sagte ich.

Sjarhej lachte aus vollem Hals.

Nach einer Viertelstunde hatten wir erst fünfzig Schritte zurückgelegt, immerhin waren wir im Haus angekommen. Nur noch drei Gänge und zwei Etagen. Ich konzentrierte mich darauf, ein Gegengewicht für Sjarhejs konzentrisches Kreisen zu bilden, als ich die Stimme eines Aufsehers hörte.

»Wasilij Nikalajewitsch. Auf ein Wort.«

Ich ließ Trafim mit seiner Trophäe allein ziehen, wankte zum Mützenmann und stand geziert stramm. Wir mußten keine Angst mehr vor Disziplinierungsstrafen haben. Die Aufsicht sah an mir vorbei zur Wand, dann sagte er leise:

»Wasilij Nikalajewitsch, deine Großmutter hat angerufen. Du sollst nach Hause kommen.«

»Na klar, zu Befehl, in einer Woche, ja, in einer Woche bin ich doch eh wieder zu Hause. Was auch immer das sein mag: Ssu-chau-sse.«

»Nein«, sagte der Aufseher, nahm die Mütze vom Kopf und kratzte sich den Scheitel zurecht, »nein, sofort, du mußt sofort weg. Das Erziehungskollektiv hat dich freigestellt. Deine Großmutter hat geweint am Telefon. Du mußt nach Hause, Wasilij Nikalajewitsch, nach Hause.«

Der Tod kocht Erbsen und Kohl

Noch nie hatte ich Großmama weinen sehen. Auch nicht bei Großpapas Tod. Als ich zu Hause eintraf, erwartete mich Alezja auf der Türschwelle, eine Teetasse in der einen, eine Zigarette in der anderen Hand. Ich erkannte sie kaum wieder, in den letzten Monaten mußte sie dreißig Pfund abgenommen haben. Und sie hatte mit dem Rauchen begonnen. Sie nahm einen letzten Zug, dann drückte sie die Zigarette am Türpfosten aus und machte eine kleine Bewegung mit dem Kopf, ich sollte folgen. Drinnen, in der Küche, kein anderes Zimmer war groß genug, hatten sie Vater und Mutter aufgebahrt. Es roch nach Erbsen und Kohl. Der Tod kocht Erbsen und Kohl, dachte ich.

Mein Vater wurde zweiunddreißig Jahre alt. Zweiunddreißig. Nur um ein weniges älter als ich jetzt.

Die Männer, die jung starben. Sie haben ihr Leben rasch in ihre Frauen gespritzt, rasch und gänzlich, bis nichts mehr davon übrig war und sie ihre Leere mit Alkohol füllten, bis nichts mehr von ihnen übrig war und sie zu den Fischen gehen konnten.

Und die Frauen? Waren blöd genug oder hatten einfach das Pech, neben solchen Männern zu leben. Oder neben ihnen zu sterben. Wie Mutter.

Sie waren auf dem Weg nach Hrodna gewesen, ein Samstag, ein Tag wie jeder andere, ein Wetter wie jedes andere. Vater kam auf kerzengerader Strecke von der Fahrbahn ab, es gab keinen anderen Wagen, der sie touchiert hätte. Die Motorhaube wickelte sich um einen Baum, wahrscheinlich eine Birke.

Noch vor einer Woche hatte Vater das Auto reparieren lassen. Er war besoffen, wie immer, wenn er hinterm Steuer saß, ein Tag wie jeder andere. Ich glaube nicht, daß er ohne Alkohol überhaupt in der Lage war, ein Fahrzeug zu beherrschen. Diesmal hatte er soviel im Blut, daß ein Arzt den Polizisten sagte: Selbst wenn er den Unfall überlebt hätte, die Vergiftung hätte er nicht überlebt. Ebensowenig wie Mutter die Schachtel Schlaftabletten.

Exhumierung einer Seele. 1. Teil: Mein Vater.

Jahrelang hatte er von nichts anderem geträumt als davon, nichts mehr zu träumen. Er wollte nicht nur nicht mehr in Hrodna, in der Stahlgießerei arbeiten. Seine Vorstellungen vom Himmel auf Erden waren denkbar einfach: Im Keller sitzen und langsam aber stetig trinken. Und wenn der Nachschub ausginge: eines der Kinder zu sich herunterbrüllen, aus einem der Schränke ein Bündel Scheine ziehen, die er nur zu diesem einen Zweck dort verspart hatte, und es zu Kaslou schicken. Der Rest würde sich ergeben. Still in seinem Bau sitzen. Glückseligkeit: ein alkoholisierter Winterschlaf.

Ich entstamme einer uralten Trinkerfamilie. Die Familie ist so alt, daß sie das Trinken erfunden haben muß. Großpapa starb an der Leberzirrhose, das war's zumindest, was sie hier und dort und allerorten von seinem Tod wußten: »Der Rote Ungar ist von uns gegangen mit einer Leber, so groß wie ein dreimonatiges Kaninchen.« Mein Vater übte die Tradition in seiner Armeezeit ein und setzte sie unbeirrt fort. Ich wäre dann also der nächste in der Reihe. Nicht nur, weil der Alkohol nur an männliche Erben weitergegeben wird. Es ist, so sagt der amerikanische Analytiker, doch auch ein Nachahmungstrieb, der kleine Jungen immer das tun läßt, was der Vater tut. Auch wenn es nur das eine ist, was der Vater tut: Er kommt um ein Uhr nachts die Stiegen heraufgepoltert, fällt mit dumpfem Schlag und ganzem Gewicht gegen eine Tür, die krachend aus den Angeln fährt. Auch wenn es nur das ist: daß der Vater, fluchend, im Bewußtsein seiner Tapferkeit, drei Flaschen Wodka, die bei ihm gewesen waren, niedergezwungen zu haben, ein Volkslied zwischen den Zähnen pfeifend, neben das Klosett pinkelt und die Strophen mit Selbstgesprächen trennt. Wir bewundern ihn, bei offener Zimmertür im Bettchen liegend, aus dem ersten Schlaf geschreckt und der langen Samstagnacht, zitternd vor Kälte in der schlechtgeheizten Wohnung. Und vielleicht verachten wir ihn nicht einmal, wenn der greise Mann mit seinen kaum 25 Jahren plötzlich nach seinem Sohnemann Ausschau hält, das Licht anknipst, ihm in die Augen stiert und lallt:

»Du hast doch keine Ha- Ha- Hangst vor mir, hast doch keine Hangst vor deinem Va- Ha- Hater, kleiner Scheißer?!«

Mein Vahahater. Der anschließend eine Schweigeminute einlegte. Für die Toten. Unseres toten Volkes. Die Volkstoten. Die Alkoholtoten. Vater schluckte zweimal, holte tief Luft und fiel vor meinem Bett in die Knie, während viele kleine Tränen über seine Wangen kullerten, die ich mit meinen Schläfen trocknete. Denn er verabsäumte nicht, meinen Schopf an sein Gesicht zu ziehen.

Als ich zwölf Jahre alt war, erzählte mir Großpapa, daß man das »den Moralischen kriegen« nennt und daß die Tränen ebensogut alkoholische Ausdünstungen sein können, er selbst habe das noch bei den großen Barack-Wetttrinken in der ungarischen Provinz erlebt: Gestandene fette Männer, denen nach dem dreiundzwanzigsten Schnaps die vermaledeite Aprikose in ganz kleinen Perlen aus den Augen strömte.

Sollte ich Großpapa glauben? Nein. Aber daß es echte Tränen waren, machte es nur noch schlimmer. Ich wußte: Das da war mein Vater. Er sollte der stärkste und größte Mann der Welt sein. Aber da ist etwas, das noch stärker ist, immer, einfach immer wieder. Stärker als der größte und stärkste Mann. Es mußte furchtbar sein, da draußen in der Welt, von der er sprach, bei den Erwachsenen, in dieser Zukunft, wenn ich einmal groß wäre und dieselbe Menge Wodka in derselben Zeit und dasselbe Lied in derselben Betonung neben dasselbe Klosett schmettern und dann in die Knie sinken und heulen würde, kleine Tränen, viele kleine Alkoholtränchen.

Exhumierung einer Seele. 2. Teil: Meine Mutter.

Dochdoch, ich erinnere mich, da muß jemand oder etwas gewesen sein, ein weibliches Wesen, jünger als die Großmama, älter als meine Tantchen. Ihre Geschichte kann ich zwischen zwei kernige Züge an der Zigarette packen:

Vater bespannt Nachbarmädel von Schlafzimmerfenster zu Schlafzimmerfenster Stop Öffne, Liebste, mir die Tür Stop Nachbarmädel ist blöd genug, auf Avancen einzugehen Stop Nachbarmädel wird schwanger Stop Nachbarmädel ist sogar so blöd, neben Vater in Selbstmord-Auto zu sitzen Stop Vater tot, Mutter tot Stop

Großmama war zurück aus der Stadt. Sie weinte nicht. Oder nicht mehr. Aber sie kam auf mich zu, nahm mich stumm in den Arm, vielmehr kroch sie mir unter die Jacke, sie reichte mir ja kaum bis zum Kinn, und ich wußte nicht so recht wohin mit meinen Händen. Sie hielt diese Umarmung, wenn es denn eine war, eine schier unendlich lange Zeit, dann ließ sie von mir ab, aber nur, um mir ein Kreuzzeichen auf die Stirn zu fuchteln.

»Aaaah, das brennt wie Feuer.«

Ich krümmte mich so effektvoll, daß mir Großmama einen heiligen Blick zufunkelte, und Alezja, die ein wildes Gelächter angestimmt hatte, verpaßte sie eine Ohrfeige, bevor sie sie aus dem Zimmer jagte. Ich hörte sie draußen weiterlachen. In den darauffolgenden Wochen sorgte Großmama dafür, daß Marya niemals allein mit Alezja oder mir das Zimmer teilte.

Großmama und ich mieden einander. Sie mich wie den Hort einer infektiösen Haut-, ich sie wie den einer infektiösen Hirnkrankheit. Großmama war hart geworden, eine strenge alte Frau, die nichts preisgab, schon gar nicht mir, Großpapas Liebling. Nach der Geburt von Marya hatte ihre Nierentuberkulose begonnen, wenig darauf entwickelte sie einen fanatischen Katholizismus, sprach davon, daß ihre Krankheit eine Strafe Gottes dafür war, daß sie in ihrem Alter noch ein Kind bekommen hatte. Ich dachte, vielleicht liege es an der fehlenden Niere, eine Harn-, eine Hirn-, eine Harnhirnvergiftung. Und hoffte, mit besserer medizinischer Grundversorgung würden sich auch diese Anfälle religiöser Demenz wieder geben.

Einstweilen mußte ich versuchen, es mit dieser Betschwester, meinem Petrus und zwei Toten in unserem Haus aufzunehmen. Als ich nachts nicht einschlafen konnte und beschloß, mir eine Milch in der Küche warm zu machen, rumpelte ich auf dem Weg zwischen Kühlschrank und Herd ein ums andere Mal gegen Vaters Leichnam. Er fühlte sich merkwürdig weich an. Auf seinem Gesicht lag eine Friedfertigkeit, die ich nicht an ihm gekannt hatte. Nur Mutters Züge waren verzerrt, die Längsfalten um ihren Mund gaben ihr das Aussehen einer Greisin, sie waren so tief, diese Falten, tief und doch gefüllt mit Vorwürfen. Ich nahm ein Geschirrtuch und legte es ihr aufs Gesicht. Die Milch kochte über, ich fluchte leise, das Gefühl, beobachtet zu werden ließ mich aufblicken.

Ich sah Tanja in der Tür stehen, mit offenem Haar. Sie trug ein pfirsichfarbenes Nachthemd, kratzte sich abwechselnd mit der rechten Hand am linken Arm und mit dem linken Fuß am rechten Bein.

»Hey«, sagte sie.

»Hey.«

»Ich hab Geräusche gehört, ich dachte, die Mamuschka würde beten. Die erste Nacht hat sie kniend vor den Toten verbracht.«

Ich nickte.

»Angenehmer Zeitvertreib.«

»Was tust du?« fragte Tanja und kam zögerlich näher.

»Wonach sieht's aus?«

»Nach Abschiednehmen.«

»Mit einer Tasse warmer Milch in der Hand? Klar. Soll ich mich auch hinknien? Ich könnte die Milch auf dem Kopf balancieren wie Vater seine Bierflaschen.«

»Und was soll das Geschirrtuch?«

»Gekleckert.«

Tanjas Wangenmuskeln mahlten.

»Nimm es weg, das regt die Mamuschka nur auf.«

Ich zog es, Millimeter für Millimeter zunächst, dann mit einem Ruck von Mutters Nase.

»Mist, wieder kein Kaninchen.«

Tanja schien wirklich zu trauern. Ich wußte nicht, ob um ihren Bruder oder um mich. Doch sie spürte, daß sich mein Bedarf nach Aussprache in Grenzen hielt. Zögerlich sagte sie:

»Wasja …?«

Ich hielt ihr auffordernd die Tasse mit der Milch hin. Sie schüttelte den Kopf.

»Nein … es ist nur … das da ist dein Vater, da, auf dem Tisch. Und das deine Mutter.«

»Da sagst du was! Eine gewisse Familienähnlichkeit …«

Ich blieb allein mit meiner erkaltenden Milch, auf der sich eine Haut zu bilden begann.

Ich hasse Milchhaut.

Den Tag verschlief ich. Abends bemühte ich mich, rasch aus dem Haus zu kommen. Die Beerdigung war auf den nächsten Morgen angesetzt, ein wenig Zeit würde ich hier also noch verbringen müssen, dann läge es an mir, meine neugewonnene Freiheit zu nutzen. Es gab niemanden mehr, der mir Vorschriften machen konnte. Niemand würde mich noch einmal, über meinen Kopf hinweg, irgendwo hinschicken.

Pläne? Nein, Pläne hatte ich keine. Nur vage Ideen. Die Zeit meiner Viererbande im Internat schien mit einem Mal weit weg. Kein Studium in Minsk. Das wußte ich. Mehr wußte ich nicht.

Einstweilen spekulierte ich auf Vaters Geldversteck im Keller, das die Polizei übersehen hatte. Oder übersehen wollte. Alezja war sich sicher, daß Vater sich umgebracht hatte, weil seine Geschäfte aufzufliegen drohten. Offenbar handelte es sich nicht nur um die Perestrojka, die ihm diese Devisen eingetragen hatte. Der Ikonenschmuggel mit dem Westen florierte, die Deutschen waren verrückt nach allem, was auch nur andeutungsweise nach Heiliger Familie aussah (auch wenn die meisten Bilder wohl Fälschungen waren und das einzig alte an ihnen das wurmstichige Holz war, auf das man sie gemalt hatte). Hätte Großmama davon Wind bekommen, das Verdikt wäre gesprochen, der Scheiterhaufen für ihren Ältesten längst entfacht. Sicher war sie ahnungslos, ähnlich ahnungslos wie Mutter.

»Von wegen«, lachte Alezja. Es war ein Lachen, das Empörung war, eines, das sich nicht anders zu entladen wußte. Erst im Beben der Nüstern, im Hochziehen der Augenbrauen sah, hörte, bemerkte ich, was dahinter verborgen lag. Wir lungerten am Polentümpel, der Abend war weit vorgeschritten, ich sah ihr dabei zu, wie sie eine Zigarette nach der anderen rauchte – »hilft sensationell beim Abnehmen« –, und sie mir, wie ich einen Stein nach dem anderen auf der Wasseroberfläche tanzen ließ.

»Von wegen! Kaum hatte die Mamuschka im Internat angerufen, da kam auch schon Onkel Janka. Stundenlang haben sie den Keller durchstöbert. Danach war alles leer.«

Ich überlegte.

»Wahrscheinlich wollten sie die Kohle vor der Miliz verstecken.«

Alezja lachte lauter, explosionsartig.

»Ja natürlich. Vor der Miliz.«

Sie schnippte ihre letzte Zigarette in den Tümpel, dann stand sie auf, tippte mir mit dem Zeigefinger liebevoll gegen die Stirn, und sagte:

»Oder vor dir, mein Trottelchen.«

Alezja ging. Der Tag der Beerdigung kam. Es war windig geworden, südliche Böen, die Krawatten flatterten und die Röcke, der Priester hatte Mühe, seine Worte vor der Brise zu bergen, und, wenn ich recht verstand, entblödete er sich nicht, »Der Herr hat's gegeben, der Herr hat's genommen, der Name des Herrn sei gelobt« zum Motto der Grablege zu wählen.

Stanislaus Haar war so wenig militärisch kurz wie meines. Als wir die Leichen begossen, fiel es ihm wirr ins Gesicht, von Zeit zu Zeit strich er sich eine Strähne hinter die Ohren. Wir sprachen über Minsk, wohin er zum Studium ging, was bedeutet hatte, an der rechten Stelle die rechte Summe springen zu lassen. In der Hauptstadt zu studieren war ein Privileg, das nur Eliten zukam, Geisteseliten und Geldeliten.

Stanislau war elektrisiert, es schien, als hätte er jetzt, nach dem Zusammenbruch der Sowjetunion, die Rechnung mit den alten Machthabern beglichen. Nicht für sich. Aber für Jadwiha. Und könne und wolle nun neu beginnen. Politische Historie schwebte ihm vor, aber er konnte sich auch vorstellen, Belorussistik zu studieren. Oder Erwachsenenpädagogik. Oder am besten alles durcheinander.

»Frag nicht, was dein Land für dich tun kann, frag, was du für dein Land tun kannst«, zitierte er. Es klang wie der Spruch einer Werbung für Erfrischungsgetränke.

Die Sowjetunion war endgültig von den Landkarten verschwunden. Große Ereignisse werfen ihre Schatten meist hinterher. Dann heißt es, rechtzeitig zur Seite springen.

Man nannte es wieder Belarus. Unser Land war unabhängig geworden. Manche behaupteten sogar, es sei jetzt »frei«, aber das war nur der übliche Irrtum des Sowjetmenschen, der das Wort Freiheit traditionell mit weniger Übung buchstabiert als die Worte Mutter, Liebe oder Schnaps, und schlicht nicht versteht, daß wir nur die kommunistische mit der kapitalistischen Knute vertauschen sollten. Früher krochen wir den Sowjets, heute kriechen wir dem lieben Geld in den Arsch, hätte Großpapa gesagt.

»Keine Russen mehr, endlich sind wir unseren großen Bruder los«, jubelte Stanislau.

Ich blieb skeptisch. Ich konnte mir nicht vorstellen, daß wir mit dieser Unabhängigkeit etwas anfangen konnten. Zumal es andersrum war: Der große Bruder hatte sich uns vom Leib geschafft. Aus dem gemeinsamen Haus hatte er uns geworfen, bei klirrender Kälte, und dabei mit ganz unschuldigem Gesicht erklärt, wir dürften jetzt auf eigenen Beinen stehen, und zu eigenen Beinen paßten frische Luft und ein Wanderstab eben besser als ein riesengroßes Haus mit wohlig warmem Herd.

Stanislau gab mir die Hand, noch immer mehr vom Feuer des Neubeginns als von dem des Wodkas durchwärmt, er gab mir die Hand und sagte:

»Wir sehen uns ins Minsk.«

»Vielleicht.«

»Ganz bestimmt.«

»Früher oder später.«

»Ganz bestimmt.«

Ich konnte nicht schlafen, obwohl die Eltern jetzt aus dem Haus waren, obwohl ich nicht mehr um sie herumtanzen mußte in der Küche, und diese nächtliche Begegnung mit Tanja sicher keine weitere nach sich ziehen würde. Ich weiß nicht, was in diesen Tagen alles Besitz von meinem Hirn ergreifen wollte, es war, als hätte man mich eingesperrt in einem Elektronen-Beschleuniger, der ungeheure Energiesummen durch meinen Körper schickte. Ich zog mich noch einmal an und ging hinaus. Der Wind hatte nachgelassen, aber es war noch immer warm. Kein Stern am Himmel. Vor seinem Haus traf ich Rasou. Noch einmal schüttelte er mir die Hand, indem er seine beiden Riesenpratzen um sie legte, daß sie ganz in ihnen verschwand, so als hätte er sie nicht heute Nachmittag schon in sich aufgenommen, in diese rissige grobe Haut, an der hier und da Blutschorf zu spüren war. Dann bat er mich, ihm noch ein bißchen Gesellschaft zu leisten. Auf eine halbe Stunde kam ich mit in sein Kellerversteck, hockte dort, wo Großpapa gehockt hatte, trank, was der Alte mit ihm getrunken hatte, wenn auch in weniger hastigen Schlucken. Rasou erzählte mir die alten Geschichten, die ihm (und mir) schon der Großpapa erzählt hatte, und von denen er gar nicht genug kriegen konnte. Er war ein Fleischer, der die Worte liebte. Zum Abschied gab er mir eine Flasche Selbstgebrannten und einen Spruch von Großpapa auf den Weg: »Berge von unten, Bordelle von innen, Kirchen von außen.«

Die Flasche war halbleer, als ich auf dem Schlittenhügel ankam. Ich hatte Mühe zu stehen. Ich hatte Mühe zu sehen. »Fünf Finger sehe ich, gell?, einen, zwei, drei, vier, fünf«, Rasou hatte mir bewiesen, daß es sich nicht um Methylalkohol handelte. Ich war beruhigt. Und beruhigt mußte ich eingeschlafen sein. Als der Mond unterging, wurde ich wach. Der Selbstgebrannte war umgefallen, sein Inhalt über mein rechtes Hosenbein geflossen, es fühlte sich kalt an. Ich trank die Neige, warf die Flasche den Hügel hinab, dorthin, wo unsere Schlitten immer zum Stehen gekommen waren.

Dann sah ich Großpapa.

Er kam den Weg vom Städtchen herauf, am Friedhof vorbei. Die Entzündung war noch immer nicht besser geworden, er ging gebeugt, mit einer Hand stützte er seinen Rücken. Kurz vor der Hügelkuppe blieb er stehen und nickte mir zu, ich roch den Aprikosenschnaps, einen Hauch von Salmiak. Beide sahen wir hinab aufs Land.

»Wo warst du die ganze Zeit?« fragte ich schließlich.

»Wo warst *du* denn?«

»In Minsk.«

»In Minsk, oho.«

»Sie haben mich ins Internat gesteckt.«

»Hmhm.«

»Sie haben mich loswerden wollen. Und jetzt haben sie mich los.«

»Ich glaube, jetzt hast du *sie* los.«

»Wie meinst du das?«

»Sag, würdest du mir einen Gefallen tun?«

Es war dunkler geworden während unserer Unterhaltung.

Beide blickten wir noch immer in die Ferne, ohne einander anzusehen. Ich zuckte mit den Schultern.

»Dann tu ich dir auch einen Gefallen.«

»Was ist es?«

»Ich möchte noch einmal Budapest sehen. Ich möchte zu den alten Plätzen. Nach Ferencváros. Auf die Burg, wo die Panzer standen. Nimmst du mich mit nach Budapest?«

Ich stöhnte auf.

»Budapest ist weit. Und in Ungarn ist jetzt der Kapitalismus.«

»Ja, das hatte ich befürchtet.«

Wir schwiegen.

»Aber um das Geld mußt du dir keine Sorgen machen. Dein Vater war ein Hamsterer.«

»Den Keller haben Großmama und Onkel Janka schon klar gemacht.«

»Wer redet denn vom Keller?«

Ich hob meinen Kopf in seine Richtung und glaubte, ihn lächeln zu sehen.

»Wer redet vom Keller, Kleiner?!«

Ich entdeckte Vaters Legat in der Garage, in Großpapas alter Werkstatt, versteckt in einem ausgebeinten Elektromotor. Seit dem Tod des Alten hatte hier niemand aufgeräumt, niemand den Verschlag betreten. Ich fand eine so große Summe Devisen, daß ich, für diesmal, nicht nur *eine* Augenbraue hob. Dann lag da noch ein Zettel, auf den Vater in großen Druckbuchstaben geschrieben hatte.

Mach was aus deinem Leben. Am besten hau ab von hier.

Ich weiß nicht, ob das mir galt, oder jedem, der diesen Schatz hätte heben können. Ich weiß nicht, ob Vater damit rechnete,

daß ich es wäre, der die Werkstatt des Alten eines Tages aus-
räumen würde, und daß er mir auf diese Weise ein einziges
Mal im Leben etwas Gutes tun wollte, nicht einfach nur etwas
antun, sondern etwas Gutes tun.

Überzeugt war ich davon keineswegs.

Ich spürte, wie der Elektronen-Beschleuniger seine Arbeit wieder aufnahm. Ich mußte mich fassen, ich mußte die
Ereignisse dieser Nacht in einen halbwegs logischen Zusam-
menhang bringen. Der Selbstgebrannte. Der Schlittenhügel.
Der Deutschmarkmotor. Ich bekam so starke Kopfschmerzen,
daß ich Blitze vor meinen Augen tanzen sah. Ich rettete mich
hinüber ins Haus, barg die Banknoten in meinem Rucksack,
ich schlief nicht, ich übergab mich in meinen alten Kinder-
nachttopf, ein um das andere Mal, kämpfte stöhnend gegen die
Schmerzen. Und als sie endlich nachließen, schlief ich noch
immer nicht, ich tauchte, tauchte immer tiefer, tiefer und tiefer,
ich konnte nicht atmen, ich mußte meine Tauchermaske vergessen haben und mein Atemgerät, der Druck auf die Schläfen
war unerträglich, ich tauchte und tauchte und tauchte, ohne zu
atmen, und dann sah ich eine Höhle vor mir, einen Karstgang,
das Wasser wurde wärmer, und ich schwamm hinein.

Ich war siebzehn Jahre alt. Ich war frei. Und das Land
meiner Geburt hatte aufgehört zu existieren.

Der Fliegenfänger von Budapest

Zweierlei stand vor der Ausreise nach Ungarn auf meiner Liste:

    1. Musterung

    2. Aufenthaltsgenehmigung

Item:

Die Zeiten waren danach, das Militär mußte sich eine neue Ordnung geben, ich fiel durchs Raster. »Herzschwäche« stand auf dem in allen vier Ecken gestempelten Blatt. Ich hatte die Devisen. Noch nie bekam einer so schnell einen Ausmusterungsbescheid.

Item:

»Jetzt wird hier endlich *unsere* Sprache gesprochen«, sagte der Typ auf dem Paßamt in einem anbiedernd klingenden Weißrussisch, das den Befehlston, der noch gestern hier geherrscht hatte, kaum verbarg.

»Und da kommen Sie daher, ein junger Mensch, und wollen weg. Sie können doch nicht einfach weggehen von hier, ausgerechnet jetzt, das junge Land braucht junge Leute wie Sie.«

Als er ein wenig zur Seite rückte, sah ich, daß das obligatorische Bild mit dem Konterfei des Staatspräsidenten hinter ihm leer war. Kein Gorbatschow, kein gar nichts. Sie trauten dem Braten noch nicht.

Ich hatte keine Lust auf die unerwartete Komplizenschaft

mit einem Uniformierten vom OWIR, der Registrierungsbehörde, und wechselte ins Russische.

»Ich höre immer ›jung‹. Ich dachte, die Leier von der sozialistischen Jugend sei abgespielt. Ich kann gar nicht sagen, wie alt ich mich fühle. Hier, fassen Sie mal meinen Arm an, fühlt sich das etwa an wie ein junger Arm? Ein Tschernobyl-Arm ist das, ein beschissener verstrahlter Tschernobyl-Arm. Und ich bin auch kein Hiesiger, nein, ich bin eigentlich ganz und gar nicht von hier.«

»Soso? Ab nach Moskau? Fahnenflucht, was?«

»Moskau …! Der große Bruder kann mich mitsamt meinen übrigen Verwandten gern haben! Ab nach Ungarn, ein Nomadenreiter, das ist, was ich bin. Ich will in den Süden, dorthin, wo es warm ist, wo Flüsse fließen, und nicht strahlen und verklumpen.«

Dann verlangte ich, einen jüngeren Kollegen zu sprechen. Ich hatte einen Kontaktmann. Ich hatte die Devisen. Noch nie bekam einer so schnell einen Ausreisestempel in seinen Paß.

Als der Zug einfuhr, drückte mir Alezja einen festen Kuß, der nach Zigaretten schmeckte, auf den Mund und verlangte, ich solle ihr etwas Schönes aus Bukarest mitbringen. Sollte ich es bis Bukarest schaffen, beschloß ich, ihr etwas mitzubringen, schließlich hatte sie mich schon zum zweiten Mal in einen neuen Lebensabschnitt verabschiedet, während meine Restfamilie nur sprach- und fassungslos meinem Treiben zusah.

Ich kehrte zurück zu Großpapa, in Großpapas Land. Wie meine Landsleute: Alle kehrten wir zurück zu unseren Großvätern. Nur daß die anderen Belarussen das Land nie verließen, es kam einfach zu ihnen. Es kam über sie. Und die meisten hatten es nicht einmal gewollt.

Jede Minute meiner Zugfahrt genoß ich, selbst den stundenlangen Aufenthalt in den Umspurhallen des Brester Bahnhofs, das Rangieren zwischen Sonne und funzeliger Hallenbeleuchtung, um den Zug zu »verwestlichen«, zumindest in seiner Spurweite. Ich kaufte selbstgemachte Bliny von fliegenden Händlerinnen. Die schrillen Schläge, die das Hämmern von Stahl auf Stahl erzeugte: Sie wurden zur Fanfare für meinen Aufbruch. Zum ersten Mal in meinem Leben verließ ich mein Land. Vielleicht wäre es das erste und letzte Mal, darüber hatte ich mir wenig Gedanken gemacht.

Kopfüber fiel ich. In die neue Stadt. Ich wußte nicht einmal, wo ich in Budapest übernachten würde. Im Zweifelsfall in einem feinen Hotel. Das Geld dafür hatte ich.

Als ich die ungarische Hauptstadt erreichte, war es tiefe Nacht. Als ich sie wieder verließ, war es tiefe Nacht. Zwischen jener Nacht und dieser lagen tausendundeine Nacht. Tausendundeine Nacht in meinem neuen Reich.

Rasch bezog ich Quartier nahe der Burg von Buda. Und scheute es, hinunter nach Pest zu gehen. Ich mochte Pest und sein Gewimmel nicht, und ich fluchte dem Tag, da man beschlossen hatte, es zum staubigen Mittelpunkt zu machen. Wenn er gewollt hätte, daß aus Buda und Pest eine Stadt wird, hätte Gott nicht die Donau erschaffen.

Mein Reich: ein ausgebautes Dachgeschoß. Ausgebaut und den vermeintlichen Marktgesetzen angepaßt. In den Raumabschnitt, der sich Küche schimpfte und der mir die meisten Kopfblessuren einbrachte, weil er Anteil an der tiefsten Dachschräge besaß, wurde, genau in seine Mitte, eine kleine Dusche gesetzt; oder, um es den Marktgesetzen angepaßt auszudrücken: eine Naßzelle, die nach dreiviertelstündigem Vorheizen exakt vier Minuten warmes Wasser ausspuckte. Im Vergleich zu den Gemeinschaftsduschen im Internat dennoch eine Wohltat. Auch wenn die Ventile klemmten, die Türen sich nicht schließen ließen und Wasser austrat, das sich in den Ritzen der alten Dielenbretter sammelte und sie modrig muffeln ließ.

Über die Küchenausstattung läßt sich wenig sagen. Es gab keine. Ein Kontinuum aus sozialistischen Zeiten. Auf einem Flohmarkt erstand ich eine Herdplatte, die mir tiefe Einblicke in die Natur fließenden Stroms gewährte, Einblicke, die mir einmal zugute kommen würden. Aus der Universitätscafeteria borgte ich mir Besteck, von einer Autobahnraststätte Tassen. Meine Teller waren aus Familienbesitz. Deshalb hatte ich auch nur zwei.

Den Marktgesetzen angepaßt: eine Toilette, einen halben Stock tiefer, deren Spülwasserbecken winters zufror, sommers ein fabelhaftes Insektenreich ausbrütete. Ich bin mir sicher, mit einem Bestimmungsbuch in der Hand hätte ich eine Fliegenart gefunden, die fortan meinen Namen tragen würde.

Den Marktgesetzen angepaßt: Der eigentliche Raum, der Dachspeicher, war im Rohzustand erhalten. Unter Kádár hatte man hier noch Wäsche aufgehängt. Kurz nachdem der gestorben war, so erzählte mir der Hausverwalter, der alte Szabó, mein erster ungarischer Trinkkumpan, entschloß sich einer der Mieter, sich selbst dort hinzuhängen, am Mittelbalken. Der einzig wirklich hohen Stelle, er hätte sonst ein Zwerg sein müssen, um seinem Leben ein Ende und dem Ende des Sozialismus ein Mahnmal zu setzen. Gefunden hatte ihn Szabó, nicht einmal kalt sei er gewesen. Das garantiere mir, daß er nicht umgehe, meinte der Alte und berief sich dabei auf mir ganz und gar unbekannte religiöse Informationsquellen. Kam ich spät nach Hause, näherte ich mich mit einer unbestimmten Scheu diesem Mittelbalken, den sie braun angestrichen hatten, wie auch das übrige wirre Balkensystem, das meine über den Speicher verteilte Wäsche trug. Auf Nachfrage bestätigte Szabó, daß der Erhängte keine Erektion gehabt habe, und obwohl er, Szabó, 1944, 1947 und 1956 schon so manchen Erhängten gesehen hatte, habe noch keiner von ihnen eine Erektion gehabt. Er halte das überhaupt für ein Ammenmärchen. Als ich fragte, ob die Eregierenden mit größerer Wahrscheinlichkeit umgingen, blies er den Rauch seiner parfümierten deutschen Billigzigarre von sich, schüttelte den Kopf und murmelte:

»Nee, da hat keiner mehr seinen Schwanz hochgetan, keiner, keiner, keiner!«

Schatten bewegten sich mit dem Wind, der durch die Ritzen wie über Orgelpfeifen fuhr. Nächtelang spielte er mir seine Toccaten und Fugen. Beengt und feucht und dunkel, kalt, wenn es draußen kalt, heiß, wenn es draußen heiß war. Ein Dachgeschoß, das Dach geblieben war, mit allem Leben und allem Sterben eines Dachstuhls, allen Erscheinungen eines Oberstübchens, dem Unvertrauten, Unverdauten, Unheimlichen.

Überall in meiner Wohnung waren Fliegen. Sommers wie winters. Das vor allem hat mich stutzig gemacht, so daß ich dem Phänomen auf den Grund zu gehen und die Nistplätze auszuheben suchte. Ohne Erfolg.

Ein Leben in Provisorien. Telefon-, Fernseh- und Stromkabel hingen von Decke und Wänden oder waren beiläufig in die Türrahmen genagelt worden. Ich habe zeitlebens nie auch nur einer Faser meines Wesens gestattet, Wurzeln zu schlagen. Nur in meinem Dachstübchen, in meiner Budaer Wohnung, habe ich getrachtet, so lange wie möglich auszuharren. Nicht weil ich einen Ort gesucht, nur weil ich einen gebraucht habe. Ich hatte mich in einem Provisorium eingerichtet. Die Beziehungen, die Wohnung, die Stadt, das Land, das ganze postsowjetische Leben: ein Provisorium. Wir haben uns selbst

als Provisorium erschaffen, wir sind lau, in aller Maßlosigkeit
mäßig, mittelmäßig, ohne Geschmack auf der Zunge. Das
Leben als Hollandtomate.

Das also war der Kapitalismus. Zwanzig Sorten Kapern in
der Dose. Und nicht eine, die man sich hätte leisten können.
Wir verhungerten alphabetisch genau. Ich zeigte Großpapa
die alten und neuen Orte: den Deák Tér mit seinen Notver-
käuferinnen, seinen Berbern, den Schicksen und Bankern.
Die Hypermarkets auf den Hügeln, von denen aus die Stadt
beschossen worden war, von den Nazis und den Sowjets. Die
Theresienstadt: jede ihrer Telefonzellen bewohnt von einer
rubinroten Revolutionswitwe. Damals, 1956, als die Sowjets die
Stadt mit ihren Panzern überrollten, waren sie herbeigeströmt
und brachten Waffen, Suppen, böse wie gute Worte, die einen,
um damit aufzustacheln, die anderen, um Mut zu machen,
Mut zum Durchhalten. Siehst du die Rote, Großpapa? Nachts
häkelt sie Mülltüten zu Touristenplunder, morgens rüstet sie
sich mit vier Lagen Wäsche für den Deák Tér, zwölf Stunden
auf den Stufen zur Untergrundbahn, und abends kehrt sie mit
den anderen zurück zum Heldenplatz, weil sie allein nicht mehr
stark genug wäre für die Blicke, die auf den blauen Tüten in
ihren blauen Händen ruhen. In unseren Häusern machen wir
alle Lichter an. Aus Angst vor der Zukunft. Vor den Geistern
der Vergangenheit. Die im Dunkeln von den Teppichen herauf
flüstern, ›Vergeßt uns nicht‹, und: ›Sind wir dafür gestorben?‹
Und manchmal, aber nur an Sonntagen, da singen sie sogar,
›Szomorú Vasárnap‹, trauriger Sonntag. Und sind nur zu über-
tönen mit Kossuth Rádió. Hörst du das, Großpapa?
   Siehst du sie, fühlst du sie, Großpapa? Buda, die Schöne, die
weint, als litte sie Zahnschmerzen. Der Wind kommt heute
direkt aus Sibirien, Debrecen hat er passiert, hat darüberrasiert

und ist doch nicht wärmer geworden, und jetzt rauscht er hämisch durch die Rákoczy und die Andrássy Út. Und wirft mit Regen.

Und dann und wann mit faulem Obst.

Ich hatte mich für ungarische Geschichte, Sprache und Literatur eingeschrieben, Großpapa. Ich kam gerade von der Uni, da sah ich diesen jungen Mann, dessen Kleidung nicht auf soziale oder psychische Deklassierung schließen ließ. Sah, wie er an der Andrássy stand und vorüberfahrende BMW und Mercedes mit Kirschen und matschigen Pflaumen bewarf. Dabei hatte er mäßigen Erfolg in der Trefferquote, nicht nur bei den viel zu kleinen Kirschen, und diese sportliche Niederlage war es, die mich sogleich für ihn einnahm. Ich beschloß, ihn mir aus der Nähe anzusehen. Ein unfaßbarer Bartigel. Halb Mensch, halb Teppich. Er heißt Gábor, Großpapa. Ich war ein wenig enttäuscht. István hätte man ihn nennen sollen.

Ich half ihm, den Rest des Obsts treffgenauer zu verteilen, schon bald mußten wir die Beine in die Hand nehmen. Wir jagten dem Café New York zu. Ausgerechnet. Das New York ist längst verkommen zur Touristenklitsche mit abgehalftertem Mobiliar, abgehalfterten Bedienungen und einem abgehalfterten Pianisten, der bei Songs jenseits der zwei Kreuze völlig aus dem Häuschen geriet und, so hoffe ich, irgendwann einmal zwei-, meinethalben auch vierhändig, vom Leben zum Tode gebracht werden wird.

Gábor bestellte Aprikosenschnaps. Barack. Nach jedem Schluck protestierte mein Magen: Das kann doch nicht dein Ernst sein, das kannst du doch nicht mögen?!

Er entstamme einer dieser Friedensgewinnlerfamilien, sagte er, liebe es, Mischungen aus Tokajer und Billigschnaps zu saufen, angerichtet in Tetrapaks (deutscher Orangensaft). Üblicherweise stelle er sich eine Notration neben das Bett, aus

Angst, er könne aufwachen und verdursten (Kindheitstrauma: die Angst zu sterben, bevor man noch einmal einen langen letzten Schluck genommen hat).

So ungefähr das erste, was Gábor angestellt hatte, nachdem er freies Reiserecht genoß, war, nach Nepal zu fliegen. Schon als Kind hatte er sich in den Kopf gesetzt, einmal das Dach der Welt zu sehen, nicht immer nur ihre schlechtgetünchten Heizungskeller. Er arbeitete als Nachtportier in einem zweitklassigen Hotel und sparte sich den Rest vom Mund ab, soff folglich entweder weniger oder mehr. Mehr auf Rechnung des Hoteliers. Und dann traf er dort ein, und das einzige, was er von Nepal zu berichten wußte, war, daß die Nepali insgesamt recht kleine Menschen seien, deren Lieblingsbeschäftigung war, aus allen verfügbaren Gesichtsöffnungen gezielt auf die Straße zu rotzen. Was auch für Gábor keine solch riesige Angelegenheit gewesen wäre, hätte er dich, Großpapa, zu Lebzeiten gekannt.

Gábor war sich selbst immer neun bis zehn Schritte voraus. Natürlich: Jeder Mensch ist sich in seiner Entwicklung immer einen Schritt voraus, und die Erklärungen hinken hinterdrein. Doch bei Gábor waren es meist zehn Schritte, und die Erklärungen taumelten nur so. Seit dem ersten Semester feilte er an seiner Doktorarbeit, keine Ahnung, in welchem Fach, er studierte so ziemlich alles, was sich zeitlich mit seinen Jobs in Übereinstimmung bringen ließ, vielleicht war es Medizin, irgendwann war es Medizin, »die ultima ratio, das einzig Vernünftige für mich, für dich, für uns alle, alle sollten wir Medizin studieren, was sonst?! Streng genommen habe ich schon mein ganzes Leben lang nichts anderes getan als Medizin studiert, du auch, Alter, nur du, nur ich, nur wir alle haben es nicht gesehen und nicht verstanden, daß wir nämlich alle immer nur Medizin studieren. Prost!«

»Und laß es nicht wiederkommen!«

Gábor half mir, in dieser Stadt, in diesem Land, in dieser Wüste mein Zelt aufzuschlagen. Er verriet mir die Namen der Hauptstädte der Welt, und ich ihm, wie man sich zwei Bananen auf einmal ins Maul steckte. Und sie aß, ohne daran zu ersticken.

Zwei- oder dreimal in der Woche besuchte ich ihn während seiner Nachtschicht im Hotel. Es war ein heruntergekommener Altbau in Terézváros, der früher Anderthalbzimmer-Mietwohnungen beherbergt hatte, mit braunem Resopal ausgekleidet, mit drei Türschlössern, einer volleingerichteten Gasküche und einem Trockenraum versehen. Wir saßen in der Lobby und paßten auf den Getränkeautomaten auf, den wilde Aussis und einsame Deutsche leerten. Wir spielten Schach bis zur Brötchenlieferung, die das Ende der Schicht ankündigte und für uns beide bedeutete, einen Abstecher in die morgendlich verschlafene Universität zu unternehmen. Um den Schlaf in der Vorlesung nachzuholen.

Es gab fast keine Tschigorin-Eröffnung, die Gábor verpatzt hätte, Großpapa. Er war Profi. Wenn er nicht gerade im Hotel, in der Uni oder im Obstladen war, fand ich ihn in den Eingängen der Pester Metrostationen beim Schachspiel mit Westlern. Wenn er wegen unbestechlicher Polizisten unterbrechen mußte (doch, die gab es!), steckte er seinem Gegenüber einen Zettel zu, der dem in fünf Sprachen erklärte (orthographisch ebenso wie grammatikalisch bedenklich), wo er ihn in zehn Minuten wiederfand. Brett, Figuren, die drei Klappstühlchen waren in Sekundenschnelle verpackt, dann hastete Gábor der nächsten Metrostation zu und bereitete die Partie vor, stellte die Spielkonstellation wieder her, by heart.

Selten waren sie, die Tage, an denen er niemanden zum Spielen fand. Selten, aber für Gábor umso entsetzlicher. Dann stierte er in die Luft, nahm mich, der ich mich ihm gegenübergesetzt hatte, oft erst nach Minuten wahr, erst, wenn ich laut mit Mittelfinger und Daumen vor seinen Augen zu schnippen begann.

»Was machst du?« fragte ich.

»Ich sitze und überlege, ob ich mich umbringen soll.«

»Fein. Und was machst du, wenn du's nicht tust?«

»Einkaufen gehen. Ich brauch einen Fahrradschlauch. Kommst du mit, Alter?«

»Klar, was soll ich zuhause? Fliegen fangen?«

Nachdem er seine Wohngemeinschaft mit drei Musikern verlassen hatte, die hinlänglich erfolglos Schamanen-Punk spielten und daran verzweifelten, zu klingen wie die Rasenden Leichenbeschauer, die einzige ungarische Band von internationalem Format, kam Gábor im Haus seiner Großcousine Klára unter. Klärchen war eine alte Jungfer, die Tag und Nacht Werbesendungen sah, weil sie nicht mehr schlafen konnte, weil sie nicht mehr essen konnte, weil sie nicht mehr gut hörte, weil ihr die Zeit viel zu schnell geworden war und sie Angst hatte, einen Fuß vor die Tür zu setzen, auf die Straße, wo laut Fernsehen die Verbrecherbanden tobten.

Hin und wieder arrangierte es Gábor, daß ich bei ihnen übernachtete. Groß genug war ihr Haus, nah an der Universität gelegen, ich sparte mir den morgendlichen Hinweg. Und so spielte sich diese allmorgendliche Szene ab, mit Gábor (und mir) auf dem Treppenabsatz, unten, und der alten Dame in ihrem Wohn- und Schlafzimmer, oben.

Gábor öffnete die Tür, klimperte mit seinen Schlüsseln.

»Klärchen, ich geh dann mal, ja? Ist gleich halb zehn.«

»Bist du das, mein Junge?«

»Jaaa.«

»Du mußt gehen, es ist gleich halb zehn!«

»Jaaa.«

»Mach's denn gut, mein Junge, mach's gut, und grüß den Dings von mir, den anderen, na, den – Freund.«

»Mach ich, Klärchen.«

Ich schätze, Großcousine Klára und er hätten ein prima Liebespaar abgegeben. Sie verstanden sich blind. Und vor allem taub.

Gábors größtes Unglück war, daß das Geld nie ausreichte, um seinen Alkohol- und Dope-Konsum zu befriedigen. Abgesehen davon war das Leben in Ungarn so schweineteuer geworden, daß man sich kaum mit zwei regulären Jobs über Wasser halten konnte. Und Klára schickte sich an, eine langlebige alte Jungfer zu werden. Wir saßen über dem neunten oder zehnten Bier, die Aussis hatten längst aufgegeben, als Gábor eines Nachts herausplatzte:

»Mal angenommen, ich wollte an Klärchens Geld. Was würdest du mir raten?«

»Auf einer Skala von eins bis zehn: Wie dringend ist es mit der Kohle?«

»Zehn ist dringend?«

»Zehn ist dringend.«

»Zwölf.«

»Verstehe. Mach sie kalt.«

»Mach sie kalt. Na klar. ›Heut hat sich einer aufgehängt, jetzt wird es Winter‹.«

Gábor liebte es, Petőfi zu zitieren, weiter war er in seinem Studium der ungarischen Literatur nicht gekommen. »Slowakische Klempner und sonstige Säufer« war der zweite Satz, den er auswendig konnte. Doch dieses Zitat ließ auf sich warten. Stattdessen fragte er mit niedlichem Gesichtsausdruck, dem eines ungarischen Siebenschläfermännchens:

»Nur wie?«

»Totschreien klappt nicht«, sagte ich, »also vielleicht – Elektrokution?«

Ich hatte tags zuvor in der Zeitung gelesen, daß die ungarische Polizei seit geraumer Zeit Schwierigkeiten hatte, bei Todesfällen nach Einwirkung mit elektrischem Strom zwischen Suizid und Unfall zu unterscheiden. Man war nachlässig geworden. Wir lebten in einem Land, in dem der Selbstmord zu den alltäglichen Läßlichkeiten gehörte. Wie Zähneputzen. Zähneputzen und Kaffeekochen. Es gab so viele Suizidfälle, daß sie nicht genügend Personal hatten, sie ordnungsgemäß zu untersuchen. Besonders seitdem der Staat die Kriminalpolizei marktwirtschaftlichen Sparzwängen untergeordnet hatte. Weshalb sollte es also nicht funktionieren, einen Mord so zu fingieren, daß er nach Suizid aussähe? Oder Unfall?

»Elektrokution. Aha. Soll ich mit dem Fernseher auf sie losgehen, Alter?«

»Fernseher ist unhandlich. Implodiert außerdem zu früh.«

Ich begann zu improvisieren.

»Es müßte etwas sein, das gut in der Hand liegt. Damit die Finger krampfen. Damit sie nicht mehr loslassen können. Ist Klärchen Linkshänderin?«

Gábor zuckte mit den Schultern.

»Sorg dafür, daß sie die Linke benutzen muß. Hau ihr am Vortag mit dem Schnitzelklopfer auf die Rechte, daß sie nichts mehr anfassen kann. Natürlich aus Versehen.«

»Natürlich.«

»Dann geht der Strom direkt zum Herzen.«

»Hör mal, Alter –«

»Du mußt dafür sorgen, daß die Sicherung nicht rausspringt, sonst kommt sie mit Herz-Rhythmus-Störungen davon und wird womöglich zum Pflegefall, das wäre erst recht lästig.«

»He Russe, du –«

»Ich bin Weißrusse.«

»He Weißrusse, du weißt aber schon, daß ich das jetzt nicht ernst gemeint habe, oder?«

Ich beugte mich weit über die Rezeption, stieß mit meiner Bierflasche die von Gábor an, so daß die beiden im Kontakt ein leises Plöng ertönen ließen, und sagte augenzwinkernd: »Ich doch auch nicht, Gábor. Ich doch auch nicht.«

Zwei Jahre hatten wir so zugebracht. Uns durch die Prüfungen geschlichen, mehr auf krummen, denn auf geraden Wegen. Gábor empfahl mir, öfter einen Apfel zu essen. (Nicht allein der Vitamine wegen.) Wenn ihm das Geld ausging, half ich bereitwillig. Wenn mir der Mut ausging, half er. Und riet zu Kaffeepulver, auf eine halbe Zitrone gehäuft. (Nicht allein des Koffeins wegen).

Im dritten Jahr begann sich etwas an unserer Freundschaft zu verändern. Etwas in unser beider Leben begann sich zu verändern. Waren Gábors Obstschlachten seine Art gewesen, Dampf abzulassen, war es seine Art gewesen, dem neuen Budapest zu zeigen, wie sehr er es verabscheute, brütete er nun stundenlang auf dem Campus vor sich hin. Den Gedanken, sich seiner Großcousine zu entledigen, hatte er nicht aufgegriffen. Stattdessen sprach er immer häufiger davon, das Land verlassen, in den Westen gehen zu wollen. Er träumte von Deutschland. Von der Schweiz. Von einem Kaff namens Luxemburg, wo sie Geld fraßen und Geld schissen. Gábor war es wie dem Proktologen ergangen: Gewohnt, in Ärsche zu schauen, war ihm alles zum Arsch und jede Substanz unter seinen Augen zu Scheiße geworden. Und plötzlich schien er Gefallen daran zu finden.

Schwerer wog für mich, daß ich mit einem Mal nicht mehr der Held unseres kleinen Lebensromans war. Wir alle wollen doch die Protagonisten in unseren Geschichten sein, wir wollen, daß die anderen unsere Stellung respektieren und akzeptieren und sich mit ihren Nebenrollen abfinden. Doch nicht ich war es, bei dem man nun mit allem rechnen mußte, der sich den Anschein gab, stets auf dem Sprung zu sein, morgen ein Telegramm aus Deutschland, übermorgen eine Postkarte aus diesem goldenen Luxemburg zu schicken (falls es dort überhaupt so etwas wie Postkarten gäbe, Postkarten setzten ein anständiges Bildmotiv voraus, gefressenes Geld war keines). Ich spürte, wie sich alles in mir auf Distanz justierte. *Weib, ich kenne ihn nicht. Mensch, ich bin's nicht.*

Immer seltener kam ich zu Besuch ins Hotel.

Auch Großpapa kam immer seltener zu Besuch. Als meine Kopfschmerzen einmal für Wochen ausblieben, fragte ich mich, wo er sich herumtrieb. Würde auch er die Huren heimsuchen in den Pester Vorstädten? Berge von unten, Bordelle von innen, Kirchen von außen. Oder hatte er sich das neue Gebäude, das an der Stelle seines Vaterhauses stand, als Ort für seinen Spuk auserkoren? Das wäre sicher kein Spaß, kein Spaß, in einem Baumarkt zwischen Vorschweißflansch und Estrichkleber zu spuken.

Im ganzen Land begann sich die Stimmung zu verändern. Die sogenannten Christkonservativen hatten versprochen, das heilige Ungarn wiederzuerrichten. Einer ihrer Staatssekretäre schwadronierte, die DNS der menschlichen Rasse weise zwei bis drei Drehungen auf, die der ungarischen dagegen neun, was mit der Drehzahl des vom Planeten Sirius auf die Erde strahlenden Lichts identisch sei. Aus dieser Tatsache resultiere der kosmische Ursprung der ungarischen Intelligenz, und darauf gehe die Auserwähltheit des ungarischen Volks zurück.

Ich staunte. Bislang hatte die heiligmäßige Instandsetzung Ungarns bedeutet, unwirtschaftliche Betriebe in den Konkurs zu fahren, so daß das neuentstandene Heer der Arbeitslosen von Ferencváros wilde Jagd auf alles machte, was nur entfernt nach Zigeuner aussah. Die Bordsteinkanten eigneten sich hervorragend, um Zahntrophäen zu gewinnen. Survival of the fittest. Die besten Springerstiefel waren immer noch die aus Deutschland.

Immer häufiger verschwieg ich, woher ich stammte. Die Abrechnung mit den Russen würde erst recht unerbittlich werden.

Budapest hatte mich an den Eiern gepackt. Ich hatte gehofft, einmal romantisch das Mann-Frau-Spiel spielen zu können. Fehlanzeige. Stattdessen Flatrate-Vögeln: Ich kannte die Pester Vorstädte. Flatrate-Fühlen: Ich kannte die dreifach gepiercte Zunge von Ilona, meiner Bäckereiverkäuferin. Die mit ihren Broten sprach. Die Angst um ihre Nasenschleimhäute hatte und Koks statt zu schnupfen ins Zahnfleisch rieb. Die auf Oralsex bestand und mir unsäglich auf die Nerven ging, mit ihrer Gebärdensprache in allesfaszinierendfindender Affektiertheit, wenn sie über Designkleider und Designkatzen monologisierte. Wir waren Ochs und Esel, in einem Pferch gelandet. Urbane Künstlichkeit 1994. Als die ersten Stare des Jahres gegen meine Dachgeschoßfenster donnerten, wurde Ilona mein Schlafplatz in der Stadtmitte. Eine kernige Line Koks vor dem Sex, eine perlende Line Zahnpasta danach. Hauptsache, das Maul war voll und eignete sich nicht zum Quatschen.

Das Ende bereitete sich auf einer Party vor. Als Gábor und ich im Studentenwohnheim anlangten, war das Gelage bereits in vollem Gang. Die ganze Stadt zog sich an schattige Plätzchen an der Donau zurück, nur wir flüchteten uns in die brackig werdende Hitze eines Kellers. Und dann auch noch ein Kostümfest!, dachte ich, als mein Blick auf Frösche und Ritter, auf Hitler und Schneeflöckchen fiel. Gábor hatte sich als Strauch verkleidet, als getrimmter Taxus. Bestimmt hatte er den ganzen Tag über in Klärchens Vorgarten gesessen und Grünzeug zurechtgeschnitten.

»Schnucki«, lobte ihn eine Fette, die sich in eine hellgrüne Elfen-Pelle gezwängt hatte und in einen Pfirsich biß, »dich stell ich in meinen Garten, was kostest du?«

Das Fruchtfleisch stand ihr bis zum Oberkiefer und der schimmernde Saft tropfte ihr auf das ausladend geschnittene Lätzchen.

»Greif zu«, antwortete Gábor, »wir sind so hoch verschuldet, ich kann mir mich schon lange nicht mehr leisten.«

»Und was stellst du dar?« fragte mich das Elfchen und wischte sich mit dem Ärmel über den Mund. Ich war, wie immer, in Schwarz gekleidet, aber ich hatte mir für den Anlaß zentimeterdick Kajal unter die Augen geschmiert.

»Ich? Ich bin der Antichrist.«

»Was du nicht sagst. Mach doch mal sowas wie ein Wunder!«

»Dafür bin ich nicht zuständig. Nur für Kartellbildung. Und die neoliberale Marktordnung.«

»Ihr zwei seid lustig«, sagte Elfchen und rang sich ein stimmloses Lachen ab, »deshalb dürft ihr hierbleiben.«

Gábor und ich trugen je einen Armvoll Bierflaschen an einen schmalen Stehtisch im hintersten Winkel des Kellerraums. Ich trank drei auf ex, holte Nachschub und beobachtete, wie von der Toilette her ein taufrisches blondes Gör weithin strahlend unserem Tischchen zuwinkte. Man sah ihr die Westlerin förmlich an. Über hüftengen Jeans trug sie ein bauchfreies Top. Bauchfrei war auch der Bauch, überflüssig zu erwähnen. Irgendwo in der Taille hatte sie sich einen beigefarbenen Pullover für die rauhen Sommernächte im europäischen Osten festgeknotet. Es sah aus, als umklammerte sie ein seekranker Biber. Ich fragte mich, ob ich gern mit dem Tier tauschen würde, als sie das Elfchen bei der Hand nahm und unserem Tisch entgegenführte.

»Das ist meine deutsche Freundin«, sagte sie gegen die Musik anschreiend. Ich verstand den Namen nicht. Sabine. Susanne. Sibylle. Sophie. Zu meiner großen Überraschung war Gábor so vertraut mit der Kleinen, daß er ihr zur Begrüßung erst sachte mit dem Zeigefinger die Nase stupste, dann stoßweise seine Zunge in ihren Rachen schob.

Deshalb hatte er derart darauf gedrängt, zu diesem Fest zu gehen! Sein neuester Plan bestand darin, sich eine Westlerin anzulachen, Ungarn zu verlassen, sich weiter erfolgreich um sein Leben herumzulavieren. Zwischen großer Liebe und großer Chance bestehe heutzutage ohnehin kein Unterschied mehr, sagte er mir wenige Tage zuvor. Dabei popelte er sich schwarze Wollfetzen aus dem Bauchnabel.

In dieser Welt begegnen sich nur noch Künstlichkeiten, dachte ich. Ein Künstliches setzt ein anderes aus sich heraus und hält es an, es ihm gleich zu tun. Das Leben aber spielt immer anderswo. Und beliebt zu würfeln.

Gábor und seine Kleine laberten in gebrochenem Englisch. Ich betrachtete dieses Wesen, heiß geritten von unschönen nervösen Tics. Da kreisten zehnfach beringte Fingerchen um- und ineinander und gebaren vage Gesten, die mit den Lauten einer fremden Sprache rangen. Oder mit dem Schrecken, sich zum ersten Mal in ihrem Leben vaterlos und mutterseelenallein eine fremde Großstadt mitsamt ihren Menschen und Männern entwirren zu müssen. Ganz gleich: ihr faserte die Sprache regelrecht durch zehnfach Beringtes, und sie hielt das Köpfchen immer rechts, immer ein wenig rechts, als hätte sie Angst, es könnte ihr in der Mitte festwachsen. Und doch schien sie mit allen Fasern ihres niedlichen Herzchens in der festen Überzeugung zu leben, Teil von alledem zu sein, zurecht hier, da oder dort zu sein, Kind ihrer durch und durch gutbürgerlichen Eltern, die tags gut äsen und nachts gut schlafen.

Gábor verließ uns mit einem Zeichen, das ich als das internationale Signal für »Ich-brauch-jetzt-dringend-was-Leckeres-zum-Kiffen« deutete. Es würde mindestens eine halbe Stunde dauern, bis er zurück wäre. Ich suchte Geistesabwesenheit vorzuschützen, mich hinter meinem eseligsten Gesicht zu verschanzen, aber es half nicht. Die Kleine rückte näher an mich heran. Ich bot ihr an, unser Gespräch in ihrer Muttersprache fortzusetzen. Ich bin seit der Volksschule in ihr unterrichtet worden, bin im Deutschen nicht weniger zuhause als in jeder anderen Sprache. Wahrscheinlich weil ich, ganz Weißrusse, in keiner Sprache wirklich zuhause bin.

»Wie gut ihr es habt«, sagte sie, das Köpfchen so schief, daß ich Angst hatte, es würde abknicken, »ich meine, ihr könnt hier ganz von vorn anfangen und braucht nicht den ganzen Scheiß mitzuschleifen.«

»Scheiß. Du meinst: Geschichte.«

»Mhm, naja, mein ich.«

»Du meinst also, die Ungarn hätten keine Geschichte?«

»Keine Ahnung, nee. Aber ihr habt eben dieses ganze Zeug nicht gemacht, mit Judenverfolgung und so. Kollektivschuld und so. Meine Eltern sagen, man nimmt sich als Deutscher immer ins Ausland mit.«

»Potzblitz!«

Ich prostete ihr zu. Sie schien sich mit dem Strohhalm an ihrem Cocktailglas festsaugen zu wollen. Von Gábor war nichts zu sehen.

»Du sprichst ein lustiges Deutsch«, setzte sie wieder an.

»Danke, du auch.«

»Kommst du von hier?«

»Ich komme aus – «

»Toll.«

»Ja, das ist toll.«

»Darum beneide ich dich. Es muß doch toll sein, aus einer so tollen Stadt zu kommen.«

»Ganz toll, ja. Auch wenn dieser Teil der Stadt eine Geschichtsfälschung ist. Ein tolles Versehen. Aber Hauptstädte sind ja sowieso nur eine nichtrepräsentative Auswahl aus dem Landesspektrum. Außer wenn die Landflucht hier so weiter geht, dann ist Budapest wahrscheinlich die erste europäische Hauptstadt, die das ganze Land *ist*. Wenn sich die Stadt nicht vorher kollektiv umbringt, Amis, Aussis und Deutsche eingeschlossen.«

»Mhm. Du magst die Menschen nicht, oder?«

»Ich mag die Menschen, doch, ich mag die Menschen. Mein bester Freund ist einer. Leider ist er schon ziemlich lange weg, kann mich kaum mehr an ihn erinnern.«

»Mhm. Und was studierst du so?«

»Möchtest du hören, was die Ungarn mit den Juden gemacht haben, Kleines?«

Die Deutsche warf den Schrägkopf mit einem Mal bedenklich gegen die andere Seite hin und verabschiedete sich wortlos auf die Tanzfläche. Zurück blieb ein Geruch von frisch geschlagenem Buchenholz und Himbeeren.

Ich wußte, daß Gábor einem riskanten Geschmack zuneigte, aber daß jetzt auch hochgradig Magersüchtige darunterfielen? Bei den tanzähnlichen Verrenkungen, die ich ihm von meinem stillen Hochsitz abtrotzte, wurde ich das Gefühl nicht los, daß dieses Wesen mit seiner Dauerhungerkur seit dem dreizehnten Lebensjahr beschäftigt war. Mit einer Dauerhungerkur, und sonst nichts. Ich dachte an den Kick, den die Magersucht bieten soll. Ein deutsches Phänomen? War das Deutschland? Synchronautowäsche jeden Samstag von 15:30 bis 17:15 Uhr, dazu die Fußballergebnisse aus dem Radio, das war das Deutschlandbild, das mir das ungarische Fernsehen vermittelt hatte. Und jetzt Generationenmagersucht? War das etwa auch Kollektivschuld?

Gábor klopfte mir herzhaft auf den Rücken, seine rotgeäderten Augen verrieten, daß er die erste Welle des Stoffs hinter sich hatte.

»Worüber habt ihr euch unterhalten?«

»Unterhalten? Was meinst du denn damit?«

»Was denkst du, wiegt so eine halbe Portion?« fragte er, »ist die kostengünstig im Unterhalt? Oder macht sich das gar nicht bezahlt?«

»Ich würde mich eher fragen, ob sie ihren Kalorienrechner immer bei sich hat. Oder ob der Vater schuld ist oder doch die Mutter. Vernachlässigung oder Mißbrauch? Womöglich das Westfernsehen?«

Gábor schwieg. Offensichtlich war er zu breit, um etwas Überraschendes zu erwidern.

»Wie hast du sie eigentlich kennengelernt?«

»Beim Schach.«

»Die kann Schach spielen?«

»Spielen nicht direkt. Ich hatte mal wieder Kundschaft, Kiwis, glaube ich, jedenfalls total besoffen und dauernd auf der Verliererstraße. Von Minute zu Minute ist die Stimmung beschissener geworden, bis ich mein Brett eingeklappt und erklärt habe, daß ich für heute wegen der Schupo schließe. Und plötzlich haben diese wildgewordenen Typen begonnen, mich niederzuknüppeln.«

»Und was hast du getan?«

»Bin niedergeknüppelt worden.«

»Gratuliere.«

»Und sie hat mich gefunden und aufgelesen.«

»Und verarztet? Du Glücksschwein! Und? Hast du sie schon gevögelt?«

»Nicht in dem Sinne.«

»Aber in jedem anderen, was?«

Zwischen dem Beginn und dem Ende eines langen Atemzugs stieß Gábor ein fast unhörbares Meckern der Zufriedenheit aus. Jetzt erst fiel mir ein rotes Mal auf, das er am Hals trug. Die kleine Vampirin!

Ich trank. Das Bier schäumte. Schäumte über. Beschäumte mich ganz und gar. Ich machte Anstrengungen, es von meiner Lederhose zu wischen, und befleckte mich, ganz und gar. Gábor schob mir sein holländisches Gesöff als Nachschub hin. Ich wußte, er würde jetzt nicht mehr viel trinken, nur noch einen oder zwei kiffen, sonst bekäme er nachher keinen mehr hoch.

»Und jetzt gehst du mit ihr nach Deutschland?«

»Die Chancen stehen gut.«

Gábor steckte sich eine Zigarette an, blies mir den Rauch direkt in die Nase.

»Mal Europa sehen«, sagte er, »das wäre schön.«

»Warte noch ein bißchen, dann kommt Europa hierher.«

Gábor, die halb erloschene Kippe schief im Mund, hob wie beschwörend beide Hände, dann die Arme, drehte sich nach rechts weg.

»Scheiße, wie oft hab ich das schon gehört. ›Wir waren lange genug Sibirien und die Mongolei, jetzt wollen wir wieder Paris sein und London.‹ Ich seh's nicht, Alter, ich seh's nicht.«

»Ich schon, Alter, ich seh's, ganz deutlich.«

»Ach was, wir bekommen hier doch nur die Abfälle des Kapitalismus zu sehen. Man muß dorthin gehen, wo er sich so richtig suhlt. Ich meine: Du lebst doch auch nur von der Schacherei deines Vaters, aber ich –«

»Aber du vögelst *nicht* mit einer Deutschen. Gábor, das hättest du im Sozialismus auch schon haben können.«

Als wäre sie herbeiberufen worden. Das schweißnasse Köpflein schüttelnd kehrte die Deutsche an unseren Tisch zurück. Gábor schwang sich auf zu einem letzten Gedanken, bevor er sich wieder seiner kleinen Blutsaugerin überließ, mit Hals und Haut, Haut und Haar, so ganz und gar.

»Nee, ich will jetzt meinen Teil vom Kuchen, ich hab lang genug zurückgesteckt. Der ganze Osten lebt doch in dem Glauben, daß er nur endlich wachgeküßt werden müßte. Aber das ist Quatsch. Ungarn ist, wo man trotzdem weint, Alter. Ich wünsch dir noch viel Glück hier!«

Gábor verabschiedete sich, wußte nicht, ob er noch einmal vorbeischauen würde. Er schnäbelte seinem deutschen Himbeermäulchen hinterher. Ich steckte drei Flaschen Bier ein und verließ den Reigen. Zum Abschied zwinkerte mir ein schier endlos nach oben verlängertes Penis-Gesicht, das anstelle der Arme zwei pralle, mit Fellflicken beklebte Müllsäcke trug, zweideutig zu. Künstlichkeiten. In dieser Welt begegnen sich nur noch Künstlichkeiten.

Ich verwarf den Gedanken, zu Ilona zu gehen. Begierig saugte ich die schwere Nachtluft ein. Und ich schmeckte keine Erlösung darin, keine Befreiung. Noch nicht einmal Erleichterung. Einst, wenn ich mich recht erinnere, streifte ich zweck- und ziellos durch Budapest, weil allein dies Umherstreifen kathartisch war. Jetzt fand ich, von einem Ziel zum nächsten ziehend, immer auf einen Punkt hinzielend, der keine Linie für mein Leben wurde, nichts mehr darin. Es war keine

Erleichterung. Noch nicht einmal mehr eine Erleichterung. Und vielleicht war das gut so. Ich hätte ebensogut irgendwo sein können, nirgendwo, zuhause, tot. Ich mußte versuchen, mich mit einem marodierenden Gefühl zu arrangieren. Lesarten des Seelischen: Der Weg, der mich in meine Wohnung, »nach Hause«, führen sollte, führte mich mitten hinein in eine Seelenlektüre.

Hinter der Türschwelle, in der Dunkelheit, der alte Szabó hatte sich noch immer nicht um das Licht im Hausaufgang gekümmert; vor dem zweiten Treppenabsatz strauchelte ich über einen metallenen Schuhabstreifer, fiel, schlug mit der Stirn gegen die nach oben führenden Stufen. Für einen langen Moment war mir, als müßte ich hier liegen bleiben. Eine Nachtwache. Auf Nachtwache für ein krankes und sterbenwollendes Tier, das Gábors Verrat nicht ertrug, das die Künstlichkeit nicht mehr ertrug. Buda, die Schöne, die in den letzten Zügen lag. Ich müßte still hier ruhen und mich nicht bewegen, damit auch sie sich nicht rührte, nicht schreckte und an ihren Wunden zerrte. Es war schon so viel Blut geflossen, Buda, meine Schöne. Die Aura wurde hell und heller, ich spürte, wie mich die Kopfschmerzen übermannten.

Dann sah ich Großpapa.

Er stieg die Treppe herab, ich roch den Aprikosenschnaps, einen Hauch von Salmiak.

»Djeduschka«, sagte ich, ich wußte, daß mir die Tränen über die Wangen liefen, viele kleine Alkoholtränchen, »hilfst du mir, Großpapa? Die Stadt: Sie stirbt mir unter den Händen weg. Wie lang er wohl währt, der Todeskampf von Städten?«

Teppiche im Paradies

Es war 7:15 Uhr. Draußen brütete die Hitze. Die »Tigerbrigade« in den orange-weiß gestreiften Westen zog an mir vorüber, die Müllmänner brüllten sich über kurze Entfernungen schmutzige Witze zu. Ungeheure Lastautos rasselten auf der sich für den Tag rüstenden Straße in Richtung des zwölften Bezirks. Bereite dich, sei wachsam, und sei bereit! Im Ostbahnhof drängten sich Menschentrauben vor den Schaltern. Eine Roma mit einem vielleicht zweijährigen Kind auf dem Arm ging bettelnd zwischen den Wartenden umher. Ihr Kleines schüttelte unablässig den Kopf. Ich trat auf die beiden zu, drückte der Mutter einen Tausendforint-Schein in die Hand. Sie starrten mich an. Dann nickte die Frau lächelnd, aber das Kleine schüttelte wieder nur den Kopf. Als wäre es zu wenig gewesen, zu wenig überzeugend, so leicht überzeugst du mich nicht, überzeugst du mich nicht davon, daß diese Welt nicht etwa zum Kopfschütteln ist. Ich begann selbst den Kopf zu schütteln. Hielt die Geste bis zum Schalter durch.

Wieder war es eine Todesnachricht, die mich »nach Hause« holte. Tanjas Brief war kurz. Ich wußte nicht, woher sie meine Adresse hatte, ich hatte sie weder ihr noch Alezja mitgeteilt, vielleicht hatte sie sie über das Studentensekretariat der Universität erfahren. Weil kein Telefon auf mich angemeldet war, war es der einzige Weg, Kontakt mit mir aufzunehmen. Als ich von der Post aus bei Tanjas Nachbarn anrief, was sich als schwierig herausstellte, noch immer war es aus technischen

Gründen kaum möglich, eine Verbindung nach Belarus zu erhalten, muß mein Weißrussisch so fremd geklungen haben, daß man vorzeitig auflegte. Oder die Verbindung wurde irgendwo in den Waldkarpaten unterbrochen. Erst beim vierten Anruf gelang es mir, darum zu bitten, daß man Tatsiana oder Alezja herbeiholte. Nach dem siebten Anruf hatte ich Tanja endlich am Hörer, war ich fragmentarisch unterrichtet. Ich sagte:

»Ja, ich komme. Weiß noch nicht genau, wann, aber ich komme so schnell wie möglich.«

Wieder hatte ein Knacksen die Leitung unterbrochen, ich konnte davon ausgehen, daß sie nicht mehr gehört hatte als: »Ja, ich komme.«

Was im Grunde das war, was ich am wenigsten sagen wollte. Ich kann hier nicht so leicht weg. Ich muß mir einen Zug heraussuchen. Ich weiß nicht. Ich weiß nichts. Was soll ich bei euch? Das zu sagen riet mir mein Stolz. Riet mir mein Trotz. Doch meine Intuition hatte mir geraten, Budapest zu verlassen. Schließlich hielt mich hier nichts mehr. Stolz und Trotz und Intuition rangen miteinander. Ergebnislos. Am Ende entschied die Telefongesellschaft.

Ich sagte, ich würde kommen, und Tanja hörte: Ich werde kommen. Tanja, die am Telefon so flehentlich meinen Namen gesagt hatte, und ich hatte meinen Namen so lange nicht mehr flehentlich ausgesprochen gehört, meinen Namen, meinen eigentlichen Namen, Wasja, nicht Wasil, oder, wie die Ungarn mich nannten, »Waschi«, allen voran Gábor, der so sprachbegabt wie ein Zackelschaf war. So lange hatte ich diesen Namen aus diesem Mund nicht mehr gehört, und so lange nicht mehr mit dieser Stimme gesprochen, die heiser, atemlos, erregt klang, daß ich dem Ostbahnhof zustrebte, kaum hatte ich aufgelegt, oder vielmehr: kaum war ich unterbrochen worden, und einen Platz für den übernächsten Tag im übernächsten Zug nach Warschau reservierte.

Warschau. Brest. Minsk. Hrodna. Dann mit dem Bus weiter. Ich würde unterwegs gehörig Zeit haben, mich auf meine Rückkehr vorzubereiten.

Drei Jahre waren vergangen. Seit drei Jahren hatte ich nichts mehr von Weißrußland in den Nachrichten gehört. Erst jetzt sprachen die europäischen Fernsehsender davon, daß die Präsidentschaftswahl in die Stichwahl geht. Dann kommt vielleicht ein Populist an die Regierung, der versuchen wird, uns wieder ins Haus des großen Bruders einzumieten. Back in the USSR! Würde ich überhaupt wählen dürfen? Schließlich hatte ich mich jahrelang im Ausland aufgehalten. Aber ich hätte auch nicht wählen wollen, so lange hatte mich das Ausland von allem ab- und ferngehalten. Was hatte ich noch zu tun mit dem ganzen Sowjetkram? Drei Jahre.

»Wenn das Leben nur aus dieser Mühsal besteht, dann ist das kein Leben«, soll Großmama gesagt haben. Dann lehnte sie sich in ihren Sessel zurück und gab ihrem Herzanfall nach. Ob sie das wirklich so gesagt hatte, wagte ich zu bezweifeln. Großmama sprach nicht mehr viel. Sicher war für mich nur, daß sie in frischer Unterwäsche von uns gegangen war. Schon immer hatte sie darauf bestanden, frisch gestriegelt ins Auto zu steigen, um für alle Eventualitäten gerüstet zu sein. Frische Unterwäsche, falls man in ein Hospital transportiert würde, frische Oberbekleidung, um für den Sarg bereitet zu sein, und frischgeputzte Schuhe, falls es Teppiche im Paradies gab. Sie hielt uns dazu an, es ihr gleich zu tun. Bei mir hat sie nicht mehr erreicht, als daß ich in Budapest wochenlang in einen Unterhosenstreik trat.

Meine Toten.

Meine Toten. Meine Toten. Auf der langen Zugfahrt in mein altes Leben habe ich all meine Toten zusammengesucht. Großpapa, den ich in Budapest zurückgelassen hatte, Großmama, Vater, Mutter, Nadja 1, Jadwiha, Nadja 2. Die einen sind gestorben und die anderen sind's auch. Die einen mit dem Kopf voran gegen einen Baum. Eins geworden mit ihrem Auto. Die anderen haben sich so oft gehäutet in ihren fünfundzwanzig Jahren, daß ich ihnen nicht mehr als denselben Menschen begegne. In meiner Erinnerung sind sie längst gestorben. Mit dem Kopf voran gegen unsere gemeinsame Jugend. Uneins mit unseren gemeinsamen Erlebnissen.

Nadja 1. Meine große Liebe der dritten Klasse. Längst tot. Motorradunfall. Unmittelbar nachdem sie den Führerschein bekommen hatte. Exitus noch an der Unfallstelle. Die grünen Augen, die's mir angetan hatten, ein unvergleichliches Smaragdgrün: die hatten's abbekommen. Das Gesicht eine einzige Schnittwunde, eine Fleischmaske, die Augäpfel wie chirurgisch entfernt. Und ich hatte es kein einziges Mal geschafft, mich in diesen Augen zu spiegeln. Oder wenn, dann nur aus nichtigem Anlaß.

Und meine große Liebe der sechsten Klasse. Nadja 2. Auch tot. Tot oder Cellistin, die Meinungen gingen auseinander. Tatsiana behauptete, ihr wenige Wochen vor meiner Rückkehr in Hrodna begegnet zu sein, Alezja hielt dagegen, allerdings schon schwer alkoholisiert, ihr vor einem Jahr ein Schäufelchen Erde ins Grab mitgegeben zu haben. Ich erinnere mich an unsere letzte Begegnung, unmittelbar, bevor ich nach Minsk abgeschoben wurde. Vom Fahrrad herunter rief sie mit sarkastischem Tonfall:

»Hab's schon gehört, da bringen sie dir hoffentlich Manieren bei!«

Wie ich mich schämte. Wie ich mich schäme, für diese

Zicke geschwärmt zu haben. Tot. Womöglich Cellistin. Womöglich beides.

Es war nicht anders als sonst: niemand holte mich von der Busstation ab. Nur der Weg nach Hause hatte sich verändert, die Straßen waren noch leerer, wahrscheinlich konnten sich meine Kleinstädter nicht einmal mehr das Tumbleweed leisten. Den Gemischtwarenladen gab es nicht mehr. Wo die Auslage des Magasins war, prangten jetzt Wahlplakate, die einen auf Weißrussisch, die anderen auf Russisch, man mußte nicht auf den Namen des Kandidaten oder den der Partei sehen, schon die Sprache sagte, wer wofür stand.

Vor unserem Haus klaffte ein Loch, jemand hatte begonnen, neue Rohre zu verlegen und war darüber in Dornröschenschlaf gefallen. Die Garagen standen nicht mehr, Großpapas Elektroschrott lag auf einen großen Haufen gestapelt. Wahrscheinlich hätte ich sogar jetzt noch die Chance gehabt, Vaters Geld zu finden. Und wenn nicht ich, vielleicht ein Bauarbeiter. Dann wären die Rohre nie unter die Erde gekommen.

In der Wohnung roch es derart nach Weihrauch, daß ich, kaum hatte ich den Koffer abgestellt, ein Fenster öffnen wollte. Sie standen bereits offen. Alle. An den Wänden hingen unzählige Plastikkreuze, Plastikweihwasserbecken, Pater-Pio-Gedenktafeln, ein mobiler Altar, eine aus einer Zeitschrift geschnittene und notdürftig gerahmte Schwarz-Weiß-Kopie des Abendmahls von da Vinci, Judas mit niedlichem Igelgesichtchen. Im Keller stapelten sich die Umzugskartons, schwarzer Schimmel an den Unterseiten. Wahllos öffnete ich zwei von ihnen, ein Geruch nach muffiger Wäsche, vermischt mit einer Herznote Urin. Der eine enthielt Großpapas, der andere Vaters Habseligkeiten. Ein Aufbahrungsort. Das ganze Haus war zum Aufbahrungsort geworden.

Die Beerdigung hatte am Tag zuvor stattgefunden, man habe nicht warten können, bis ich käme, die Hitze sei zu groß gewesen. Sagte Tatsiana. Sie umarmte mich gegen meinen Willen, mit Tränen in den Augen. Ich ließ es geschehen. Ihr Haar, streng nach hinten gekämmt und zu einem Zopf gebunden, changierte zwischen dunklem Braun in der Nähe der Kopfhaut und Kupferrot an den Spitzen. Es roch nach Leder, nach Mandarinen und Ambra. Sachte strich ich über ihren Zopf hinweg, er fühlte sich stark an, stark und wie ein Katarakt fließend, meine Finger drohten in Tanjas Haarspitzen zu versinken.

Marya hielt sich an ihre älteste Schwester, versteckte sich hinter ihr, sie sagte kein Wort, sah mich nicht an, ich war ein Fremder für sie. Tanja sprach lange auf sie ein, aber sie ließ sich nicht dazu überreden, mir ein Wort zu schenken. Vielleicht verstand sie mich auch nicht. Ich sprach Russisch. Mir war, als hätte ich in Ungarn das Weißrussische endgültig verlernt.

Wir trafen Alezja an Großmamas Grab. Das auch das von Großpapa hätte sein sollen. Aber es war ja leer. Ich wußte, daß er nicht mehr da war; ich hatte ihn nach Budapest mitgenommen, und er bat mich, ihn nicht zurückzubringen. Es war während unserer gemeinsamen Nachtwache im Treppenhaus, als ich ihn das letzte Mal sah. Er hatte sich neben mich gesetzt, beide starrten wir in Richtung des Fensters, wo wir Buda liegen sahen, das waidwunde Tier. Ich hoffte auf den Morgen, der vielleicht die Erlösung von meinen Schmerzen brächte, und Großpapa erklärte, daß er mit der Dämmerung für immer verschwinden werde.

»Hör mit der Suche nach mir auf«, sagte er, bevor ich an Ort und Stelle einschlief, dann, Stunden später, vom Hausverwalter gefunden und ins Bett gebracht wurde.

»Laß mich hier. Und hör mit deiner aussichtslosen Suche auf.«

Das gemeinsame Grab, das kein Gemeinsam kannte, es nie kennen würde. Nicht einmal, wenn man die Überreste einst umbetten wird.

Alezja. Mit Pagenschnitt. Ich war überrascht, wie viele Falten sich auf ihrem achtzehnjährigen Gesicht abzeichneten. Sie steckte sich eine Zigarette an. Tanja zischte, aber ihre kleine Schwester ließ sich nichts mehr sagen, jetzt nicht mehr, nie wieder, von niemandem mehr.

»Vorbei mit der Bevormundung. Endgültig.«

»Ich dachte, nach Vaters Tod wäre die Tyrannei zu Ende gewesen?«

»Spinnst du?«

Alezja unterdrückte nur mit Mühe ein hämisches Lachen.

»Damit hat alles erst angefangen. Als Kolja tot war, hat die Betschwester da«, sie zeigte mit der brennenden Kippe auf das Grab, »das Haus in ein Kloster verwandelt.«

»Lesja!«

Ich hielt Tanja davon ab, nach ihrer Schwester zu schlagen.

»Was? Was willst du? Du hast doch auch unter ihr gelitten, oder nicht?«

An mich gewandt fuhr Alezja fort:

»Sie hat nicht studieren dürfen. ›Mädchen brauchen sowas nicht, wir sind ja schließlich nicht mehr in der Sowjetunion‹. Und irgendjemand mußte sich um die Kleine kümmern, als die Betschwester arbeiten ging.«

»Und warum hast du dir das gefallen lassen?« fragte ich Tanja.

»Was hätte ich denn tun sollen?«

Sie sah mich irritiert an.

»Lesja hat sich kein bißchen um das Kind gekümmert. Irgendjemand mußte da sein.«

»Natürlich, schieb's auf mich, Tanja. Weil du zu feige warst, das Maul aufzumachen.«

»Wir hatten kein Geld, die Kleine unterzubringen. Außerdem wäre sie todunglücklich geworden …«

»Ja«, sagte Alezja, drückte die Zigarette am Boden aus, ich sah, wie der Lippenstift, der am Filter klebte, nun ihre Finger verschmierte, »ja, erzähl deinem Neffen, was die Betschwester mit Marya veranstaltet hat. Ich muß gehen. Einer in dieser Familie muß schließlich das Geld nach Hause bringen.«

Marya hatte Großmama bei der Geburt eine Niere gekostet. Seither trug sie diese »Verantwortung«. Sie war bestrebt, unauffällig unter den Menschen zu bleiben, sich leise zu ducken, sich zu beugen, um nicht auch noch jemanden das Herz oder den Verstand zu kosten. Marya: die Nierenkosterin. Großmama hatte nicht verabsäumt, der Kleinen Tag für Tag die Sünde ihrer Geburt vorzuhalten, ihr Reue und Bußfertigkeit einzutrichtern. Tatsiana und Alezja tyrannisierte sie mit Verboten, schlug sie, wenn sie sich einen zu kurzen Rock anziehen wollten, verbot ihnen, sich mit Jungs zu treffen. Weil sie inzwischen von Alezja erfahren hatte, was der Großpapa mit ihr auf der Toilette getrieben hatte, traf es sie besonders hart. Sie gab ihr die Schuld daran, sperrte sie tagelang in ihrem Zimmer ein, bis die Lehrer vor der Tür standen, um Alezja abzuholen, bis die Lehrer mit der Polizei drohten, wenn Alezja nicht mehr pünktlich zur Schule käme, bis Großmama sie von der Schule nahm und zu Kaslou schickte, wo sie zwei Jahre lang putzte, bevor sie als Verkäuferin in einen Fleischerladen wechselte. Alezja hatte sich nicht das Haar geschnitten. Die Großmama hatte ihr eines Nachts die Unzucht der langen blonden Strähnen kupiert, mit dem Fischmesser, das sie den Tag über geschärft hatte. Wenigstens würde sie sie jetzt nicht mehr an den Haaren in die Kirche ziehen. Alles hatte ein Gutes.

Unter diesen Umständen war Tatsiana noch gut weggekommen. Wir saßen zuhause, hatten Wodka auf den Tisch gestellt.

Marya war in ihr Zimmer enteilt. Der Weihrauchgeruch benebelte mir noch immer die Sinne.

»Und wie geht es jetzt weiter bei euch?«

Tanja zuckte mit den Schultern.

»Ich schlage vor, ihr legt euch zuerst einmal ein Telefon zu. Es war abenteuerlich, euch zu erreichen.«

»Es war abenteuerlich, dich überhaupt ausfindig zu machen, Wasja.«

»Wann wirst du dein Medizinstudium beginnen?«

»Erst muß Marya aus dem Gröbsten raus sein.«

»Marya ist aus dem Gröbsten raus, sie kommt in die Schule.«

Tanja lächelte mitleidig.

»Marya wird nie aus dem Gröbsten raus sein. Du warst nicht da, Wasja, du hast das alles nicht erlebt.«

»Fahnenflucht, ich weiß, ich weiß.«

»Siehst du sie irgendwo, Wasja, siehst du Marya? Du siehst sie nicht. Sie hat Angst vor Fremden. Du bist ein Fremder für sie. Sie hat auch Angst vor Alezja. Manchmal hat sie sogar Angst vor mir. Ich höre sie nachts lange beten und weinen. Ein sechsjähriges Mädchen sollte nicht lange beten und schon gar nicht lange weinen müssen. Glaubst du, ein solches Kind kann man auf eine Ganztagsschule schicken? Glaubst du, wir könnten uns eine solche Schule überhaupt leisten?«

Ich bot Tatsiana meine Unterstützung an. Sie lehnte ab.

(Aber ich ersann in den nächsten Wochen doch Mittel und Wege, ihr monatlich Geld anzuweisen, das sie nicht gut ablehnen konnte. Sie hat die vermeintlich »staatliche Unterstützung« nie hinterfragt.)

Am nächsten Morgen fand ich Tanja auf dem Sofa schlafend. Über meine stumme Betrachtung erwachte sie. Der Abdruck der Lehne, rot, auf ihrem Gesicht. Sie rieb sich die Augen, es war erst halb sechs.

»Um die Zeit? Was treibst du?« fragte sie verschlafen.

»Jetlag.«

Tanja fuhr sich mit beiden Händen übers Gesicht, sie wusch sich mit trockenen Fingern.

»Ach, Wasja.«

»Keine Ahnung. Hab nicht mehr schlafen können. Dachte, ich geh ein bißchen spazieren.«

»Du kannst mir mit Marya helfen, wenn sie wach ist. Wenn sie sich helfen läßt von dir.«

Sie ließ sich nicht helfen. Ich ging spazieren.

Es war eine diffuse Nacht gewesen. Ich schlief sofort ein, schlief traumlos, drei, vier Stunden lang, dann erwachte ich und fand nicht mehr in den Schlaf zurück. Mein Bettzeug roch nach dem Kackruß, das ganze Haus roch nach der Tyrannei von Großmama. Und, merkwürdig, ich fühlte mich mitschuldig an dem, was geschehen war. Als hätte ich auf Tanjas Kosten studiert, als hätte ich ihr mit einem Mal etwas abzubitten, nicht umgekehrt. Meine Zeit in Budapest erschien mir wie eine verbrecherische Willkürtat, eine Zeitverschwendung, eine Vergeudung meiner Ressourcen, meiner finanziellen und geistigen Ressourcen. Und eben auch wie eine Fahnenflucht.

Wir sprachen den Tag hindurch, wir zersprachen den Tag: Tanja, Alezja und ich. Ich erzählte von Ungarn, von der Universität, davon, wie in Budapest Mobiltelefone die Welt zu regieren begonnen hatten, und man jedem Trottel, der zu Selbstgesprächen neigte, dazu riet, sich buntes Plastik mit heraustehenden Drähten ans Ohr zu halten, um nicht weiter aufzufallen. Ich erzählte von den Jugendbanden, die ganze Viertel kontrollierten, und davon, daß das Parlament auf der ehemaligen Mülldeponie erbaut wurde, so daß die Ungarn sagten: »Kein Wunder, daß unsere Geschichte im 20. Jahrhundert nur Dreck war!«

Von Großpapas Besuchen erzählte ich nicht.

Die Familie um uns herum war ausgelöscht, nimmt man einmal Onkel Janka aus, der sich seit Vaters Tod nur noch sporadisch hatte sehen lassen. Seine Geschäfte gingen schlecht, er kam, um Großmama um Geld zu bitten (oder, da ich einer Familie entstamme, in der man Bitten für Betteln hält, und deshalb von vornherein zum Befehlen neigt: um ihr Zahlungsanweisungen zu geben). Wir waren aufeinander geworfen, mehr als je zuvor. Wir gingen nach Draußen, auf die Suche, aber wir wandten uns doch immer wieder nach Drinnen, an diejenigen, die wir wirklich oder vermeintlich seit unserer Kinderzeit kannten.

Am frühen Abend schliefen Alezja und Marya auf dem Sofa ein.

»Ein seltener Anblick«, kommentierte Tanja, »das ist dein Verdienst.«

»Weil ich sie totgeredet habe?«

»Nein, weil du da bist. Einfach nur da.«

Tanja zog mich vors Haus. Es hatte merklich abgekühlt, Ostwind wehte. Sie hatte einen Tisch und zwei Stühle besorgt, um Veranda-Atmosphäre zu schaffen, und in der Tat, wäre mein Blick nicht auf Großpapas Schrottberg gefallen, ich hätte mich in einen Western versetzt gefühlt, Rock Hudson an der Seite von Julie Adams. Und war das nicht Tumbleweed, dort, in der Ferne?

Tanja zündete sich eine Zigarette an, rauchte sie in schnellen Zügen, dann drückte sie sie in einem kleinen Blechaschenbecher aus, dessen leichtere Seite immer wieder von der Tischoberfläche sprang und beim Wiederaufkommen ohrenbetäubend schepperte.

»Du bist die lauteste Raucherin, die ich kenne.«

»Und wahrscheinlich auch die hastigste.«

Sie hatte sich zu einer Feierabend-Kettenraucherin entwickelt. In einem Zeitraum von zwei oder drei Stunden, kaum daß Marya im Bett war, qualmte sie die Kippen eines ganzen Tages. Zwischendurch brannte sie sich mit der Glut Mückenstiche aus.

»Warum bist du nie nach Hause gekommen, Wasja?«

»Weil die Zugfahrt von Budapest schier endlos ist.«

»Ich meine die Zeit im Internat.«

Ich suchte, keine Miene zu verziehen.

»Du hast keine Ahnung, wie es für mich war, Wasja, keine Ahnung.«

»Hm, nein, erzähl mal. Waren all deine Freundinnen plötzlich weg? Mußtest du auch in eine neue Schule? Haben sie dir dort Disziplin eingeprügelt? Haben dich alle Menschen verlassen, die wichtig für dich waren?«

»Nur einer. Aber das war schlimm genug.«

Ich sah auf Tanjas Hände, die einen Moment ohne Zigarette blieben. Die rechte hielt die linke. Oder die linke die rechte. Sie waren so sehr ineinanderverschränkt, daß das schwer auszumachen war.

»Ich wollte es uns so leicht wie möglich machen. Und hab uns damit wohl alles unendlich schwer gemacht.«

Ich schwieg. Begann, Zigarettenstummel aus dem Aschenbecher zu fummeln und sie auf dem Tisch wieder gerade zu biegen.

»Ich wollte dir nicht im Weg stehen, ich dachte wirklich, für dich wäre das gut. Du kommst raus, du findest neue Freunde.«

»Und natürlich hast du dabei kein bißchen an dich gedacht.«

»Was hätten wir hier schon bieten können? Pioniertage in Hrodna. Kolja besoffen im Keller. Onkel Janka auf dem Pferdemarkt.«

»Polaroids für die Ewigkeit.«

Tanja schlug die Beine übereinander. Sie beschäftigte sich mit einem neuen Mückenstich. Dabei schob sich ihr Rock so weit über den Oberschenkel, daß ich den Saum ihres Slips sehen konnte.

»Wir zwei hätten daran nichts geändert. Unsere Großen haben doch nie gefragt, was *wir* eigentlich wollen.«

»Was wolltest du denn, Tanja?«

Sie drehte sich halb weg von mir, ich sah ihr Profil, sah, wie sich der Rauch um ihre Schneidezähne bewegte, die noch immer ein wenig vorstanden. Betörend.

»Merkst du eigentlich, daß du mich immer weggeschubst hast, wenn ich nicht gesagt habe, was du hören wolltest? Immer, wenn es darauf ankam, hast du mich weggeschubst. Aber ich will, wenn man mir den kleinen Finger bietet, nicht nur die ganze Hand, sondern den ganzen Menschen, Wasja.«

Ich verstand nicht, wovon sie sprach. Ich verstand nur, daß mir unser Gespräch ein Loch in den Magen grub, als hätte ich zu wenig gegessen oder zuviel geraucht. Ich hörte das Sirren der Gefriertruhe, ein neuer Film, ein alter Film, die Bilder unvergessen: Tanjas Trägerkleid bis weit über die Taille hochgerutscht, der lilafarbene Halo einer Brustwarze, ich spürte, wie sich mein Schwanz gegen den Reißverschluß der Hose aufbäumte.

»Ich zeig dir jetzt was. Ich wollte es eigentlich nicht tun. Nie. Aber sonst glaubst du mir ja nicht.«

Tanja machte mir Zeichen, in ihr Zimmer zu folgen. Es war das ehemalige Schlafzimmer meiner Eltern. Im Haus war es so dunkel, daß ich einige Augenblicke brauchte, um mich zu orientieren. Alezja und Marya hatten die Schlafpositionen getauscht, lagen jetzt mit den Rücken gegeneinander. Bildeten eine 96.

Tanja schaltete eine funzelige Nachttischlampe an, zog aus einer Kommode einen Karton, in dem sie jede Menge Krimskrams aufbewahrte: eine bunte Kinderkette, winzige Versteinerungen, Kinokarten, kleine Zettel, auf denen Mädchen einander fragten, ob sie beste Freundinnen sein wollten. Und ein Schächtelchen mit aufgeklebten Wollfäden, die eine Butterblume vorstellten, eine Textilarbeit der dritten oder vierten Klasse. Tanja öffnete sie, hielt sie mir hin, ich sah hinein.

»Was ist das?«

»Das? Du erkennst dein eigenes Hemd nicht mehr?«

Ich zog einen karierten Stoffetzen heraus, eine Manschette, an fadenscheinig gewordener Stelle entzweigegangen. Entgeistert hob ich beide Augenbrauen, starrte darauf, bis mir Tanja den Ärmel entriß und Schachtel und Karton geräuschvoll wieder in der Kommode verschwinden ließ.

»Frag mich nicht, warum ich das blöde Ding aufbewahrt habe«, schimpfte sie, mehr auf sich, denn auf mich, »bescheuerte Sentimentalität, was?, war eben das einzige, was mir von diesem Abschied geblieben ist, vielleicht hat es mich daran erinnert, was ich alles falsch gemacht habe, und daß ich immer selbst daran schuld bin, wenn es mir dreckig geht, vielleicht wollte ich einfach etwas behalten, das mich an eine Zeit erinnert, in der noch nicht alles so Scheiße war, vielleicht hat es ja auch ein bißchen nach dir gerochen, das Ding, vielleicht hattest du vorher ausnahmsweise mal gebadet, vielleicht –«

Ich nahm Tanjas Kopf in beide Hände und beendete die Tirade mit einem Kuß auf ihren Mund. Sie kam noch zwei, drei Konsonanten weiter, dann spürte ich ihre Schneidezähne auf meinen Lippen, einen kurzen Schmerz, ich schmeckte Blut, Tanjas Zunge, den Rauch, die Worte des ganzen Tages auf unseren Lippen. Und ein tiefes Wissen überfiel mich mit tiefer Stimme, fiel über mich her, oder eher: etwas, das ein tiefes Wissen nachahmte und nachäffte, das mit tiefer Stimme zu mir sprach: Heimat, du suchst Heimat, aber weil du sie nicht finden kannst oder es nicht zulassen kannst, sie zu finden, zieht es dich immer wieder weg, irgendwohin. Hier ist Rhodos, Kleiner, hier springe!

Die Spannung hielt einen Moment an.

»Was macht ihr?« fragte Marya, die plötzlich im Türrahmen aufgetaucht war und sich die Schlafkörner aus den Augen rieb.

Ich blieb eine Woche. Danach fuhr ich nach Budapest zurück. Gábor traf ich nicht mehr. Großpapa fand ich nicht mehr. Wahrscheinlich hatte ich ihn nie gefunden. Alles, was ich in Ungarn gefunden hatte, waren Menschen, die sich vom Zehnmeterbrett des Kapitalismus stürzten, aber irgendein Trottel hatte vergessen, zuvor Wasser ins Schwimmbecken einzulassen.

Binnen zehn Stunden löste ich meine Wohnung auf. Ich nahm den Nachtzug über Warschau.

Siegerjustiz

Es sah aus wie Minsk, hörte sich an wie Minsk, es roch nach Minsk. Der Regen auf den von Autos verstopften Boulevards, der Staub auf dem vergilbten Gras. Die Altstadt, lächerlich eingeklemmt zwischen Magistrale und totem Fluß. Die Greisinnen entlang den Straßen zu den Rynki, den Markthallen, die eingelegtes Gemüse verkaufen und Strickmützen, mitten im Sommer. Menschen, die einander nicht in die Augen sehen, wenn sie sich auf dem Weg von der Metro zum Wohnblock begegnen. All das war Minsk.

Drei Jahre waren vergangen. Ich hatte keine Freundschaften zurückgelassen, also auch niemanden, den ich, der mich erwartete. Was aus den anderen Internatszöglingen geworden war – ich wußte es nicht. Hin und wieder las ich, lese ich ihre Namen, meist wenn es darum geht, daß einer von ihnen in der administrativen Hierarchie gestiegen ist, Zahn um Zahn der Fall treppauf.

Das einzige, was sich wirklich verändert hatte, war die Regierung. Der neue Präsident klingelte an der Tür des großen Bruders, weil es ihm, dem Herumtreiber, eindeutig zu kalt geworden war da draußen im westrussischen Winter. Die Nationalisten, so sagte er, hätten dem jungfräulichen Land die Sprache genommen. Russisch und Weißrussisch erklärte er wieder zu gleichberechtigten Partnern. Bloß ist es fraglich, ob der Bär die Laus im Pelz je als gleichberechtigten Partner akzeptieren wird. Immerhin hatten wir nun weißrussische Straßennamen, schmucke neue Schilder, die allerorten prangten. Nur verhalf auch dies zu wenig mehr als einer babylonischen Sprachverwirrung, denn die Stadtpläne waren immer noch auf Russisch, und niemand hatte vor, weißrussische Pläne zu drucken. Die wenigen ausländischen Studenten, die den Weg nach Minsk gefunden hatten, begannen, sich Transkriptionsverzeichnisse für Straßennamen zuzulegen. Ich orientierte mich ohnehin nur mit Kompaß. Und mit meiner Nase. Nichts roch charakteristischer als die Gegend um die Studentenwohnheime. Wodka und Kombüsenabfälle.

Die Mensa war mein zweites Zuhause geworden. Ich stocherte in meiner Kascha, die nicht gerade besser schmeckte, seit ich die ungarische Küche kennengelernt hatte, als ich eine Stimme neben, über mir sagen hörte:

»Ich weiß, mein Gott lebt!«

»Halleluja«, antwortete ich mechanisch, »fragt sich nur, wovon?!«

Ich sah auf, Stanislau strubbelte mir mit der Rechten durchs Haar, während er mit der anderen Hand so ungeschickt sein Tablett balancierte, daß die Suppe vom Teller troff. Seine Statur war die eines zähen Langläufers geblieben, aber sein Gesicht hatte sich verändert. Es war voller geworden. Und um die Augen hatte es Furchen bekommen, die wie die Strahlen kleiner Sonnen schienen.

Es hätte der Anlaß für ein Besäufnis sein können. Ja, wären wir in Budapest gewesen, Gábor hätte aus seiner Notration Äthylalkohol unter Zugabe von Aprikosensirup mindestens acht ordentliche Herrengedecke gezaubert. Aber wir waren in Minsk, und so blieb es bei einem robusten Händeschütteln. Stanislau ließ sich auf den freien Platz mir gegenüber fallen.

»Meine Eltern haben mir von deiner Großmutter erzählt. Sie soll eine Heilige gewesen sein.«

»Ja, ihre Reliquien sind schon bei Christie's.«

»Was machen deine Tanten jetzt?«

»Renovieren, nehm ich an. Gegen den Weihrauchgestank, den Großmama bei ihrer Himmelfahrt hinterlassen hat, hilft nur Chemie. Die Fassade könnte auch mal wieder einen Anstrich vertragen. Der letzte stammt noch von mir.«

»Du meinst: von uns.«

»Das meine ich nicht, Stas. Soweit ich mich erinnern kann, warst du die ganze Zeit damit beschäftigt, Tanja unter den Rock zu schielen.«

»Sie stand halt über mir.«

»Du standst halt auf sie.«

»Was treibt Tanja?«

»Bin ich der Hüter meiner Tante?«

»Und unser Tümpel?«

»Noch nicht ausgetrocknet. Aber vielleicht steht das auf der Agenda des Herrn Präsidenten.«

»Willst du wieder mal tauchen gehen?«

»Wenn du mich wieder mal rausziehen kommst?!«

Stanislau hatte im Suppelöffeln innegehalten und sah mich an. Er strahlte Zufriedenheit aus.

»Du bist also tatsächlich wieder zurück?«

Ich löste meinen rechten Arm aus seiner Verschränkung mit dem linken und hob das Schüsselchen mit der Buchweizengrütze, die ich nicht einmal zur Hälfte gegessen hatte.

»Kascha«, sagte ich, stellte das Behältnis einen Moment auf meinem Kopf ab, »Minsk, ich. Ja, es scheint, ich bin wieder zurück.«

»Und wie lange bleibst du diesmal?«

»Ach, der neue Präsident gefällt mir. Ich glaube, ich werde lange bleiben. Wenn man mich läßt.«

»Die Frage ist nicht, ob man dich bleiben läßt. Die Frage ist, ob man dich je wieder rausläßt.«

Stanislau begann, seine Stimme herunterzuschrauben. Ich tat es ihm gleich und sah mich nach rechts und links, nach hinten rechts und hinten links um.

»Ich hab davon gehört. Eine göttliche Stimme soll dem Herrn Präsidenten befohlen haben: Geh hin, nimm das Schlechteste aus Sozialismus und Kapitalismus, laß es auf kleiner Flamme köcheln, und fürder nenne es ›Belarus‹.«

»Würde dir das gefallen, Wasja? Was hätte der Rote Stepan dazu gesagt?«

»Du hast den Kapitalismus nicht gesehen, Stas. Du hast nicht gesehen, wie die Leute in den Januarnächten auf der Straße verrecken. Ein paar Banker werfen ihnen kleine Geldscheine auf den Buckel. Wenn's nicht zu einem Haus reicht, reicht's vielleicht als Zudecke.«

»Mag sein, ich kenne den Kapitalismus nicht. Aber ich hab mich in den letzten drei Jahren daran gewöhnt, das Maul aufmachen zu können, wenn mir danach ist. Glaubst du, das wird man noch zulassen?«

»Das ist nicht Hitler. Geschichte wiederholt sich nicht.«

»Ich dachte nicht an Hitler. Falscher Bart. Eher an Väterchen Stalin. Willst du, daß die Sowjetunion wiederkommt, Wasja?«

»War die denn jemals weg?«

»Du hast doch keine Ahnung, du warst ja nicht mal da, als es darauf ankam.«

»Fahnenflucht, ich weiß, ich weiß.«

Ich gähnte demonstrativ. Stanislau knirschte mit den Zähnen.

»Bist du ein Demokrat, Wasja?«

Ich überlegte.

»Dä-mo-krat ...? Ach, jetzt weiß ich, du meinst dieses Rundumsorglos-Paket, das uns der Westen als seinen Exportschlager verkauft? Hübsch verpackt. Bürgerrechte mit Schleifchen. Liegt aber eine ordentliche Portion kapitalistische Scheiße drin. Geht angeblich nicht ohne. Macht die Ware erst schwer. Und sorgt für den richtigen Stallgeruch. Der ist nämlich wichtig im Westen. Das meinst du?«

Stanislau trommelte nervös mit den Fingern auf dem Tisch.

»Nein, ich glaube, davon bin ich ganz und gar nicht überzeugt, Stas.«

Ich lehnte mich zurück. Stanislau zog sein Tablett an sich, dann stand er auf, hielt mir die rechte Hand hin.

»Das wird schon. Darauf wette ich.«

»Topp«, sagte ich und schlug ein.

Es wurde Herbst, aber es blieb unsinnig heiß. Tatsiana lag hinterm Haus, döste. Die Sonne brach sich in tausend winzigen Schweißtröpfchen, jedes von ihnen eine Lupe, die die Strahlen auf dem Rücken meiner Tante bündelte. An den Armen war die Haut rot geworden, sie würde sich zu schälen beginnen, womöglich würden sich Eiterblasen bilden, die wie kleine rote Tümpel aussähen. Ich vergewisserte mich, daß weder Marya noch Alezja zuhause waren, dann kroch ich vorsichtig heran und begann, mit meiner Zunge in Tanjas Nacken zu spielen. Sie schrak auf, schob mich weg, dann lachte sie und zog mich wieder an sich.

»Ich hab noch gar nicht mit dir gerechnet.«

»Sieht man, sonst hättest du ja eine Küchenschürze an und keinen Bikini.«

»Ich koche immer im Bikini.«

»Sieh mal an. Auch zu Großmamas Zeiten?«

Tatsiana schwieg. Ich nahm mir vor, den Namen Groß-mama aus meinem Vokabular zu streichen, zumindest an den Wochenenden, wenn ich zuhause wäre.

Ich reichte ihr das Kleid, das sie als Kopfkissen benutzt hatte, zog sie voller Ungeduld vor das Haus. Zu meinem neuen Freund. Sie protestierte, die Bodenplatten waren so heiß, daß sie unter ihren Füßen brannten.

Ich hatte mir einen Gebrauchtwagen gekauft. Einen roten Dacia. Die Zugreisen wurden mir lästig und sie sorgten dafür, daß wir die Wochenenden immer nur im Städtchen verbringen konnten. Ich wollte Ausflüge unternehmen, Tanja wiederbeleben, die von der Routine zwischen Job und Marya zuweilen wie eine Komatöse wirkte.

»Du spinnst ja. Wo soll ich denn die Kleine lassen?«

»Lesja könnte auf sie aufpassen.«

»Das glaubst du doch selbst nicht, Wasja!«

»Nur hin und wieder. Aber wir könnten sie auch mitneh-men. Es gibt nichts, was sie nicht sehen dürfte, oder?«

Sie sah mich mit fragendem Blick an.

»Um die Kohle mußt du dir keine Sorgen machen, Tanja, das weißt du.«

»Und wo soll die Kleine deiner Meinung nach sitzen?«

Das war allerdings eine gute Frage. Das Auto wäre unter Umständen groß genug gewesen, hätte ich es nicht von vorn bis hinten vollgestopft mit den überlebenswichtigen Dingen: See- und Schlafsack, Isomatte, Getränke- und Konserven-büchsen, Werkzeugkoffer, Kartenmaterial für Ost- und Mit-telosteuropa. Mein neuer Freund war kaum geeignet für den Transport von mehr als (m)einer Person.

Ich öffnete die Beifahrertür, lockte Tatsiana, bat sie, al-les, was aus Blech war, nach hinten zu werfen, dann hätten wenigstens wir beide Platz. Die Milinkiewitsch, eine Nachbarin, sah herüber, grüßte, rief in Trasjanka:

»So ein schöner Wagen! Der hätt' dein' Großvater aber gefreut. Gott hab ihn selig!, die vermaledeite Rückenentzündung!«

Ich setzte mich augenrollend. Dann startete ich den Motor. Tanja protestierte, in kaum einer Stunde wäre Marya von der Schule zurück. Doch ich quengelte so überzeugend, daß sie sich in ihr Schicksal ergab. Ich war in jedem Fall das anstrengendere Kind.

Wir fuhren ins Offene. Ich konnte Tanjas Sonnencreme riechen. Und ihren Atem. Er war säuerlich, Buttermilch, dachte ich, sie hatte geraucht. Kaum war Marya aus der Tür gewesen, hatte sie sich eine Zigarette angesteckt. Ich wußte, daß sie es auch mit einem Gedanken an mich getan hatte, weil ich heute wieder nach Hause kam.

»Wenn du rauchen willst: ich hab Zigaretten. Irgendwo auf dem Rücksitz müßten sie sein.«

Tanja streichelte mir über den frisch geschnittenen Haaransatz an meiner Schläfe.

»Irgendwo auf dem Rücksitz müßte auch ein Alligator sein, oder?«

»Wenn er unter dem ganzen Krempel noch atmen kann.«

Tanja begann zu suchen, dann zog sie abrupt die Hand zurück.

»Was ist?« fragte ich.

»Jetzt hat er mich gebissen.«

»Nicht so schlimm«, sagte ich, »solange es kein Komodowaran war. Es gibt nur ein Lebewesen auf der Welt, das seinen Biß überlebt hat.«

»Und das wäre?«

»Mein Freund Gábor aus Budapest.«

148

»Der hat den Bakterien-Cocktail im Speichel überlebt?«

»Ja.«

»Wie hat er das angestellt?«

»Fünf Jahre ungarische Musiker-WG.«

Tanja lächelte, tippte mir mit dem Zeigefinger gegen die Stirn. Sie hatte inzwischen gefunden, was sie suchte und inhalierte den Rauch mit sichtlichem Vergnügen.

»Glaubst mir nicht, was? Du hättest die Wohnung sehen sollen.«

»Lieber nicht. Ich hol mir meine Resistenzen lieber über ganz normale Impfspritzen.«

Wir waren an einem Kriegsmonument angekommen, das sonntags nur so von Brautpaaren wimmelte, die Kränze niederlegten und sich rittlings auf einem Panzerrohr ablichten ließen, die Frauen mit Röcken, die stets ein wenig zu kurz waren. Oder zu lang. Jetzt, Freitagmittag, war der Platz wie ausgestorben. Ich stellte den Motor ab. Wir blieben im Auto sitzen. Tanja rauchte weiter, zeigte mir ihr Profil.

»Cola-Dosen. Erbsenbüchsen. Ein ganzes Survival-Pack. Du brauchst das Zeug nur, weil du schnell wieder weg sein möchtest, wenn es darauf ankommt, oder?«

Ich stützte mich auf das Lenkrad. Was ich jetzt am wenigsten erwartet hatte, war eine Grundsatzdiskussion.

»Vielleicht«, sagte ich, »ein guter Gast ist ein auf alles vorbereiteter Gast.«

»Du fühlst dich also zu Gast bei mir?«

»Ich bin überall nur zu Gast. Auch in meinem eigenen Leben.«

»Wie pathetisch! Und du glaubst nicht, daß das auch an dir liegt?«

Immer nur Gast sein, sagte der Großpapa, sei unser ungarisches Erbe, Punktum! Erst hatten die Europäer die Ungarn mitten im Nichts angesiedelt, dann hätten die Aftersozialisten es ihnen auch noch unmöglich gemacht, dieses Land zu verlassen. Was das für ein altes Nomadenvolk bedeute, ihm Ketten anzulegen? Den Untergang. Den Untergang in der Melancholie. Den Untergang im Suff. Ich soff nicht. Ich fuhr Auto. Ich nomadisierte wie meine Altvorderen.

»Was ist so schlecht daran? Ich tu nun mal nicht gern Sachen, die ich nicht gern tu. Die Lehre hab ich aus dem Internat. Ich muß wissen, daß ich gehen kann, wenn es mir irgendwo nicht gefällt.«

»Zum Beispiel: aus meinem Leben.«

»Zum Beispiel: aus dem Studentenwohnheim.«

»Das ist jetzt nicht dein Ernst. Du ziehst nicht schon das erste Mal um.«

»Das ist mein Ernst. Ich hab in Ungarn so lange allein gelebt, ich kann das Zimmer nicht mehr mit einem 18jährigen Möchtegern-Bisnessman teilen. Ich hab auch schon eine Wohnung, die Devisen machen's möglich. Scheiße gelegen, klein, aber mein. Du solltest mich bei Gelegenheit besuchen kommen. Und zieh das kleine Schwarze an.«

Tanja schüttelte den Kopf, lachte empört auf, dann kurbelte sie die Scheibe herunter und warf die Kippe aus dem Auto. Sie hielt den Kopf ganz von mir abgewandt. Wir schwiegen. Ich sah, wie sich eine Träne, winzig klein, von ihren Wimpern löste. Dann hörte ich sie laut ausatmen:

»Was mach ich hier bloß? Ich weiß, daß ich darunter nur leiden werde. Das wird ein Schrecken ohne Ende. Was mach ich hier bloß?«

Ich nahm ihre Hand, küßte sie, jeden Finger, ich schmeckte Salz und Eisen auf meinen Lippen. Dann zog ich ihr Gesicht nah an meines und begann, das kleine Rinnsal zwischen Auge und Kinn mit der Nasenspitze entlangzufahren.

»Das glaubst du nicht wirklich, Tanja. Laß uns miteinander nicht mehr leiden als wir ohne einander gelitten haben. Jetzt nicht mehr.«

Als meine Lippen ihr Schlüsselbein entlangfuhren, hatte sie niedergerungen, womit sie kämpfte. Sie warf sich über mich, warf ihr Haar auf mich, wir zerrten an unseren Kleidern, als wären es Rüstungen, und das Scheppern der Blechdosen, die unsere Schuhe beiseite traten, war klingender Stahl. Wir öffneten die Visiere, wir sahen einander in die Augen, die ganze Zeit über, um uns zu vergewissern: Das bist du, Tanja, und das bist du, Wasja. Als ich ihr das Kleid herabzog, kuppelten wir versehentlich aus und rollten anderthalb Meter, bis wir wieder zum Stehen kamen, und Tanja, die noch immer auf mir saß, schlug mit dem Kopf so vehement gegen das Dach, bis sich dort ein kupferroter Schatten bildete. Ineinander verschlungen robbten wir dem Rücksitz zu, die Vordersitze ließen sich nicht klappen, ich war dankbar über meine halbwegs intakte Bauchmuskulatur, wir lagen nicht, wir standen nicht, es war eine Liegestütze, zweimal griff Tanja nach der Halteschlaufe über dem Rücksitz, und zweimal griff sie dabei in alte Bananenschalen. Im Gewimmel unserer Glieder hatte ich plötzlich Bilder von meinem Tauchgang vor Augen, selbst der Kopfschmerz klopfte einen Moment an meiner Schädeldecke, dann verhedderte sich meine Hose im Werkzeugkasten, ich stieß mir eine Zehe an einem Kugelgelenkabzieher blutig, und kam vorzeitig, meine Lippen fest auf Tanjas gepreßt. Was folgte, war Handarbeit, von ihr selbst dirigiert, eine leise Symphonie, wie mir schien, bis sie mich auf einmal mit schreckgeweiteten Pupillen ansah, zweimal laut aufstöhnte, und dann, meine Finger abwehrend, herumfuhr. Sie verkrallte sich in meinem Haar und zog meinen Kopf auf ihre Brust. Ich konnte Tanjas stoßweise gehenden Atem hören, die Zigaretten seufzten leise in den Bronchien nach, ich spürte ihr Herz, es schlug gegen meine Schläfe, oder es war meine Schläfe, die gegen ihr Herz pochte. Meine Zehen stocherten in einer kleinen Blutlache. Ich wußte nicht, was ich in diesen Augen gesehen hatte, in Tanjas Augen, bevor sie kam. Ich bekam Angst vor diesen Augen. Angst vor ihrer Angst. Vor dem, was sie erblickt haben mochte. Vielleicht war es ein Schrecken ohne Ende, der jetzt vor uns lag.

Als ich den Kopf hob, sah ich, daß sie eingenickt war. Ich blies ihr eine Strähne aus dem Gesicht. Tanja lächelte flüchtig, dann ermunterte sie sich, sagte: »Scheiße, so eine Scheiße, die Kleine«, griff nach ihrem Kleid, und warf es sich rasch über.

»Ich fand's auch schön«, hörte ich mich sagen, ihre nervöse Geschäftigkeit beleidigte mich. Tanja hauchte mir einen Kuß auf die Wange und rutschte auf den Fahrersitz.

»Laß mich ans Steuer, das geht jetzt schneller, du kannst deine Sachen während der Fahrt zusammensuchen.«

Das Visier war wieder unten, die Rüstung angetan, das Schwert gegürtet. Ich nickte. Von Überrumpelung konnte schon nicht mehr die Rede sein. Tanja hatte meine Burg genommen und übte Siegerjustiz.

»Gibst du mir eine Zigarette?«

Sie fuhr schnell. Bremste einige Male vor Einmündungen, an denen rechts oder links andere Autos standen, bremste so hart, daß ich, mühsam damit beschäftigt, in meine Hose zu kommen, mit den Ellenbogen gegen das Handschuhfach stieß, dann, als sie wieder anfuhr, in den Sitz zurückfiel. Mein Erstaunen, mein leiser Groll verflogen, ich mußte lachen.

»... kurz vor Hrodna ohne ersichtlichen Grund von der Fahrbahn abgekommen und tödlich verunglückt. Auf der Kleidung befanden sich noch Spermaspuren. Die Polizei ermittelt wegen Prostitution ...«

Tanja schien sich auf die Straße zu konzentrieren, sah angestrengt nach vorn, aufs Tacho, nach vorn. Wie aus dem Nichts fragte sie:

»Hattest du viele Frauen in Budapest?«

»Oh, verminte Zone. Frag nochmal, wenn ich selbst am Steuer sitze.«

»Sag schon.«

»Du meinst wegen Aids? Ich hab immer aufgepaßt. Gegenfrage: Hattest du viele Männer?«

»Viele? Nein, viele nicht.«

»Typische Fahrerantwort.«

Tanja schwieg.

»Kenn ich einen davon?«

Sie schwieg noch immer.

»Ist das eigentlich nach dem Gesetz verboten, was wir da gemacht haben?« fragte sie und schaltete zurück, wir waren in unserem Städtchen angelangt.

»Nach dem Gesetz? Kaum. Obwohl ich nicht weiß, was die hier inzwischen für Gesetze erlassen.«

Tanja nickte. Ich hatte vergessen, ihr eine Zigarette zu geben, holte es jetzt nach. Sie lächelte und warf mir eine Kußhand zu.

»Auf einer Skala von eins bis zehn, eins harmlos, zehn schlimm: Wie schlimm war es für dich, mit deinem Neffen zu schlafen?«

»Das ist jetzt nicht dein Ernst, Wasja. Hast du das etwa immer noch nicht kapiert? *Das* ist mir vollkommen egal. Ich wünschte nur, du wärst anders.«

»Auf der Skala?«

»Eins.«

»Anders also. Wie denn?«

»Ruhiger. Verläßlicher. Mehr bei mir.«

»Öfter?«

»Nein, *mehr*. Bei mir. Nicht irgendwo, nicht schon wieder weit weg in deinen Gedanken. Auf der Skala: Neun.«

»Neun! Hm. Mehr bei dir als eben ist doch gar nicht möglich.«

Wir bogen in unsere Straße. Ich nahm Tanja die halb herabgebrannte Zigarette aus dem Mund und küßte sie auf die rechte Schläfe. Sie neigte mir den Kopf entgegen, ließ ihn schwer werden auf meinen Lippen. Dann drückte ich die Kippe am Armaturenbrett aus, warf sie nach hinten, vermutlich auf meine Boxershorts. Tanja brachte das Auto zum Stehen. Hastig drehte sie den Innenspiegel auf ihr Gesicht, fuhr sich mit den Fingern unter die Augen und übers Haar.

»Lippenstift ist wohl das einzige, was ich nicht im Auto habe.«

»Total nachlässig!« nölte sie und langte nach dem Türgriff. Ich hielt ihre andere Hand fest.

»Wenigstens ein bißchen Chaos – darauf stehst du doch, oder?«

Sie sah mich an. Schwieg.

»Oder???«

Tanja lächelte, den Kopf mir zugewandt, dann glitt ihr Blick zu Boden, sie schloß die Augen ganz, und erst jetzt wandte sie den Kopf vollständig von mir ab, noch immer lächelnd.

»Siehst du!«

»Du meinst, etwas Handzahmeres finde ich nicht, Wasja?«

»Steht nicht zu erwarten. Nein.«

Wir schwiegen noch einen Moment, bevor wir ausstiegen.

»Aber ich spreche natürlich pro domo. Werbung in eigener Sache.«

Ich trat mit bloßen Füßen auf, die blutige Zehe schmerzte. Ich fühlte mich glücklich für zwei.

Maryae Himmelfahrt

Art und Qualität unserer Treffen hatten sich verändert. Wir mußten vorsichtiger zu Werk gehen. Tanja fürchtete die Neugier der Kleinstädter, fürchtete Marya, fürchtete für Marya, wenn sie etwas zu sehen oder zu hören bekäme, was sie nach all dem anderen nicht auch noch sehen oder hören sollte. Ich fürchtete vor allem Alezja, die mit bösartigen Kommentaren nicht sparen würde. Mindestens mit bösartigen Kommentaren.

Wir begannen, Treffpunkte zu verabreden, Treffpunkte außerhalb des Städtchens. Treffpunkte, die für Tanja noch gut zu erreichen waren. Treffpunkte, die uns auch über den Winter ein sicheres und einigermaßen warmes Plätzchen garantierten. Wir trafen uns Freitag vormittags zum Sex. Wir gingen wieder auseinander, die Lippen so lange wie möglich aufeinandergepreßt, Tanja kehrte zurück ins Haus, ich fuhr nach Hrodna, um einen Kaffee und hundert Gramm Wodka zu trinken, um mich abzukühlen, um ihr den nötigen Vorsprung zu lassen. Eine Stunde später kam ich nach, das Auto ließ ich in der Nähe der Busstation stehen; für die anderen blieb ich Zugfahrer, blieb ich Fußgänger, außer zu besonderen Anlässen, dann parkte ich das Auto ostentativ vor dem Haus. Meist war Marya schon zurück von der Schule, ich begrüßte die beiden mit großem Hallo und war froh, daß Manja mich weiterhin wie einen Fremden behandelte, denn noch trugen meine Lippen den Geschmack, den Geruch von Tanjas Scham, und hätten mich, hätten uns verraten. Alezja war ohnehin selten zuhause. Ich sah sie nur Samstag morgens, zu der Zeit, wenn Tanja und ich nach allen Regeln der Kunst Tante und Neffe, höfliche Distanz spielten. Alezja stand in einem langen ausgefransten Micky-Maus-Shirt in der Küche und schnippelte und zermatschte Bananen, die sie mit Kondensmilch vermischte und auf ihrem Zimmer als Brei trank. Die übrige Zeit trieb sie sich außer Haus herum, niemand wußte wo, wir hatten aufgehört zu fragen. Witterte Lesja so etwas wie Bevormundung, gebärdete sie sich wie tollwütig und kam nächtelang nicht zurück. Ich wollte nicht daran schuld sein, daß meine mittlere Tante mit ihren gerade einmal 19 Jahren irgendwann auf der Straße landete, nur weil ich nach gemeinsamen Bekannten gefragt hatte (natürlich vor allem aus Selbstschutz, damit Tanja und ich gewisse Plätze hätten vermeiden können).

Sonntags brachte mich Tanja zum Bahnhof, wir fuhren hinaus, hatten Sex, kurzen kalten Wintersex im Auto, unsere Lippen so lange aufeinandergepreßt, bis wir endgültig Abschied voneinander nahmen. Bis wir uns mit dem Wissen abgefunden hatten, daß nun wieder ein, zwei dieser endlosen Wochen vergingen, bis wir uns wiedersehen würden.

Tanja hatte ein Telefon angeschafft. Das war ein Anfang. Aber auch das Telefonieren stellte sich als schwierig heraus, besonders für sie, schließlich mußte sie Neutralität wahren. Ein paarmal gelang es mir nicht, sie an den Hörer zu bekommen. Alezja sprach schier endlos auf mich ein, der Apparat schien ihren Charakter zu verändern, und ich sah, wie ein Rubel nach dem anderen von der Telefongesellschaft aufgefressen wurde. An einem Herbstabend sprach sie einen ganzen Spielfilm hindurch. Es war ein Kinderklassiker in Schwarzweiß, er handelte von der Baba Jaga. Ich hatte den Ton abgestellt, sah, wie sich die Hexenhütte auf Hühnerbeinen fortbewegte, sah finstere Gesichter und verzweifelte Mienen, das stumme

Händeringen der in Ketten gelegten Kinder, menschlicher Proviant, ich hörte Lesja lästern, fluchen, sich empören über jeden Kunden, der im letzten Vierteljahr den Fleischerladen betreten hatte. Jeden zweiten, sagte sie, würde sie liebend gern zu Tatar verarbeiten. Im Hintergrund wetzte die Baba Jaga das Messer. Ich schaltete um, sah das Gesicht des Präsidenten in Großaufnahme, schaltete weiter, abermals auf das Gesicht des Präsidenten und wieder und wieder. Endlich fand ich einen Sportsender.

Die langen Wochenenden ohne Tanja. Immer wieder begann meine Sehnsucht in Aggression umzuschlagen, die zu unterdrücken mir nur selten gelang. Zwei Rasierapparate und ein Radiowecker mußten daran glauben. Ich hätte einen prima Kulaken abgegeben.

Und doch war es eine erfüllte, eine erfüllende Zeit. Ich wollte kein Schrecken ohne Ende sein. Meine Ruhelosigkeit nahm nicht ab, aber sie hatte sich einen Punkt geschaffen, dem sie entgegenhasten konnte. Je komplizierter unsere Rituale gerieten, desto deutlicher zeichnete sich dieser Punkt ab, wurde mehrdimensional, war kein Punkt mehr, wurde zum Körper, war dieser Körper, in den ich, unregelmäßig und ungestüm, meine Energie, mein ganzes Leben entlud. Ich liebte die Zeit, da ich liebte.

Die Spechte klopften. Es war wieder Frühling, mein Kühlwasser roch nach Anemonen. Und Tanjas Gedanken kreisten um Marya.

Sie war jetzt beinahe ein Jahr auf der Schule und noch immer hatte sie keine Freundin mit nach Hause gebracht. Sie lachte selten, spielte für sich allein, sie wollte viel für sich sein, ging Lesja aus dem Weg, duldete nur Tanja um sich. Mich schien sie hinzunehmen wie eine wiederkehrende Krankheit, die nun einmal zum Leben gehörte, ein Schnupfen, der kam und ging. Die Wochen, in denen ich in Minsk war: die Inkubation, Freitag war die Zeit des Ausbruchs, Samstag lief die Nase und der Sonntagmittag sah schon der Heilung entgegen. Nur daß es für Marya keine Heilung gab. Im Weltbild einer Nierenkosterin waren Heilungen offenbar nicht vorgesehen.

Marya war ein hübsches Kind, mit dem ovalen Gesichtsschnitt, dem schmalen Kinn, ihren fast schwarzen Augen, und dem braunen Haar, das nur um ein weniges heller als das ihrer ältesten Schwester war, und das immer so aussah, als wäre es feucht, frisch gewaschen. Als hätte, so dachte ich, die Natur noch einmal all ihre gestalterische Kraft zusammengenommen und verschmolzen in einer Person dieser Familie.

Dies hübsche Kind wurde immer blasser, seine Augensterne »veralgten« (Tanjas Wort dafür), es verlor seine Milchzähne vor der Zeit, die Ärzte winkten ab, ordentliche Spaziergänge würden genügen. Doch nach Spaziergängen stand Manja nicht der Sinn, auch zu Ausfahrten im Auto hatten wir sie vergeblich zu überreden gesucht. Tanja träumte wiederholt von Tod und Aufbahrung ihrer kleinen Schwester, ihr Aberglaube raubte mir schon morgens den letzten Nerv, und so beschloß ich, um jeden Preis dafür zu sorgen, daß Maryae Himmelfahrt noch lange auf sich warten lassen würde.

Ich hatte eine Idee, aber im Grunde keine Ahnung, was ich tat, als ich außerhalb unseres Wochenrhythmus', es war ein Mittwoch, ein aberwitzig großes Paket mit aberwitzig großer Schleife mitbrachte, so groß, daß meine Arme es beim Tragen kaum umfassen konnten. Tanja sah auf mich, sah auf das Paket, sah auf mich, sie kratzte sich ausgiebig an der Nase, bevor sie sich entschloß, Manja herbeizurufen. Deren Eintritt in die Küche entbehrte nicht einer gewissen Erhabenheit: Enter Hamlet, allerdings im Kinderkleidchen.

»Wasja hat ein Geschenk mitgebracht.«

»Ein Geschenk?«

»Ein Geschenk«, wiederholte ich.

Maryas Augen hellten sich eine Sekunde auf, aber vielleicht bildete ich mir das auch nur ein. Dann zuckten ihre Mundwinkel, erdenschwer. Immerhin trat sie näher an das Paket und schüttelte vorsichtig daran. Nichts. Vehementer. Nichts, kein Geräusch.

»Aber …«, sagte sie, und wußte nicht, wie sie das alles deuten sollte.

»Mach doch mal auf«, sagte Tanja.

Marya löste die Schleife, behutsam, sorgsam, sah immer wieder her zu uns, aber ihre Augen schweiften nie über unsere Körpermitten hinauf. Dann nahm sie den Pappdeckel ab und sah hinein.

»Aber das ist ja total leer.«

»Na klar«, sagte ich.

Marya starrte mich an, wußte nicht, ob ich richtig gemein sein oder sie einfach nur veräppeln wollte. Was für sie auf das gleiche hinauslief.

»Aber es ist doch ein Geschenk, warum ist es dann leer?«

»Es ist ein Geschenk für *mich*. Es ist leer, weil du erst noch was reinlegen mußt.«

»Ich?«

»Du.«

»Aber was denn?«

»Laß mich überlegen«, sagte ich und gab mir das Aussehen eines großen Denkers, eines faltigen großen Denkers mit vielen großen Denkerfalten im Gesicht.

»Ich hab's. Wenn du ganz traurig bist, woran denkst du dann?«

»Sag ich nicht …«

»Mußt du auch nicht. Leg's einfach ins Paket.«

»Aber …«

»Leg's rein, probier's mal.«

Es dauerte einen langen Moment, bis ich entdecken konnte, daß ihre Augen und ihre Miene sich tatsächlich veränderten. Sie hatte begonnen, den Karton zu füllen. Erst schweigend, dann begann sie zu sprechen, zaghaft, und wurde immer hastiger.

»… und daß Mamuschka mir verzeiht, daß ich ihr Kleid zerrissen habe.«

»Rein damit!«

»… und daß Mamuschka im Himmel ihre Niere wieder bekommt, die ich ihr geklaut habe.«

»Hinein!«

»… und daß Mamuschka nicht immerzu weinen muß im Himmel, meinetwegen, meinetwegen.«

»Alles rein!«

Sie hielt inne.

»Und jetzt?« fragte Marya. Ihre Pupillen waren groß wie die einer Katze.

»Jetzt kommt der Deckel drauf, so, und ich nehm's mit. Die Schleife darfst du behalten.«

»Und jetzt bin ich das alles los?«

»Jetzt bist du das alles los. Denn jetzt hab ich's ja. Danke.«

Ich schickte mich an, das Paket vom Boden zu heben, machte mich warm wie ein Gewichtheber: Kniebeugen, Armeausschütteln, Bizepsspannungen. Dann hob ich ächzend an, kam aus dem Gleichgewicht, trudelte, fing mich wieder, und stellte das Paket vor die Tür.

»Großer Gott!, ist das schwer, na kein Wunder, daß das auf dir gelastet hat, Manja.«

Ich haschte nach ihr, nahm sie auf den Arm, während sie mich noch immer mit weiten Pupillen ansah.

»Und jetzt merkt man ja auch gleich, wie leicht du geworden bist, Tantchen.«

»Danke«, sagte Tanja mit sehr sanfter Stimme, als ich das Auto startete, »danke«, und strich mit zwei Fingern der rechten Hand durch das geöffnete Fenster über meine Lippen.

Ich hatte keine Ahnung, ob mein psychologisches Laienspiel irgendetwas ausrichten würde, und wenn ja, für wie lange. Heute weiß ich, daß ich damit Erfolg hatte, wenn auch einen grundlegend anderen als den, den ich damals bezweckte. Immerhin schien mir, daß der Karton wirklich schwer geworden war, als ich ihn in meine Wohnung im elften Stock transportierte (ich brauchte ihn ja noch, an normalen Wochentagen diente er mir als Küchenschrank).

Als Tanja mich anderntags anrief, berichtete sie, Manja habe ihre Schulaufgaben bei ihr in der Küche gemacht, habe ihr den ganzen Tag bei der Hausarbeit geholfen, habe von sich aus vom Unterricht erzählt. An den Wochenenden sah ich Maryas Kopf häufiger in der Tür auftauchen. Sie sprach noch immer nicht gerade überreichlich mit mir, aber sie blieb in meiner Nähe, wenn Tanja das Zimmer verließ. Alles war gut.

Vielleicht. Vielleicht auch nicht. Vielleicht war nur aus Hamlet Ophelia geworden. Aber schon das trug dazu bei, daß sich diese kleine Familie einige Zeit verhältnismäßig im Einklang mit sich selbst befand.

Obwohl oder weil ich mit meiner Tante schlief.

Ich habe Tanja nie mehr danach gefragt. Ich bin mir sicher, sie hat mit sich gerungen. An ihr ist der mütterliche Katholizismus nicht einfach abgeperlt oder hat sich, wie bei Lesja, zu einem wilden Trotz entwickelt, der sich im Alter bestimmt wieder in fanatischen Konservatismus zurückverwandeln würde.

Daß Tanja das Verbot gereizt hätte oder das Verbotene – kaum vorstellbar. Tanja hat sich darüber hinweggesetzt, aber sie schien es um ihrer Gefühle und ihrer selbst willen getan zu haben, nicht aus Trotz. Vielleicht war es zu Beginn auch so etwas wie Willfährigkeit. Ich spürte, sie wollte mich nicht noch einmal verlieren; sie hat sich auf meine Spielregeln eingelassen, auch wenn die einen Tabubruch bedeuteten. Sie wollte mich, sagte sie, den ganzen Menschen, nicht nur den Finger, nicht nur die Hand, um welchen Preis auch immer. Verglichen mit den fünf Jahren unserer Entfremdung war es ihr wohl ein geringer Preis, den sie zahlen mußte. Auch wenn ich in ihren Augen sah, im Schrecken ohne Ende, der sich immer wieder einstellte, gerade in den kostbarsten Momenten, wenn wir ganz beim anderen sein konnten: daß der Preis für sie so gering nicht war. Ich dachte wiederholt an ein Gedicht von Rumi:

> *Wie sehr verlangt mich,*
> *dich zu küssen,*
> *und der Preis dieses Kusses*
> *ist dein Leben.*
> *Da eilt meine Liebe auf*
> *mein Leben zu und ruft:*
> *Was für ein günstiger Handel –*
> *greifen wir zu!*

Unablässig nahm ich mir vor, mit Stanislau über meine amour fou zu reden, aber der war viel zu beschäftigt mit seiner eigenen. Wir hatten unsere Freundschaft wieder dort aufzunehmen gesucht, wo sie stehengeblieben oder steckengeblieben war. Stas war für mich Minsk geworden, die Tage unter der Woche. Unsere Wege kreuzten sich fast täglich, aber wir verabredeten uns nie gezielt. Es dauerte eine halbe Ewigkeit, bis er mich das erste Mal in sein Zimmer einlud. Es war im November 1996 und schon so kalt, daß meine Schuhe schmatzende Geräusche auf dem gefrorenen Asphalt machten. Nachdem Stanislau ein Stipendium erhalten hatte, mietete er sich bei einer Pensionistin ein, weit draußen, an dem von mir aus entgegengesetzten Ende der Stadt. Das Studentenwohnheim erschien ihm auf Dauer ein viel zu gefährlicher Ort für seine Aktivitäten.

Mit dem, was von seinem ersten Geld übriggeblieben war, hatte er sich zwei Stahlschlösser für die Tür besorgt und seiner Vermieterin eingeschärft, bei ihm nicht mehr zu putzen. Zu ihrer Beruhigung hielt er dann und wann Zimmerrundgänge für sie ab, um ihr zu zeigen, wie staubfrei und sauber doch alles war.

In der übrigen Zeit hingen an den Wänden Zettel mit Daten und Zitaten zur weißrussischen Politik und Geschichte.

Wenn eine Epoche prägend ist, so ist es die sowjetische Zeit. Man könnte sagen, daß die Bevölkerung Weißrußlands am ehesten dem entspricht, was die politische Führung der UdSSR langfristig schaffen wollte: ein Sowjet-Volk. Donal O'Sullivan

Linien in den unterschiedlichsten Farben liefen von hier nach da, wirre Pfeile verbanden dies und das, einige Worte waren einfach umkringelt, andere so lange umkreist, bis das Papier fadenscheinig geworden war und die Tapete darunter Kugelschreiberspuren trug. Ich stellte mich vor diese Schaubilder wie vor Gemälde des abstrakten Expressionismus, las in ihnen wie ein Blinder in Materialbildern. Ich verstand nicht so recht, womit sich Stas eigentlich beschäftigte, wenn er sich ausnahmsweise einmal nicht mit dem Eigentlichen beschäftigte.

Unter Exposés und Arbeitsblättern verborgen fand ich auf seinem Schreibtisch Abschriften von Briefen an seine Eltern. Zehn, zwanzig Seiten lange Rechtfertigungsschreiben. Während uns Stas Tee kochte, überflog ich sie. Seine Eltern schienen kaum zur Kenntnis genommen zu haben, daß Stanislau studierte. Als müßte er ihnen Tag für Tag erst umständlich erklären, was er in Minsk trieb. Ich weiß nicht, ob sie es verstanden, weiß nicht einmal, ob sie die Briefe überhaupt gelesen haben. Hätte er Geld eingefordert, er hätte wenigstens kurzzeitig ihre Aufmerksamkeit erregt. Aber Stas hatte alles in Bewegung gesetzt, mit diesem Stipendium seine Eltern zu entlasten. Seine Eltern, die von dieser Entlastung nicht mehr wußten als vom Kreisen zweier Fliegen vor dem gerahmten Bild von Jadwiha, das über dem Ehebett thronte. Noch immer mit Trauerschleife (ausgeblichen) am rechten unteren Bildrand.

Stanislau brachte den Tee, setzte sich mir gegenüber. Er hatte stets Papier um sich, hatte so viel mit Papier zu tun, daß an den Ärmeln seiner Pullover Papierfetzen und Stanzungen von Lochern hängenblieben, die er beim Gehen verlor, so wie andere Hautschuppen verlieren. Er brachte das Feuerzeug in Anschlag, zündete die Zigarette aber noch nicht an. Stattdessen musterte er mich lange. Dann sprach er mir von seiner amour fou.

»Die Sache ist die, Wasja: Wenn der Präsident das Referendum durchkriegt und wir eine neue Verfassung bekommen, war's das mit der Demokratie. Endgültig.«

Ich lehnte mich zurück, atmete mit einem leisen Knurren aus.

»Ich denke, wir waren uns darüber einig, daß ich kein Demokrat bin.«

»Ich denke, wir sind uns darüber einig, daß du kein Fan des Herrn Präsidenten bist. Das genügt mir zu wissen. Nein? Dann blöke, Wasja, blöke!«

Ich schwieg.

»Eine Verfassungsänderung wird dafür sorgen, daß alle Macht auf unbegrenzte Zeit bei ihm liegt. Er ernennt und entläßt den Premierminister, er beruft die Vorsitzenden des obersten Gerichts und des Verfassungsgerichts, außerdem alle anderen Richter in Belarus. Das ist dann keine Gewaltenteilung mehr, sondern ungeteilte Gewalt.«

»Und was willst du dagegen tun? Mit ein paar Transparenten winken?«

»Hast du eine bessere Idee? Möchtest du lieber zuschauen?«

»Ach, das hat doch keinen Unterhaltungswert.«

Stanislau brach seine Zigarette in der Mitte durch. Ich glaubte, ein Zähneknirschen zu hören.

»Verlorene Generation nennt man uns. Wir haben uns verloren an Musiksender und Daily Soaps, an den Hypermarket im Außenbezirk und die Schnellfresse in der Innenstadt. Und du, du bist auch nur wie alle hier, Wasja, du suchst dein Heil in deinem ›Privatleben‹.«

Ich lachte, ließ mich in den Ohrensessel seiner Vermieterin zurückfallen, sah mich um. In einem Regal, das windschief über der Tür hing, saß Agata, Jadwihas alte Stoffpuppe, die mich ins Leben zurückgekitzelt hatte.

»Na klar, ausgerechnet mein ›Heil‹, Stas. Was weißt du schon von meinem Privatleben? Hauptsache, ihr Weltverbesserer und Heilsucher habt etwas gefunden, für das es sich zu leben und zu labern lohnt.«

»Die Lauen werden ausgespien, das weißt du doch, oder?«

»Halleluja! Hoffentlich putzt sich dein Gott regelmäßig die Zähnchen.«

»Sprüche Salomoni 14,3: Im Munde des Toren ist eine Rute für seinen Rücken.«

»Unsinn, Stas, wer da schon alles grün und blau einherginge …!«

Mein Blick fiel auf seine Hände. Vor Wochen hatte er begonnen, sich das Zehnfingerschreiben beizubringen (er hangelte sich von Buchstabe zu Buchstabe, die Tage vergingen zwischen A und D, zwischen Sch und Schtsch, »Wo bist du jetzt?« fragte ich in der Mensa, »U«, antwortete er etwas belämmert, »bin immer noch nicht zum N gekommen, sonst könnte ich endlich beginnen, Briefe zu schreiben«). Ich konnte sehen, wie er begann, meine Worte mit Zuckungen der Fingerglieder im Schreibmaschinensystem auf die Tischplatte zu tippen.

»Es gibt Menschen, die immer am Bestehenden festhalten, egal wie beschissen es ist.«

»Und?«

»Wasja: Den meisten Leuten hier ist überhaupt nicht klar, was das Referendum bewirken wird. Wie auch?! Die haben alle Zeit der Welt, um ihre Botschaft in den Äther zu blasen, und uns verbieten sie die Zeitungen, wir –«

»Wer ist ›wir‹?«

»Opposition nennt man das in einer Demokratie.«

»Nationalisten?«

»Auch. Ja.«

»Ach Stas, ich könnte kotzen, wenn ich das Wort nur höre. Da steht dann plötzlich so ein Dreiklang mit Genozid und Faschismus im Raum. Ich weiß nicht einmal genau, was das eigentlich sein soll, wenn ich sage, daß ich Belarusse bin. Ich weiß auch nicht, ob ich überhaupt einer bin.«

»Das geht nicht nur dir so. Oder kommt jetzt etwa wieder der Mist mit dem ungarischen Nomadenreiter?«

Abwehrend hob ich die Hände.

»Stas, warum bin ich trotz des Untergangs der Sowjetunion davon überzeugt, daß es immer nur dieselben Chargen sind, die versuchen, ihre Schäflein ins Trockene zu bringen? Es spielt überhaupt keine Rolle, wer an der Regierung ist. Nur wer dahintersteht und abwinkt oder mit dem Kopf nickt. Und das sind überall dieselben Seilschaften, nach jeder Wahl sind es dieselben. Bei uns, in Ungarn, in Deutschland, hier – «

»Gib uns wenigstens die Chance, es zu versuchen.«

»Die hattet ihr.«

»Und du warst gar nicht da.«

»Und ich war gar nicht da. Aber alle anderen.«

»Weil unser Herr Präsident versprochen hat, es regnen und die Sonne scheinen zu lassen. Die meisten dieser Sowjetmenschen haben überhaupt nicht verstanden, worum es eigentlich geht.«

»Those people who think they know everything are a great annoyance to those of us who do.«

»Churchill?«

»Budapester Klospruch. Eine Bar im American Quarter.«

Stanislau trank von seinem fast erkalteten Tee. Er hielt die freie Hand unter die Tasse, um Tropfen aufzufangen und blickte drein wie ein Buddha auf Kartoffeldiät. Ich ertappte mich einmal mehr dabei, Zigarettenstummel aus dem Aschenbecher zu fummeln und sie der Länge nach zu sortieren. Ich ließ es sein. Und suchte unser Gespräch zu beenden.

»Danke für den Tee«, ich hatte ihn nicht angerührt, er war kalt geworden, auf seiner Oberfläche schwammen Staubfäden, und war das da nicht ein Fetzchen Papier?, »ich weiß noch nicht, ob ich zu eurer Party kommen kann. Wann steigt sie denn?«

»Wenn alle so denken wie du: erst hinterher, auf dem Oktoberplatz.«

»Stas, Stas, vorher predigen, hinterher protestieren. Wenn *er* das Problem ist, dann quatscht doch nicht so lange drumherum, schießt ihn weg.«

»Das ist jetzt nicht dein Ernst? Nein, das ist nicht dein Ernst, du spielst nur den Wiedergänger deines Großvaters. Wann hast du eigentlich vor, dein eigenes Leben zu leben, Wasja? Die große Revolution ist vorbei. Sie ist tot. Revolutionen können sterben. Wie Häuser. Wie Städte. Tot ist sie. Aber wir, wir leben. Es ist leider nur eine beschissene, langweilige Arschkriecherzeit. Da ist kein Platz für große revolutionäre Ideen. Unsere Gegner haben dazugelernt, also müssen auch wir anders vorgehen.«

Stanislau holte tief Luft, dann setzte er hinterher:

»Falls du es immer noch nicht gemerkt hast: dein Großvater war ein ziemlich jämmerlicher Revoluzzer. So groß sind seine Fußstapfen gar nicht!«

»Du hast es nötig. Lieber mit dem Geist eines alten Revolutionärs rumlaufen als mit dem eines kleinen Mädchens.«

Ich sah zu Jadwihas Puppe hinüber, sie schien mir zuzunicken. Stanislau schluckte. Er trank. Schluckte. Dann sagte er sehr leise:

»Dein Großvater war ein Kadermann, Wasja. Mit allem Drumunddran. In den frühen Fünfzigern gab es ein paar Männer in unserem Städtchen, die verschwunden und nicht wieder aufgetaucht sind, nachdem er sie bei der Fünften Hauptverwaltung gemeldet hat.«

Ich sprang auf.

»Nie im Leben war Djeduschka ein KGB-Mann!«

»Nicht nach '56, da hast du recht, Wasja.«

»Aber davor, was? Für jemanden wie ihn war der Sozialismus eine Herzensangelegenheit oder nichts.«

»Die Denunziationen waren vielleicht auch eine Herzensangelegenheit. Er dachte, er würde das Richtige tun.«

Ich hatte zwei Türriegel geöffnet, die Klinke schon in der Hand.

»Wasja, ich habe monatelang in Moskau recherchiert. Der Name deines Großvaters taucht mehr als einmal auf. Es tut mir leid. Ich wollte es dir eigentlich nicht sagen.«

»Wahrlich, wahrlich, Stas, ich sage dir: ein Menschenfischer bist du nicht. Kein Wunder, daß ihr so wenig Erfolg habt, kein Wunder!«

Ich ließ die Tür offenstehen. Türenschlagen hätte mich nur erschreckt.

Auf dem Weg zurück kam ich am Präsidentenpalast vorbei. Vor den Absperrungen standen Frauen. Alte Frauen und junge Frauen. Sie hielten Fotovergrößerungen von Männern in der Hand, jungen Männern. Schwiegen. »Was ist mit meinem Sohn geschehen?« stand über ein Gesicht in roten Lettern geschrieben, »Wo ist mein Mann?« auf einem anderen. Ich dachte an eine Szene aus einem Musikvideo, das mir nicht mehr aus dem Kopf ging: Jemand versuchte angestrengt, mit dem Radiergummi eine Notiz auszulöschen, aber je vehementer er das Papier traktierte, desto schärfer wurde das Geschriebene.

Es war Wochenende. Ich wollte nach Hause. Wollte mit Tatsiana, wollte mit Rasou sprechen. Wenn irgendjemand wußte, ob Großpapa ein Tscheka-Mann war, dann er. Die Nachbarn würde ich meiden. Großpapa, er war der Mann des Städtchens, was würde man ihm nicht alles andichten!

Es war eine Katastrophe.

»Laß doch die alten Geschichten«, sagte Tanja, die alle Tage mit Nähen beschäftigt war, Marya hatte eine Rolle in einem Schultheaterstück über gesunde Ernährung bekommen, und nun mußte sie, Schritt für Schritt, in eine Karotte verwandelt werden. Rasou, der vor lauter Schweinebauch mit Sülze seit geraumer Zeit im Sterben lag, schwadronierte:

»Ein ganz feiner Mann war er, stark wie ein Baum, gegessen hat er für drei, wenn er wütend war, schwoll eine Zornesader, dick wie der Hinterlauf eines einjährigen Schweins, ich übertreibe kein bißchen, gell?! Schade, daß er aus dem Krieg nicht heimgekommen ist, dein Schwiegersohn.«

Ich tätschelte ihm den mit Einstichen übersäten Unterarm, verabschiedete mich. Ich war schon unter der Türschwelle, da rief er mir weinend hinterher:

»Dein Onkel Janka war das Schwein, Wasja, ich kann nichts dafür, wirklich nicht, ich hab nur gemacht, was er gesagt hat. Das mußt du verstehen, gell?!, er hatte mich in der Hand, ich hab ihnen gesagt, wo sie die Ikonen und das ganze andere Zeug finden, hab ja nicht gewußt, daß er gleich hingeht und sich totfährt und deine arme Mutter mit dazu, Wasja, das mußt du mir glauben, das hab ich nicht gewollt, ich hätte ihn von mir aus nie bei der Miliz verpfiffen, auch wenn er das Geld nicht fair geteilt hat, aber dein Onkel wollte es so, ich hab nur gemacht, was er gesagt hat, ich hab immer nur gemacht, was er gesagt hat, Wasja, das mußt du mir glauben, bitte, Wasja, bitte, ich will nicht sterben, mach, daß der Geist deines Vaters verschwindet …!«

Ich musterte meine Schuhspitzen, auf denen sich weiße Flecken vom Streusalz abzeichneten.

»Danke«, sagte ich, »und laß es nicht wiederkommen, Väterchen.«

Es war Sonntag. Ich mußte meine Stimme wider das Referendum abgeben. Ich wußte, es war chancenlos, die Unterstützung der Kleinstädter war dem Präsidenten sicher, aber ich mußte es wenigstens versuchen, das war ich meinem Großpapa, das war ich mir selbst schuldig.

Als ich aus dem Haus trat, kam mir Alezja entgegen. Ich hatte sie das ganze Wochenende noch nicht gesehen, grüßte im Vorübergehen, fragte ironisch, ob sie vom Wählen komme. Sie blies sich über das Gesicht, als wollte sie eine Strähne daraus entfernen (noch waren die Haare dafür nicht lang genug, auch wenn sie begonnen hatte, sie wieder wachsen zu lassen), dann kam sie ganz nah an mich heran, griff nach meinem Hemdkragen und zog mein Gesicht zu ihrem herunter. Alezja sprach leise und akzentuiert.

»Wasja, glaubst du, ich bin wirklich so blöd und merke nicht, was zwischen dir und Tanja läuft? Hallo??? Ich bin nicht Marya, ich bin nicht sieben Jahre alt.«

Ich packte ihre Hand, die sich ganz und gar im Stoff verkrallt hatte. Einen Moment rangen wir miteinander, dann verzog sie das Gesicht im Schmerz und ließ los. Mit bebenden Nüstern flüsterte sie:

»Marya könnte das vielleicht auch interessieren. Und die Nachbarn. Und erst deinen Minsker Freund.«

»Was willst du, Lesja?«

Sie sah zur Tür, sah wieder her, ihr Mittelfinger suchte sich zwischen zwei Knöpfen einen Weg unter mein Hemd. Sie grinste.

»Dich. Dich will ich.«

Das Ewig-Weibliche zieht uns hintan

Zuhause.

Tisch. Stuhl eins, Stuhl zwei, Bett, Rimbaud-Poster.

Zuhause.

Ich sah aus dem Fenster. Es war nicht anders als in Budapest: noch immer wurde mir dabei schwindlig. Die Häuser in unserem Städtchen hatten keine dritten Etagen.

Manche Männer hätten sich geschmeichelt gefühlt. Ich war schockstarr. Oder beinahe schockstarr. Ich wollte laufen. Eine der Bahnen am Universitätssportpark würde leer sein. Keine war leer. Ich wich auf den Weitsprunganlauf aus, die Anlage war bretthart nach den ersten Frostnächten. Ich sprintete zwanzigmal hin und her, ohne mich warmgemacht zu haben. Dann stellte sich ein schweres Muskelzittern am Oberschenkel ein. Ich ignorierte es, drehte noch sechs, sieben Runden auf der Vierhundertmeterbahn, dann knickte ich um, ließ mich an Ort und Stelle fallen.

Sollte ich mich auf Alezjas Spiel einlassen, um Schlimmeres zu verhindern? Mir konnte die Reaktion unserer Kleinstädter egal sein. Aber was würde mit Tanja, was mit Marya geschehen?

In meinem Oberschenkel spürte ich den Puls schlagen.

Wie würde Tanja darauf reagieren? Schon um Maryas willen würde sie sich nichts antun. Sie hatte das Talent, sich zu opfern, sich und mich zu opfern, das stand fest, das wußte ich, seit ich im Internat war. Und ich war mir fast sicher, daß sie es wieder tun würde, vielleicht um Marya zu schützen, vielleicht sogar, um mich zu schützen, wovor auch immer, vor wem auch immer. Erwachsen würde sie vermutlich wieder einmal tun, und »ruhig« und »vernünftig« auf mich einsprechen: daß es das Beste sei für Manja, für Lesja, für mich, für sie, für uns alle, für das Land, wenn wir das beendeten, uns einige Zeit am besten gar nicht sähen, uns nicht mehr im Auto beglückten oder draußen hinterm Kriegerdenkmal oder, seltener, weil dort nur abgespielte Langeweiler-Filme liefen, in einer Kinotoilette in Hrodna.

Das Muskelzittern hatte nachgelassen, dafür krampften jetzt meine Waden. Ich stand umständlich auf und humpelte der Umkleidekabine zu.

Alezja. Unter welchen Umständen, wie rasch würde sie das Interesse an mir, an dieser Erpressung verlieren? Suchte ich vor unserem Treffen noch einmal das Gespräch mit ihr, um sie zum Einlenken zu bringen, würde sie erst recht darauf bestehen. Sie würde spüren, wie sehr mir an der Beziehung mit Tatsiana gelegen war. Sie würde nicht nur zustoßen mit dem Dolch, sie würde ihn in der Wunde umdrehen. Mehr als einmal.

Vorher ging gar nichts. Aber danach. Wenn ich sie dabei rücksichtslos behandelte? Wenn der Sex katastrophal wäre oder einfach nur lahm? Die Chancen, daß Alezja sich wieder zurückziehen würde, weil ihr das Spiel auf Dauer zu abgeschmackt wäre, standen gut. Daß sie uns zwingen würde, voneinander zu lassen, ohne irgendeinen eigenen Vorteil zu haben, das klang nicht nach Lesja.

Auf dem Nachhauseweg stand ich lange an einer Fußgängerampel. Auf der gegenüberliegenden Seite beobachtete ich, wie eine Krähe über einem Baum kreiste, aber ihre Kreise waren nicht horizontaler Natur, sondern vertikaler. Sie holte ein um das andere Mal zu einer Volte aus, entfernte sich, gewann an Höhe, stach wieder auf die Krone nieder. Als ich genauer hinsah, erkannte ich, wie sich im Astwerk ein Falke bewegte. Es sah aus, als würde die Krähe ihre Brut schützen. Spätlinge, dachte ich. Und dann dachte ich: Raben und Greife machen sich gegenseitig das Leben schwer, dabei sind sie wie von einer Familie. Sie müßten doch zusammenhalten.

»Donnerstag«, sagte sie am Telefon.

»Wo?«

»Bei dir.«

»Du willst nach Minsk kommen? In die Höhle des Löwen? Ich könnte dich hier erwürgen, niemand würde es mitbekommen.«

Alezja hatte bereits aufgelegt.

Ich konnte mir nicht vorstellen, daß dieser Donnerstag kommen würde, konnte mir nicht vorstellen, daß sie hier wirklich auftauchte. Ich sah mich den ganzen Tag zuhause vor der winzigen Glotze sitzen, ein ums andere Mal das Gesicht des Präsidenten wegschalten und ein Eishockeyspiel nach dem anderen ansehen, verzweifelt nach dem Scheißpuck suchend, bis alle Spiele aus und alle Bierflaschen leer wären, und ich, halb eins vorüber, das Licht ausschaltete, um im Dunkeln diesen Tag zu überdenken, still in mich hineinzulachen, daß Alezja es nicht gewagt haben würde, mich herauszufordern.

Ich träumte von einer Proviantkammer, in die man mich gesperrt hatte. Nachlässig hatte man mir Ketten angelegt, es gelang mir, sie abzustreifen, aber kaum lagen sie am Boden, spürte ich unter der Kleidung eine zweite Reihe Stahl, und darunter noch eine und noch eine, und die, die am engsten saß, war wie um mein Skelett gewunden.

Um halb acht am Morgen klingelte es Sturm. Sekundenlang mußte ich das schrille Geräusch in meinen Traum eingebaut haben, denn als ich erwachte, bereitete ich mich aufs Internatsfrühstück vor. Mit nachtverklebten Augen trottete ich der Tür entgegen, stolperte über Bücherstapel im Flur, ich korrigierte den Winkel meiner Morgenerektion, und öffnete.

Alezjas rechtes Bein ist ein wenig kürzer als das linke, deshalb ruht ihr ganzes Gewicht beim Stehen auf dem Rechten, dessen Knie sie durchstreckt, während sie das linke lässig nach vorn schiebt, einen spitzen Winkel bilden läßt. Es wippte ein wenig, der Fuß schien einen unhörbaren Rhythmus zu schlagen.

»Du spinnst ja«, entfuhr es mir.

»Laß uns ausgehen«, sagte sie.

»Ist deine Uhr kaputt oder dein Kopf, Lesja?«

»Jetzt zieh dir schon was an, ich warte hier, beeil dich.« Sie fächelte sich Luft zu.

»Und lüfte mal die Wohnung, das stinkt ja erbärmlich!«

Sie hatte es gewagt, ich hatte mich darauf eingelassen. Doch mit einem nächtlichen Überfallkommando hatte ich nicht gerechnet. Auch nicht damit, einen langen Einkaufsbummel vor mir zu haben oder Sehenswürdigkeiten mit ihr abzuarbeiten. Ich hatte keine Ahnung, wohin man um acht Uhr morgens ausgehen konnte. Alezja umso mehr. Es war also nicht das erste Mal, daß sie in Minsk war. Wenigstens die Sehenswürdigkeiten fielen weg.

Sie trug einen Jeansrock mit hohem Schlitz, dazu eine knallenge weiße Seidenbluse. Beides hatte ich auch an Tatsiana gesehen, nur fielen mir an Lesjas Modellen gleich die Etiketten auf. Es waren Westmarken. Natürlich waren es Westmarken.

Ich stand am Tresen eines Schnellrestaurants an, um Kaffee und einen Bananen-Shake zu holen. Ich sah die Blicke der Männer einen Moment zu lange auf Lesjas Brüsten, viel zu lange auf ihrem Po verweilen. Sie schnalzten leise mit den Zungen, sahen einander dabei herausfordernd an. Das Ewig-Weibliche zieht uns hintan. Das da war mein Tantchen, verstand das keiner, sah das keiner? Mein Tantchen, das sich mit Kartoffelzucker stopfte und verspundete, das nie älter als zwölf, höchstens dreizehn Jahre geworden war, auch wenn ihre Rundungen dem zu widersprechen schienen.

Und nicht zu vergessen: Es war mein Tantchen, das dabei war, mich zu erpressen. Ich kippte Zucker in den Kaffee, um die Bitterkeit in all dem zu überdecken.

Alezja war abhängig von Männern in ihrem Leben, oder von der Tatsache, daß Männer in ihrem Leben standen (meist irgendwo »herum«, sagte sie, meist standen sie erstmal irgendwie und irgendwo herum und starrten auf Hände oder Füße, nicht Lesjas: auf ihre eigenen). Sie hatte begonnen, ihre ganze Lebensweise auszurichten auf die Begegnung mit Männern, deshalb blieb sie tagelang aus, deshalb bekamen Tanja und ich sie selten zu Gesicht. Sie flirtete mit unglaublicher Geschicklichkeit über eine Entfernung und so viele Tische hinweg, daß es mir schwerfiel, auf diese Distanz auch nur ein Gesicht zu erkennen.

Was also wollte sie von *mir*?

Oberhalb der Nase zeichnete sich auf ihrer Stirn eine Querfalte ab, als Verbindung zwischen den Augenbrauen, eine exakte Überbrückung von Braue zu Braue, als ich sie danach fragte.

»Ich dachte, wir hätten das geklärt«, antwortete sie, sog an einem Strohhalm, dann fuhr sie mit Daumen und Zeigefinger an der Wandung ihres Glases auf und ab. Sie grinste. Auf ihren Wangen sah ich, trotz der dichten Schminke, vereinzelt Sommersprossen aufscheinen, zwischen ihnen Hautporen, wie Molekülketten, Molekularmodelle. Vielleicht hatte sie so schnell abgenommen, daß ihre Gesichtshaut nicht mithalten konnte. Vielleicht war alles so schnell bei ihr gegangen, daß überhaupt nichts mithalten konnte.

Wir rasten von einem Geschäft ins nächste, Alezja immer einen oder zwei Schritte vor mir. Sie beurteilte Kleider und Schuhe nach den Markennamen, ich konnte mir nicht erklären, wie sie bei ihrem schmalen Lohn so viel Geld für diesen Kram aufwenden konnte; sie beschwerte sich, wenn sie zu langsam bedient wurde, sah her zu mir, forderte mich auf, sie zu verteidigen, ich hätte mein Schwert ziehen, den blasierten Drachen von Verkäuferinnen auf der Njamiha die Köpfe abschlagen und zur Warnung aller auf das Burgtor spießen sollen: Seht her, seht her, das geschieht, wenn ihr mein Tantchen nicht genugsam respektiert! Alezja wollte haben, wollte haben, wollte haben, und wollte nichts mehr mit sich machen lassen.

Als wir am frühen Abend zurückkamen, war ich am Ende, fiel auf mein Bett, schlief, hoffte, als ich erwachte, ich hätte die ganze Nacht geschlafen, aber es waren kaum zwei Stunden vergangen. Alezja saß am gedeckten Tisch, beobachtete mich, rief mich zu sich, war noch immer hellwach, ich fragte mich, ob sie sich zu all den Kleidern auch noch Koks leisten konnte, sie schenkte uns Wodka ein, reichte mir Fisch und Karotten, die sie zubereitet hatte, sie schenkte Wodka nach, sie wirkte aufgedreht, aufgekratzt, aber sie sprach nur wenig. Im Hintergrund lief der Fernseher, ein stummer Zeuge. Ich sah Promiboxen, sah, wie einem hippen Musiksendermoderator gerade von einem Literaturkritiker, der noch aus Sowjetzeiten stammte, ein linker Haken verpaßt wurde. Ich sah das Entsetzen in dem faltenfreien jungen Gesicht, sah das Blut aus der Nase schießen, sah es in der Zeitlupenwiederholung, in Großaufnahme.

Ich hatte das Bedürfnis, zu duschen, mich zu betrinken, doch ich sah ein, daß es nun nicht mehr zu ändern wäre, ich wollte es hinter mich, wollte es hinter uns bringen. Ich stand auf, trat vor sie hin und nahm ihren Kopf in beide Hände, strich ihre kurzen blonden Locken zurück. Lesjas Haar roch nach Rauch, nach Sandelholz, nach dem Talg der Kopfhaut. Ich küßte sie, erst seitlich neben, dann auf die Lippen. Schließlich wanderte meine Zunge in ihren Mundraum, dann arbeitete sie sich an ihr Schlüsselbein heran, sie glitt über den Hals ans Ohrläppchen, wo ich sie zurückzog und die Schneidezähne ansetzte, bis ich innehielt, um die Wirkung auf Alezjas Gesicht zu betrachten. Sie hielt die Augen geschlossen, den Mund einen Spalt geöffnet, sie wußte, was sich gehörte, sie probte das regelkonforme Vorspiel, und plötzlich überkam mich ein Lachanfall, ein konvulsivisches, kaum zu bändigendes Lachen, das Minuten anhielt, mich, mit der Wodkaflasche im Arm, auf das Bett warf. Zwischen den Lachstößen trank ich, um mich zu beruhigen, aber ich wurde nicht ruhiger, erst als meine Bauchmuskeln zu schmerzen begannen und ich noch einen und noch einen großen Schluck genommen hatte. Dann stand Alezja vor mir.

»Das ist nichts für Jungen«, sagte sie, nahm mir die Flasche aus der Hand und führte meine Finger zwischen ihre Beine. Sie hatte sich den Slip in die Knie gezerrt.

»*Das* ist was für Jungen.«

Ich spürte, wie sie sich zu mir herabbeugte und meine Hose aufnestelte, spürte, wie die Finger ihrer linken Hand in immer kleineren Kreisen über meinen zur kompakten Kleinplastik erstarrten Hodensack fuhren, an der Naht auf und ab, ihn wogen, prüften, vielleicht für leicht befanden, aber nicht für zu leicht, wie sie sich zur Faust schlossen, die ihren Inhalt dem gespaltenen Lippenpaar entgegenführte, das eben noch Wodka gekostet hatte. Linkshänderin, du bist ja Linkshänderin, ging es mir durch den Kopf, wieso weiß ich das nicht?!

Plötzlich sah ich die Baba Jaga vor mir knien, meinen Schwanz im Mund, bereit, zuzubeißen, ich wälzte sie von mir, rang sie nieder auf den Boden. Ich hielt ihre Hände in einem Klammergriff, preßte mit meinen Knien ihre Schenkel auseinander. Als ich in Alezja eindrang, brutal, wie mir schien, wie ich nie zuvor in eine Frau eingedrungen war, waren sie plötzlich wieder da, die Sätze: *Und alsbald, als er noch redete, krähte der Hahn. Und der Herr wandte sich um und sah Petrus an. Und Petrus ging hinaus und weinte bitterlich.*

Die Sätze stachelten mich auf, riefen mich an, zuzustoßen, immer wieder und weiter. Ich dachte an Tanja, und, ja, ich dachte an Vergeltung, wieder einmal. Wir waren noch immer nicht quitt. Wir waren noch lange nicht quitt.

Wir kamen übereinander wie zwei betrunkene Seeleute. Oder wie Rasende. Wir kamen. Merkwürdigerweise simultan. Wir kamen. Wir blieben. An Ort und Stelle. Es war kein Wort zwischen uns gefallen.

Als ich am nächsten Morgen vor dem Bett erwachte, lag Alezja in verkrümmter Haltung neben mir. Ich betrachtete sie. Die Druckstellen, dort, wo sich meine Hüftknochen in ihr Fleisch getrieben hatten. Ihr Bauchnabelpiercing, das mir gestern nicht aufgefallen war, ein in die winzige Gemme eingelassener blauer Stein, vielleicht ein Lapislazuli, die Ungarn sagen, er fördere zwischenmenschliche Beziehungen.

Da behaupten sie weiter, Schlafende seien friedliche Menschen! Das Wesen da neben mir wälzte sich, knirschte mit den Zähnen, schlug um sich gegen einen Traumgegner. Ein Wesen von einem anderen Stern würde vermuten: Menschlicher Schlaf ist eine ernste, ja, eine gefährliche Angelegenheit.

Ich sah dem Kampf noch einige Atemzüge zu, dann weckte ich Lesja. Es dauerte lange, bis sie zu vollem Bewußtsein erwachte. Sie kroch nackt zum Tisch, auf dem ihre Zigaretten lagen, zündete sich eine an, lehnte sich mit dem Rücken an ein Tischbein und inhalierte tief. Noch immer sprachen wir kein Wort. Ich zog mich an, kochte Tee, stellte eine Tasse vor sie auf den Boden.

»Bananen«, brummte sie. Sagte sie. Fragte sie.

»Bananen?«

»Bananen. Keine Bananen da?«

»Bananen. Keine Bananen da.«

Alezja verdrehte die Augen, murmelte »Scheiße«, fluchte leise vor sich hin, schien den Rauch bis in die Windungen ihres Großhirns zu atmen. Dann schlug sie wiederholt mit dem Hinterkopf gegen die Tischplatte.

»Was soll das geben?«

»Extra mitgebracht, Scheißbananen – Tüte – Bahnhof, Scheißbananen.«

Das Hirn war offenbar noch immer auf manuellen Betrieb geschaltet, über Substantive kam es nicht hinaus.

»Mein Tantchen ist auf Turkey! Bananen kannst du vergessen, hier im Magasin findest du allenfalls ein bißchen Schrumpelkohl. Aber vielleicht willst du Kartoffelzucker haben. Hm, wär das was für Leckermäulchen?«

»Arschloch«, skandierte Lesja, schlug bei jedem Wort den Kopf gegen den Tisch, »Arschloch, Arschloch, Arschloch, Arschloch, Arschloch, Arschloch, Arschloch.«

Ich packte im Flur meinen Kram zusammen, zog mir Schuhe an, warf meine Lederjacke über. Als ich wieder ins Zimmer trat, war Alezja noch immer bei ihrem kleinen Musikstück, nur die Vokalbegleitung war fast unhörbar geworden.

»Ich muß zur Uni. Zieh die Tür zu, wenn du gehst. Und Finger weg von meiner Briefmarkensammlung.«

Im Augenwinkel sah ich, wie mir Alezja die Zunge herausstreckte.

Zuhause.

Fischkonserven. Cornflakes-Packung, deutscher Import, leer. Vergessen einzukaufen.

Zuhause.

Den ganzen Tag über hatte ich mich unbeschreiblich zerschlagen gefühlt. Ich befürchtete, Alezja könnte noch da sein, wenn ich wieder in meine Wohnung käme, aber da war nichts, auch nicht das kleinste Krümelchen, das auf ihre Anwesenheit hingedeutet hätte. Es roch nicht einmal nach Zigaretten. Sie hatte sogar den Müll rausgetragen.

Nachts träumte ich, alles sei nur ein Traum gewesen, ich erwachte im Traum, nichts war geschehen, und ich war nicht einmal erleichtert.

Ich hatte ernsthaft damit gerechnet, daß es eine einmalige Sache sein würde, aber natürlich hatte ich Alezjas Verlangen unterschätzt, ihre Macht auszuspielen. Ich spürte, daß es dabei nicht um mich ging, eigentlich meinte sie Tatsiana. Nur Tatsiana.

Zwei Tage später rief Alezja an. Sie schlug ein Treffen auf halbem Weg vor. In einem Hotel. Ich sollte bezahlen.

Ich lachte. Ich beleidigte sie. Ich fragte, ob sie vorhabe, das professionell zu machen.

»Ja, lach nur, Wasja. Aber mach dir eines klar: Von jetzt an gibt's entweder uns beide – oder aber keine von uns.«

Ich schwieg. Lesja hatte die Schachpartie eben erst eröffnet, jetzt drohte sie, mir meine Dame zu nehmen. Nicht schlecht für eine Anfängerin.

»Und – Wasja …?«

»Hm?«

»Nenn mich Ali. Von jetzt an möchte ich Ali genannt werden.«

Ich legte auf. Ali. Schlimmer könnte es nicht mehr kommen, dachte ich.

Wir begannen, eine Donnerstagsaffäre zu haben, aus der bald eine Dienstags- und Donnerstagsaffäre wurde. Ich mußte mich, mußte mein Leben neu organisieren. Mehr denn je war ich jetzt auf mein Auto angewiesen. Ich war beständig unterwegs. Immer nirgendwo. Nirgends irgendwo. Auf der Straße von Minsk nach Hrodna.

An den Wochenenden sah ich Tanja, unter der Woche Alezja. Meist trafen wir uns in einem Hotel. Es durfte nicht immer dasselbe sein, Lesja liebte die Abwechslung. Ich mußte in Vorkasse bezahlen, die Portiers waren mißtrauisch, wir waren zu jung für diese Hotels, wir waren keine Ausländer, und ich trug Kleidung, die mir nicht gerade die Ausstrahlung eines Bisnessman verlieh. Die Etagendamen verlangten unsere Ausweise. Die Papiere verrieten uns nicht. Immer konnten wir mit unserem Nachnamen als Mann und Frau auftreten.

Dann kam auch Tatsiana auf den Gedanken, daß wir uns hin und wieder in einem Hotel treffen könnten, an den Wochenenden, an denen Alezja zuhause war und versprochen hatte, auf Marya aufzupassen. (Die allerdings im Zweifel lieber auf sich selbst aufpaßte).

Es war die Zeit nach meinem ersten Unfall. Grüner Nebel an einer Ampel, an der sich zwei Straßen in einem Feuchtgebiet mitten im Nichts kreuzten. Ein polnischer Kombifahrer hatte nicht im Sinn gehabt, hier anzuhalten. Ich schraubte die Kennzeichen ab, ließ den Dacia an Ort und Stelle, es war ja nicht einmal eine Fahrgestellnummer eingestanzt. Vom Geld, das mir der Kerl zusteckte, kaufte ich mir fast baugleichen Ersatz.

Viele Hotels kamen nicht mehr in Frage, ich mußte peinlich genau darauf achten, daß es keines war, in dem ich zuvor schon mit Alezja als Mann und Frau abgestiegen war. Wäre mir zu diesem frühen Zeitpunkt eine Verwechslung unterlaufen – nicht auszudenken, was Tatsiana mit mir angestellt hätte!

Mein Denken drehte derart im Leerlauf, ich begriff erst jetzt, daß ich nun tatsächlich erpreßbar geworden war. Alezja mußte nicht mehr schemenhaft mit den Nachbarn oder mit Marya drohen, nun konnte sie unseren wiederholten Betrug an Tatsiana ruchbar machen. Ich hatte ihr die ideale Figurenkonstellation für eine Erpressung verschafft, hatte mich ausspielen lassen wie ein Schachanfänger.

Dann wieder erinnerte ich mich an Kasparow: »*Die größte Kunst beim Schach besteht darin, dem Gegner nicht zu zeigen, was er tun kann.*« Ich suchte, Alezja in Sicherheit zu wiegen. Dabei half mir, womit ich nur wenige Wochen zuvor am wenigsten gerechnet hatte: War Sex mit Tatsiana längst zur Drehung und Wendung nach eingespielten Regeln geworden, verlangte Lesja von mir, Neuland abzustecken. Hocherhobenen Hauptes, mit einer eleganten kleinen Bewegung der Rechten, schüttelte sie sich das Haar aus dem Nacken, drehte mir den Rücken zu und forderte mich dazu auf, sie zu überraschen. Es war die Zeit nach meinem zweiten Unfall. Diesmal kam ich mit einem Blechschaden davon. Ich spürte, wie mein Körper zu gehorchen, wie ich mich auf ihr Machtspiel einzulassen begann, das wie von selbst zu einem sexuellen Machtspiel wurde. Ergo coeamus. Die Tyrannin hatte sich in meine Hand begeben.

Sachte griff ich ihr unter den Rock, fuhr entlang der Außenseiten ihrer Oberschenkel, spürte das Gefühl von Haut auf Feinstrümpfen auf Haut, rutschte hinauf zu ihrer Hüfte, wo die Strumpfhose dichter, fester wurde, verfing mich mit den rauhen Stellen an meinen Fingern hin und wieder im feinen Stoff. Meine Finger wanderten, zogen die Rundungen ihres Pos nach, dessen Muskeln leicht zitterten, vor Anspannung mehr denn Erregung, Alezja stand reglos, mit Muskeleinsatz, um ihre Konturen besser zur Geltung zu bringen. Dann streifte sie Rock wie Strumpfhose ab. Mit zwei in Flüssigseife getauchten Fingern erweiterte ich ihren Anus.

»Was? Das war schon die ganze Überraschung?« war ihr Kommentar, eine halbe Stunde und etliche Fissuren später.

Längst hätte ich meine Abschlußarbeit angehen sollen. Mein Professor lag mir in den Ohren, mich nicht länger an der Fakultät halten zu können. Ich wollte über das Niederwalzen des Budapester Aufstands schreiben, wollte darüber schreiben, was meine Ungarn mir über 1956 erzählt hatten. Von Gefühlen des Vergewaltigtwerdens einer ganzen Nation, vom Nichtschluckenkönnen eines Brocken, vom Sichducken, vom morgendlichen Fieber, von der Angst beim Erwachen, dem Erwachen zu einer Realität, von der man sich wünschte, sie möchte noch immer Traum sein, denn da war »Etwas« passiert, das unwiderruflich war, und alles und alle würgten, und alles schluckte und schluckte, aber der Brocken wollte nicht hinab, und alle waren sie beschmutzt, nur noch beschmutzt, und auf ewig beschmutzt. Das dachte ich zu schreiben. Aber bei den alten Sowjethähnen, die die Katheder hüteten, wäre das unmöglich gewesen. Also beschränkte ich mich auf die Fakten, doch die waren so trocken, daß ich nie ausreichend Wodka zum Hinunterspülen fand.

»Bist du vorangekommen?« fragte Alezja rauchend, sie räkelte sich ein wenig, vielleicht sollte es lasziv wirken, und betrachtete ihre frischlackierten blauen Zehennägel; die Füße hielt sie auf mein Becken gestützt.

»Wie denn, wenn ich ständig mit dir vögle?!«

»Ich dachte, das inspiriert dich.«

»Das Vögeln? Das inspiriert vielleicht zum Weitervögeln, aber sicher nicht zum Arbeiten.«

Alezjas rechter Fuß war flügge geworden, näherte sich meiner Scham, schien prüfen zu wollen, ob an Weitervögeln zu denken war. Ich schob ihn unsanft aus dem Sperrgebiet.

Tatsiana hatte mir das Wochenende zuvor erzählt, daß Alezja sich seit geraumer Zeit jeden Morgen erbreche. Vielleicht vertrug sie die Pille nicht. Ich hatte Kondome besorgt. Es zeigte sich, daß sie auch die nicht vertrug.

Wir hatten nie zuvor darüber gesprochen. Es war nicht mein Thema, ihres offenbar auch nicht. Doch jetzt drängte es mich danach, sie zu fragen, ob sie sich denn nie, kein einziges Mal, Gedanken darüber gemacht habe, daß ich ihr Neffe sei.

»Hast *du*? Hast *du*, als du mit Tanja geschlafen hast?«

»Ich habe dich gefragt.«

»Und ich dich.«

»Lesja, einfache Frage, einfache Antwort, ok?«

Sie drückte ihre Zigarette aus.

»Was?« nörgelte sie, »bekommen wir dann ein Kind mit zwei Köpfen oder so?«

Ich gab ihr eine Ohrfeige. Ich sah, daß ihre Lippe aufgeplatzt war, ein Rinnsal Blut lief ihr über das Kinn. Alezja strich zitternd mit drei Fingern darüber, dann blitzte sie mich haßerfüllt an und sprang auf.

»Das hättest du nicht tun dürfen, Wasja.«

Sie fuhr in ihre Hose.

»*Du* hättest das nicht tun dürfen, Tantchen.«

Schweigen, während sich Alezja weiter ankleidete. Mir kam plötzlich ein erschreckender Gedanke.

»Du nimmst die Pille, oder? Du hast sie nicht abgesetzt. So weit würdest du nicht gehen, Lesja?!«

Sie schnaubte angewidert aus.

»Zwei Köpfe. Und beide würden sie aussehen wie du. Pfui Deibel.«

Sie schlug die Tür hinter sich zu. Aus dem Fenster konnte ich beobachten, wie sie den Hof vor dem Hotel querte, sie spuckte Blut, dann verschwand sie aus meinem Blickfeld.

Auf der Straße von Lida nach Minsk. Viel im Auto unterwegs zu sein: das Wissen, daß das Maß des Überlebens ohne Unfall irgendwann voll ist. Ein langes Warten. Auf den Crash. Als wenn er unvermeidlich wäre und man ihn nur hinauszögerte. Viel unterwegs zu sein heißt, nahe am Crash zu sein.

Die nächtlichen Nebel stiegen und sanken, stiegen und sanken. Die Gegenlenkbewegung bei Aquaplaning. Der schwarze Regen. Die schwarze Straße, die noch schwärzeren Löcher darin.

Grande Opéra

Die Wochen vergingen. Ich fuhr nicht in unser Städtchen. Tatsiana erklärte ich, meine Abschlußarbeit könne nicht länger warten. Zwischen Alezja und mir herrschte Funkstille. Sie hatte recht behalten: entweder beide oder keine. Wenigstens für die Wochen bis Neujahr hatte ich mich für letzteres entschieden.

Ich vergrub mich, ich traf, ich begegnete niemandem, außer Stanislau, der auf den obligatorischen Nachmittagstee bei mir hereinsah. Wenn er seinen Mantel auszog, entfielen ihm Zettel, zahllose kleine, mittelgroße, mit Brand- und Teeflecken versehene Zettel. Ich überflog sie.

Wie jede ernsthafte Krankheit bedarf der belarussische National-Nihilismus tiefgreifender Heilung. Adam Maldsis

Ich las.

Der Krieg, die demographische Veränderung und die verordnete Parteigeschichtsschreibung machten die Bevölkerungsmehrheit Weißrußlands zu einem weitgehend geschichtslosen Volk. Donal O'Sullivan

Was Stanislau zu dieser Zeit auch in die Hände geriet: er be-schrieb und bekritzelte es. Er konnte gleichsam nicht an seinen Geist halten, wie andere nicht ihren Urin halten können. Wie Großpapa. Nur stubenrein.

Auf der Straße von Minsk nach Hrodna. Neujahr stand vor der Tür. Tatsiana hatte sich gewünscht, daß ich mit ihnen feierte. Wie früher. Auch Manja habe es sich gewünscht, behauptete sie.

Ich wußte nicht, wie sie sich dieses tagelange Beisammensein vorstellte. Wir würden einander umtänzeln, gute Miene zum bösen Spiel machen. Grande Opéra. Ich zweifelte sehr an Lesjas darstellerischen Künsten.

Schon die Begrüßung war eine Farce: Tanja reichte mir die Hand, mit einem schmerzlichen Gesichtsausdruck, der Bedauern enthielt, um Verzeihung flehte. Marya umarmte mich, drückte mir, wenn auch verstohlen, feuchte Küsse auf beide Wangen. Tanja spielte die Hausfrau, sie hatte die Zimmer geschmückt, dabei an Kitsch nicht gespart, sie hatte für mindestens hundert Tage im voraus gekocht, bot uns alle drei Minuten Kompott an, sie stand nicht still und saß nicht still, ich versuchte mich mit Manja über die Schule zu unterhalten und erfuhr, daß sie sie enorm langweile. Wir gähnten unisono.

Dann tauchte Alezja unter der Tür auf. Sie trug kniehohe braune Stiefel zu einem pinkfarbenen Minirock. Manja rollte die Augen.

»Du bist also gekommen?« fragte ich.

Alezja grinste breit.

»Du doch auch immer, oder etwa nicht?«

Sie grinste noch breiter.

»Wunderbar«, sagte sie mit einer Stimme, die drohte, in den Diskant zu fallen, »dann sind ja all deine Frauen versammelt.«

Als sie sich umdrehte, sah ich lange Laufmaschen an beiden Beinen. Es sah aus, als hätte jemand Pfeile gezeichnet, die direkt in ihren Unterleib mündeten.

Ich half Tanja in der Küche. Im Vorbeigehen suchte ihre Zunge meine Mundhöhle ab, sie fuhr mir durchs Haar, nicht ohne sich vorher vergewissert zu haben, daß niemand in Sichtweite war.

Ich bekam Kopfschmerzen.

Beim Silvesteressen ging Tanja so weit, mich ›Wasil‹ zu nennen, also beendete ich jeden Satz mit »Ergebensten Dank, Tatsiana Stafanauna«. Alezja schien vor Ironie und Bosheit zu platzen. Plötzlich zeigte sie eine Leidensmiene, rutschte unruhig von einer Seite des Stuhls auf die andere.

»Ich versteh das nicht. Seit Wochen hab ich Schmerzen beim Sitzen. Mein ganzer Arsch ist wund.«

Marya lachte laut heraus, Tatsiana warf ihren Löffel in die Suppe. Und Alezja sah mich unverwandt an.

»Du solltest auf die Bananen verzichten«, sagte ich, »und öfter mal einen Apfel essen.«

»Wahrscheinlich hast du recht, Wasja, sicher, du kennst dich mit dem weiblichen Körper gut aus.«

Tatsiana blickte befremdet von ihr zu mir, auf ihre Suppe, auf Manja, auf die Wanduhr. Noch über vier Stunden bis Mitternacht.

Alezja verabschiedete sich vor dem neuen Jahr, sie hatte den pinkfarbenen gegen einen grünen Minirock vertauscht. Die Laufmaschen behielt sie an. Zum Abschied steckte sie sich den Mittelfinger in den Mund, lutschte daran und legte ihn mir auf die Lippen. Tatsiana und Marya waren derweil mit der Fernsehuhr beschäftigt.

Ich hielt durch bis halb eins, erklärte, noch einmal raus zu müssen, setzte mich in mein Auto. Die Scheiben waren dick vereist, ließen kein Licht herein, die Innenbeleuchtung hielt eine Minute durch, dann flackerte sie und ging aus. Zu allem Überfluß würde ich morgen auch noch die Batterie aufladen müssen. Ich nahm eine der Migränetabletten aus der Notreserve des Handschuhfachs, zerbiß sie, kaute sie gut durch. Sie schmeckte nach Kölnischwasser. Ich schob Notreserve-Traubenzucker hinterher. Wieder Kölnischwasser. Stoffe, die wohl kaum darauf gewartet hatten, in meinem Handschuhfach vereinigt zu werden. Ich wartete eine halbe Stunde, die Blitze schon vor dem inneren Auge, und Großpapa wollte und wollte sich kein Stelldichein geben. Ich hätte ihn nach all den Jahren gern wieder einmal gesehen. Aber wahrscheinlich war er böse mit mir. Große Revolutionäre pimpern, ja, aber doch nicht ihre Tanten.

Dann übergab ich mich neben den Wagen. Ich schlief ein. Übergab mich wieder. Schlief wieder ein. Hätte mich Tanja nicht irgendwann aus dem Auto gezogen, mir eine Decke übergeworfen und mich ins Leben zurückgerieben, vermutlich wäre ich in der Silvesternacht erfroren. Was wäre uns alles erspart geblieben!

Mein dritter Unfall ereignete sich auf der Neujahrsfahrt, nicht mehr weit von Zuhause.

Zur Belohnung für meine Geduld wollte Tanja mit mir zwei Tage wegfahren. Nur wir beide, sie und ich. Alezja bliebe bei Marya (die arme Kleine!). Ich weiß nicht, was sie ihnen erzählt hatte. Je weniger ich wußte, desto weniger würden wir uns in Widersprüche verwickeln. Wir fuhren in Richtung der litauischen Grenze.

Ich war meiner Lebensretterin erstaunlich wenig dankbar. Erstaunlich, ja, ich verlangte von mir selbst mehr Dankbarkeit. Vielleicht auch mehr Zuneigung. Es wollte sich keine Freude einstellen über die gemeinsamen Tage. Es begann schon damit, daß sich Tanja über meinen Reibeisenbart beschwerte, ob ich nicht irgendwann einmal wieder vorhätte, mich zu rasieren. Ich wußte nicht, wovon sie sprach.

»Wundschubbern«, sagte sie, »ich bekomme noch Ausschlag von deinen Bartstoppeln.«

»Kann ich mir nicht vorstellen, so selten wie dein Gesicht an meinem schubbert.«

»Machst du jetzt *mir* daraus einen Vorwurf?«

Ich schwieg. Die Befremdung zwischen uns drohte umzuschlagen in Entfremdung. Tanja war zu klug, wie hätte sie nicht merken können, daß hinter meinem Verhalten eine andere Frau steckte?! Aber auf den Gedanken, daß es ihre Schwester sein könnte, wäre sie wohl, trotz der Auftritte der vergangenen Tage, nicht verfallen. Und ich mußte alles daran setzen, daß sie es auch nie tun würde. Irgendeine Andere hätte sie mir verziehen, wahrscheinlich hätte sie noch nicht einmal verlangt, daß ich die Affäre beende, wenn sie mir nur gut tue. Tatsianas Großmut schien unermeßlich. Aber die eigene Schwester, noch dazu diese, das wäre selbst für jemand wie sie unverzeihlich gewesen.

Wir fuhren, wir hielten, wir fuhren, wir hielten. Sie habe ja Verständnis dafür, daß ich an den Wochenenden ausbliebe, wenn ich an meiner Arbeit schreiben müsse, aber sie habe den Eindruck, daß sie einfach nicht mehr an mich herankomme. Und dann hatten wir seit Wochen nicht mehr miteinander geschlafen. Dahinter könne doch nur eine andere Frau stecken. Was ok sei, ich solle es nur sagen. Damit sie Bescheid wisse. Ich schwieg, ich wiegelte ab, ich wiegelte ab, ich wiegelte ab. Ich erklärte dies, ich erklärte das, ich erklärte alles. Lügen, oft genug wiederholt, gewinnen an erlebter Wahrheit.

»Aber wieso läßt du mich dann nicht mehr an dich heran. Du läßt mich nie an dich heran.«

Ich saß mit abgewandtem Gesicht, preßte den Hinterkopf mal stärker, mal weniger stark gegen die Kopfstütze.

»Wird sich das jemals ändern, Wasja?«

»Das fragst du den Schrecken ohne Ende. Wie soll's denn für dich weitergehen?«

Wir wußten beide, daß unsere Situation nur haltbar war, wenn sich etwas veränderte, wenn wir uns auf eine gemeinsame Zukunft vertrösten konnten. Glaubten wir wirklich daran, eine so lange Zeit hindurch? Wir mußten. Wir sprachen uns alle bekannten zeitlichen Wundheilungen zu: Wenn ich meine Arbeit geschrieben haben würde, wenn Alezja endlich ausgezogen, wenn Marya aus dem Gröbsten raus sein würde. (Aber was war das Gröbste bei einem Kind, das von seiner Mutter zu hören bekommen hatte, daß es eine Kannibalin sei und dann mit sechs Jahren Vollwaise wurde?)

War es Beharrungsvermögen? Nein. Wenn es etwas nicht war, dann das. Nicht bei mir, nicht bei meiner Ungeduld. Ich baute tatsächlich darauf, daß sich etwas an der Situation ändern würde, hoffte zumindest darauf, Alezja würde des Spiels überdrüssig werden, würde einen ganz normalen Freund finden. Ich selbst sah mich längst außerstande, etwas zu ändern. Nicht nur, weil sie mich in der Hand hatte. Eine ménage à trois ist Arbeit. Und zu einem nicht geringen Teil bloße Handarbeit. Diese Arbeit frißt alle Ressourcen. Die seelischen allemal.

Ich brachte das Auto am Straßenrand zum Stehen. Ich bremste so scharf, daß es Rollsplitt nach allen Seiten hagelte, dicke Körner schlugen im Unterboden ein. Dann stützte ich mich am Lenkrad ab. Weiter vorn am Straßenrand waren zwei Krähen damit beschäftigt, den Kadaver eines überfahrenen Hasen auszunehmen.

Tatsiana hielt meinen Kopf in beiden Händen, versuchte, ihn zu sich zu drehen, sie wollte mir in die Augen blicken. Und platzte plötzlich heraus: Sie habe Verständnis dafür, wenn ich dem eine normale Beziehung vorziehen würde.

Tatsiana und ihr Verständnis.

Dann kamen die Schmerzen wieder. Meine linke Gesichtshälfte fühlte sich an wie taub.

»Was ist denn, Wasja?«

Ich stieß sie weg, konnte die Berührung nicht länger ertragen.

»Laß mich dir doch helfen.«

Wieder suchte eine ihrer Hände meinen Kopf, ich ergriff sie, preßte zu, bis Tanja aufschrie.

»Helfen? Wie denn *helfen*? Was denn *helfen*?«

Ich ließ los, rückte noch weiter von ihr ab, so nah wie möglich der Fahrertür zu. Ich hämmerte mit meinem Kopf gegen die Scheibe, hatte keine Lust, wie ein Schwerkranker von ihr behandelt zu werden. Bis ich aus dem Gröbsten raus wäre.

»Helfen. Das hättest du gern. Am liebsten wär's dir, wenn ich im Rollstuhl sitzen würde, oder? Dann könntest du rundum helfen und dich gut fühlen dabei. Verschwende dich nicht. Spar dir deine wundervoll beschissene Opferbereitschaft für später auf, wir werden sie noch brauchen.«

Ich hatte Tanja nichts entgegenzusetzen, noch nie. Keine Hochherzigkeit. Kein Heldentum. Es gab nichts mehr zu beschönigen: Die Waagschalen senkten sich auf meiner Seite. Mein Verrat wog schwerer als der ihre.

Im Hotel versuchten wir, miteinander zu schlafen. Es gelang uns nicht. Nichts gelang uns. Wir lagen nackt nebeneinander, Tanja rauchte hastig, den Aschenbecher auf der Brust. Sie stellte ihn mit einem Scheppern auf dem Boden ab, legte sich zurück in ihr Kissen und starrte an die Decke. Dort oben müßten unsere Blicke einander begegnen.

»Wovon träumst du, Wasja?«

»Du meinst, wenn ich schlafe?«

»Wenn du wach bist. Wovon träumst du?«

Ich überlegte. Es muß so lange gedauert haben, daß ich hörte, wie Tanja zu einem neuen Satz ausholte, als ich endlich etwas sagen konnte.

»Schwer zu sagen. Wovon träume ich? Laufen. Ich würde gern mal wieder laufen. Barfuß. Über das Gras. Über die Wiesen. Die Hecken entlang laufen. Mir ein Loch in den Boden graben und meinen Antritt trainieren.«

Tatsiana wandte sich mir zu, lehnte sich auf den Ellenbogen, blickte mich an.

»Minsk ist so staubig. Das Gras ist schwarz vor Staub, weiß vor Staub. Da kann ich nicht laufen. Ich schmecke den Staub auf der Zunge, er knirscht mir zwischen den Zähnen, morgens, wenn ich aufwache, hab ich noch immer den Staub der nächtlichen Straße zwischen den Zähnen. Meine Zähne sind ganz abgeschliffen vom Staub und vom Knirschen.«

Ich schwieg. Ich roch Tanjas Zigarettenatem, der mir um die Nase wehte.

»Schwer zu sagen, Tanja.«

»Ja, schwer zu sagen, Wasja.«

Aus dem Augenwinkel sah ich, wie sich eine große Träne unter ihren Wimpern sammelte. Sie nickte unablässig.

»Mehr willst du nicht?« fragte sie, zwischen zwei Schluchzern, »mehr nicht?«

Noch am nächsten Morgen fuhren wir zurück. Es war so früh, daß außer uns niemand auf der Straße war, und so kalt, daß die Autoabgase Kondensstreifen bildeten, sie hielten sich lange, ich sah sie im Rückspiegel.

Wir hatten vergessen zu frühstücken. Tanja saß auf dem Beifahrersitz, hin und wieder liefen ihr Tränen über die Wange, die ganze Fahrt über hielt ich, hielt sie meine rechte Hand auf ihrem linken Knie. Ich lenkte einhändig, ich schaltete einhändig.

»Ich sollte mich nicht verschwenden. Du hast so unfaßbar recht. Und ich hab so unfaßbar Angst, du könntest recht behalten«, sagte sie.

Dann übersah ich die Stop-Stelle. Ein russischer Klein-
wagen krachte ungebremst in den Fond meines Autos. Wie
durch ein Wunder geschah niemandem etwas.

Barfuß kann man keinen Krieg gewinnen

Ich war wieder allein mit meinen Büchern über den Ungarn-Aufstand. Las über die Amerikaner, die den Pester Aufständischen zum »Mann des Jahres« wählten, als alles vorbei war. Leider gab es kein Fundraising dafür. Las über die Österreicher, die ihre Armee zum Entsatz der ehemaligen Bundesbrüder anmarschieren lassen wollten, aber nicht genügend Stiefel für sie hatten. Wir warten noch auf eine Stiefellieferung aus der Schweiz, bittschön solange die Kriegshandlungen einzustellen, sich am Grenzzaun in Reih und Glied aufzustellen und keine Verunreinigungen abzustellen. Habe die Ehre. Barfuß kann man keinen Krieg gewinnen.

Das orthodoxe Weihnachtsfest war noch nicht ganz vorüber, da befahl mir Alezja schon wieder.

»Ich will dich sehen.«

»Komm vorbei.«

»Komm du. Die beiden sind bis morgen weg.«

»Spinnst du? Und wenn uns jemand sieht?«

»Reizvolle Vorstellung ... genau, laß uns das so machen –«

»Ali!«

»Hm?«

»Ich komme. Aber nicht vor Einbruch der Nacht. Und wir verkaufen keine Eintrittskarten!«

Ich fragte mich, weshalb mich Lesja nicht schon längst losgelassen hatte. Weshalb sie mich noch immer haben wollte.

Sie wußte, daß Tanja und ich uns nur noch selten sahen. Ich wußte, daß Lesja neben mir zahllose Affären hatte. Doch als wir auf ihr Drängen den Sex in die Toilette verlagerten, dort, wo man wegen der Enge des Raums die Tür nicht schließen konnte, dort, wo sie lernen mußte, sich an die Männer zu gewöhnen, eine Idee, die alles toppte, was sie zuvor ausgeheckt hatte, als Lesja mich antrieb, immer und immer wieder ihren neuen Namen zwischen den Atemstößen zu rufen, zu schreien, Ali, Ali, Ali, wurde mir, schon heiser von den offenen Vokallauten, schlagartig bewußt, daß sie von mir etwas bekam, was die anderen, die ihr Spiel mit ihr trieben, ihr nicht geben konnten. Selbst in der Brutalität, die der Akt zwischen uns hatte, fühlte sie sich als sie selbst, mit ihrem neuen Namen, Ali, den ihr der Teufel gesagt hatte (kein Wunder, war sie doch des Teufels Großmutter), fühlte sie sich »gemeint«. Von mir fühlte sie sich »gemeint«. Lesja benutzte mich für Experimentanordnungen in Sachen Selbstbestätigung. Und ich ließ mich benutzen. In Ketten legen. Wir tobten uns aufeinander aus. Wenn auch immer schneller außer Atem als früher.

Dann wieder gab es dieses Schweigen. Zwischen Lesja und mir. Unser Schweigen. Wenn ich nicht sprach. Das Schweigen, das ich als Hohn deutete. Sie verhöhnte meine Feigheit, verhöhnte den Intellektuellen und seine »hochfliegenden Pläne« (welche Pläne?, welche denn nur???).

Wahrscheinlich hatte ich ihren Namen zu oft geschrien und bekam davon eine schwere Kehlkopfentzündung. Der selbst nicht gerade wortgewandte Arzt drückte mir Doxycyclin in die Hand und mümmelte: »Reden ist Silber«.

Unser Donnerstag wurde zur Farce. Ich hatte mir meine wenigen und gezielt gesprochenen Sätze für den Portier aufgehoben. Von diesem Moment an fiel kein Wort zwischen uns.

Lesja machte Anstalten, nach dem Sex noch auf einen Absacker in die hoteleigene Bar zu gehen. Die zur Disco umfunktioniert worden war. Oder was man hier auf dem Land für eine Disco hielt. Aus den Boxen krachte schlechtgemischter Sound aus russischer Massenproduktion. Wir bestellten Baltika 3 und Wodka, Lesja schüttete ihren einfach ins Bier, trank ab, bestellte neuen. Auf diese Weise brachte sie es zu einer ansehnlich alkoholhaltigen Neige in ihrem Glas, die sie ruckartig stürzte. Eine an der Wand angebrachte Plexiglasscheibe strahlte hellblaues Licht, die Discokugel orangefarbenes. Die Kneipenbeleuchtung teilte Alezjas Gesicht scharf in eine blaue und eine orangene Hälfte. Auf der orangefarbenen Hemisphäre zeigten sich Schweißspuren. Plötzlich zog sie ein kariertes Stück Stoff aus ihrer Handtasche. Sie hatte sich an Tanjas Reliquien zu schaffen gemacht, lehnte sich zurück und sah mich herausfordernd an.

Ich wischte die Manschette zur Seite. Mit meinem rechten Zeigefinger begann ich damit, Brotkrumen vom Tisch zu kicken. Je länger unser Schweigen anhielt, desto mehr erhöhte ich meine Schlagzahl gegen die Brösel, als wären sie Teil einer konterrevolutionären Kulturoffensive. Alezja rauchte, starrte vor sich auf den Tisch. Am Mischpult war man auf Heavy Metal umgestiegen. Oder das, was man dafür hielt.

»Hast du endlich diese beschissenen Krümel erledigt, ja? Soll ich dir Nachschub holen?«

Ich holte zu einer Ohrfeige aus.

»Schlag zu, ja, schlag doch, du weißt ja, wie es geht, du weißt, wie es sich anfühlt. Na komm, schlag mich. Schlag mich, wie du mich fickst: verflucht scheiße, Wasja, du – fickst – verflucht – scheiße.«

Ich stand auf, wandte mich zum Gehen. Erst jetzt fiel mir auf, daß ich meine Schuhe auf dem Zimmer vergessen hatte.

»Barfuß, nicht quatschen und nicht zuschlagen können! Was bist du bloß für ein Kerl?«

Tanja. Ich weiß nicht, wann ich aufgehört hatte zu lieben. Oder wann diese Liebe an den Umständen oder sich selbst erstickt war. Eine Seele, die sich geliebt weiß, selbst aber nicht liebt, verrät ihren Bodensatz: ihr Unterstes kehrt sich hervor. Es fehlte die Unschuld. Unser beider Unschuld. Ich konnte Tanja nicht mehr in den Arm nehmen, konnte sie nicht an mich ziehen, jede Bewegung stockte mir. Die vielen Verwundungen machten mich bewegungsunfähig. Sommer, Herbst, Winter, Frühling. Was war ich bloß für ein Kerl? Einer, der lieber tötet als sich zu töten. Oder etwas in sich zu töten. Sommer, Herbst, Winter, Frühling. Stanislaus Zettel auf meinem Fußboden.

Die Ideologie ist das Immunsystem, das die Gesellschaft vor internen und externen Bedrohungen schützt. Der Herr Präsident

Auf der Windschutzscheibe: die Aufschläge von weichgepanzerten Insektenkörpern. Man sieht kaum etwas von ihnen, einen feuchten grünen Streifen, Spritzer, schon vorbei. Aber gehört hat man sie, das Prasseln, das Knacken. Ein Insekt um das andere prallt am Scheinwerferglas ab und wird wie ein Tischtennisball nach oben geschleudert. Auf der Strecke von Minsk nach Hrodna, auf der Strecke von Hrodna nach Minsk.

Das Jahr 2001 bescherte uns eine unerträgliche Schwüle und Präsidentschaftswahlen. Ich begann, mich für Musik des 16. Jahrhunderts zu begeistern und verlor mein Geld. Fast alles. Es geschah über Nacht. Hotels und Fahrten hatten sich längst nicht mehr durch die Zinsen decken lassen, ich war an den Grundbestand meiner finanziellen Existenz gegangen. Und idiotischerweise hatte ich auf die Banker gehört, die mit hoher Dividende an den Aktienmärkten lockten. Diese neurotischen Prozacfresser in ihren Armani-Repro-Anzügen waren die miesesten Zocker, die ich je kennengelernt habe.

»Mir ist lausig zumute, Gaspadin, ich würde mich am liebsten aufhängen«, sagte mir einer in seinem arroganten Moskauer Russisch.

»Dann such dir schon mal einen schönen Baum aus«, antwortete ich auf Weißrussisch. Ein Satz, der mir von Großpapa geblieben war.

Ich verkaufte mein Auto. Es war mittlerweile das vierte. (Mein letzter Unfall war ein wirtschaftlicher Totalschaden, er hatte sich ohne mein Zutun auf einem Parkplatz zugetragen, als ein besoffener ukrainischer Transporterfahrer Gas und Bremse verwechselt hatte. Zum Glück mehrfach. Auch als er gerade türmen wollte.) Ich verzichtete auf die Zugfahrten. Wer etwas von mir wollte, mußte zu mir nach Minsk kommen. Im Falle von Tatsiana lag die Frequenz bei einmal im Vierteljahr, bei Alezja beträchtlich höher.

Um einigermaßen über die Runden zu kommen, gab ich das Studium auf und suchte Arbeit bei einer Zeitung. Ich hatte Glück und kam als Kulturredakteur unter. Das gesamte Ressort war kurz zuvor unter dem Druck der Regierung entlassen worden, angeblich hatte es eine nationalistische Politik verfolgt. Die Handlung des Stücks, das dann gespielt wurde, war hinlänglich bekannt: zuerst wurden die Statisten entlassen, dann die Schauspieler mitsamt dem Regisseur, alle Rollen wurden neubesetzt, und am Ende hatte im Theater keiner was zu lachen, am wenigsten die Zuschauer, für die das Ganze ja auch nicht inszeniert wurde.

Ich schrieb über Ballettaufführungen, die so harmlos waren, daß sie schon in den 50er Jahren des vorletzten Jahrhunderts zum Gähnen eingeladen hätten. Ich schrieb über Konzerte, klassisch, über Konzerte, Rock/Pop, über Harmonika- und Balalaika-Gruppen.

Der neue Ressortleiter hieß Bublik. Er war ein Duzfreund des Herrn Präsidenten. Ein kleiner, fetter, schwitzender Mittvierziger mit Hasenscharte. Seine Stimme klang schmierig, knödelig, als wäre ihm irgendwann etwas in der Kehle stekkengeblieben, und die Laute bildeten sich nun drumherum. Er beanspruchte die Kontrolle über jeden Vorgang, ließ uns regelmäßig vor- und antanzen, wenn etwas in den Artikeln nicht stimmte. Bei mir stimmte es häufig nicht. Und ich war wohl auch zu selten in den Redaktionsräumen anwesend.

Als ich sein Büro betrat, rief er:

»Ja, Scheißdreck!«

Er deutete auf das an seinem linken Handgelenk befestigte Blutdruckgerät, und erläuterte:

»Diese Scheißdreckshitze, diese verreckte Scheißdreckshitze bringt mich noch um. Hier, den ganzen Vormittag schon. Ach, jetzt –«

Den linken Zeigefinger zur Obacht hebend, drückte er einen leise piependen Knopf mit dem Zeigefinger der Rechten. Er hielt einen Moment inne, die Zahlen, die er schwarz auf grün vor sich sah, wiederholte er, sie sprudelten nur so aus seinem Mund.

»Ach, 180 zu 110, das geht ja, geht ja, das ist nicht so schlecht, nicht so schlecht, vorher war ich schon mal bei 160 zu 100, aber dann auch wieder bei 190, bei über 200. Bei dieser Hitze und dieser«, er wies um sich, »Scheißdreckshektik, Scheißdreckshektik.«

Er riß das Gerät abrupt von seinem Handgelenk und legte es in eine Hartplastikkassette. Bei jeder noch so kleinen Bewegung, die von den Leibeswölbungen des Redakteurs auf seinen Schreibtisch und von dort auf die Kassette überging, plusterte sich die Manschette des Geräts von selbst auf, mit einem leise stampfenden Geräusch, dem ein freches Blöken folgte. Es klang nach einem Teddybären, der soeben aus dem Schlaf der Jahrzehnte gerüttelt worden war.

Ich begann, mit seinem Locher zu spielen, testete vorsichtig dessen Durchschlagskraft an meinem Daumennagel.

»Sehen Sie, es geht um die neue Kulturleitlinie. Es geht um die Entwicklung, Bildung und Mehrung der sittlichen Grundlagen des Volksgeschmacks.«

Aus dem Augenwinkel sah ich, daß Bublik ablas. Er hatte einen Stapel Blätter vor sich hingelegt, auf die ich nun selbst einen Blick werfen wollte. Er ließ mich gewähren.

»Wir müssen den Menschen etwas Positives geben. Gerade jetzt, vor den Wahlen. Etwas, das sie mit Freude erfüllt. Mit Hoffnung. Sowas in der Art. Ja, Hoffnung, schreiben Sie, schreiben Sie mir etwas mit Hoffnung. Das kann ich sehen.«

Ich besah mir den Mechanismus des Lochers genauer. Von Zeit zu Zeit nickte ich. Ich wollte nicht unhöflich erscheinen.

»Oder auch etwas Heiteres. Aus dem Alltag. Das können Sie, das kann ich sehen. Glossen. Warum Frauen nicht einparken können. Und Männer nie zuhören. Hahaha, das ist gut, was?«

Bublik hörte abrupt auf zu lachen. Testweise hatte ich einige seiner Unterlagen gelocht. Er starrte auf die Papiere in meinen Händen. Ich starrte zurück.

»Was denn eigentlich für eine neue Kulturleitlinie?« fragte ich. Behutsam legte ich die Papiere zurück auf den Schreibtisch.

»Na, Sie sind gut. Lesen Sie die eigene Zeitung nicht?«
Ich schwieg.

»In Zeiten, in denen der Westen unser Land mit seinem Warenkonsumismus vergewaltigt, brauchen wir eine Ideologie. Wie ein Schild soll sie sein. Nein, eher wie das Immunsystem. Um den Körper unseres Landes rein zu halten. Und gesund.«

»Ach so, das meinen Sie. Glückliche Arbeiter, Industriegeschichten. Sozialistischer Realismus. Klar, da hab ich noch was rumliegen. Ich ändere einfach das Datum.«

Er zog laut Luft durch die Nase ein, sah mich mit spitzem Mund an.

»Ich weiß nicht genau, ob wir uns eben recht verstanden habcn?!«

»Einwandfrei prima. Bis wann brauchen Sie das? Zehn Minuten? Viertelstunde?«

Unter seinem prüfenden Blick, unter der Hasenscharte, die sich merklich nach links neigte, deuteten seine beiden geöffneten Hände plötzlich eine erst einwärts, dann auswärts gehende Scheibenwischerbewegung an.

»Aha. Da habe ich doch noch Termine. Und wir zwei waren ja auch fertig miteinander?!«

Er griff zum Telefonhörer, versohlte mit einer Hand noch eben dessen Sprechmuschel, nölte:

»Meinethalben schreiben Sie etwas aus der Industrie, nur optimistisch muß es sein. Heiter. Denn – ja –«, nun den rechten Zeigefinger zur Obacht hebend: »… ja, jahaaa, Bublik, Staraja Gasjeta, mein lieber Herr Professor, ja, jahaaa, danke, ja –«, und ich war nicht mehr gemeint, obwohl er dem ein: »Hallo? Hallo? Scheißdreck!« hinterherschickte, und: »Schon wieder getrennt, was machen die zur Zeit mit den Scheißdrecksleitungen?«

Ich lenkte meinen Schritt bereits zur Tür, als Bublik noch einmal meinen Namen rief. Ich drehte mich zu ihm um, sein Blick ging durch mich hindurch zum entfernten Ende der Stadt und dem Gebäude der (Scheißdrecks-)Telefongesellschaft. Nach dutzendfachem Drücken der Wiederwahltaste an der japanischen Telefonanlage rief er:

»Das kann ich sehen: Schreiben Sie etwas Heiteres, Optimistisches. Echte, unverfälschte Kultur braucht keine Tragödien!« Er knallte den Hörer auf die Gabel. Etwas atmete tief auf, dann blökte es. Laut und vernehmlich.

Auf den Straßen verflüssigte sich der Asphalt, der Staub in der Luft war zum Greifen dicht. Wenn es regnete, legte sich eine Schwimmbadschwüle über die Stadt. Wir lebten wie unter Verpackungsfolie. Die alten Frauen, die vor den Eingängen der Metrostationen saßen und bettelten, wuchsen am Teer fest. Zwei von ihnen waren, die hohle Hand mit kleinen Geldscheinen bedeckt, an Ort und Stelle verstorben. Ihre Gesichter waren mumifiziert, als man sie abtransportierte. Ein russischer Oligarch fühlte sich beim Verlassen einer Bank verfolgt und bedroht, seine fahrigen Leibwächter hatten ohne Vorankündigung das Feuer eröffnet. Drei Kinder, die auf dem Nachhauseweg vom Schwimmen waren, wurden durch Querschläger verletzt. Das Gericht gestand den Russen eine gewisse Nervosität angesichts dieser Temperaturen zu.

Lebensprosa ad infinitum. Nicht einmal die Dunkelheit träufelte mir ein Quentchen Schlaf ins Hirn. Ich hörte Palestrina, hörte Orlando di Lasso. In der Treibhaushitze dieser Frühsommernächte lag ich, in Alezjas und meinen Schweiß gebadet. Ich stand stündlich auf, um zu trinken, Wodka, Wasser, je nachdem, was ich zuvor eingekauft hatte, oder zu duschen. Dreimal jede Nacht. Die Hitze brütete. Ich brütete.

Es war auf dem Weg zu einem Interviewtermin. Ein von den Sowjets mit Orden behängter Dichter, Auschwitz-Überlebender, feierte seinen 95. Geburtstag. Ich passierte einen Platz, der als einer der Treffpunkte der »alternativen Szene« galt: Punks, Gruftis, Schwule und Lesben. Sie saßen in einem großen Rund unter dem Schatten, den die stadtkranken Bäume spendeten, spielten Tabla und Gitarre. Ich erkannte Musik von Krambambulya und einen Song von N.R.M.: »Try Czarapachi - Drei Schildkröten«. Uniformierte standen im Hintergrund, die Polizeimützen in den Nacken geschoben, sie schwatzten, rauchten, mir schien, sie sangen mit den anderen. Vom Gras ging ein Geruch nach Lagerfeuer aus.

Mein Kopf begann zu schmerzen.

Der Jubilar war in eine Wolke beißenden Qualms gehüllt. Wenn er das Wort Kettenraucher nur höre, sei die ganze Erinnerung wieder da. Vor dem Abtransport, erzählte er, hätten ihnen die Nazis das Rauchen verboten. Kaum hatte Kurotschkin das Lager befreit, erbat sich der Dichter eine Zigarette, inhalierte so tief, daß er dachte, er werde auf der Stelle umfallen. Gut so!, denn Rauchen, polterte er, sei Freiheit, Selbstbestimmung, Rechtssicherheit, jeder militante Nichtraucher in seinen Augen ein dreckiger Faschist.

Rechtssicherheit, notierte ich und unterstrich das Wort. Zweimal.

Auf dem Rückweg folgte ich einem Impuls, der mich auf die dem Platz gegenüberliegende Straßenseite zwang. Schon von weitem hörte ich die Sprechchöre: Belarus, Belarus. Es waren weibliche Stimmen. Dazu ein rhythmisches Geräusch. Als ich in Sichtweite kam, sah ich, daß es das Trommeln von Schlagstöcken auf Polizeischilden war. Ich blieb stehen, mit mir fünf oder sechs Passanten, einen Moment kehrte vollkommene Stille ein. Dann brach das Tosen los. Die Spezialtruppen der Miliz rasten ohne vorheriges Kommando in die Menge, eine weiß-rot-weiße Fahne sank in die Tiefe. Die Jugendlichen wichen nach allen Seiten aus, um den Schlägen der Uniformierten zu entgehen, da erst bemerkten sie, daß sie von Zivileinheiten eingekesselt waren. Die zielten vornehmlich auf die Schienbeine, traten die am Boden Liegenden in den Unterleib, zerschlugen Gitarren und Tablas auf dem Pflaster. Vereinzelt waren noch immer Stimmen zu hören, die Belarus, Belarus skandierten.

»Warum rufen sie das, warum?« fragte ein alter Mann neben mir, der auf seinen Spazierstock gestützt stand. Zwei Uniformierte spurteten zwischen den dahinrasenden Autos über den Boulevard auf uns zu, herrschten uns an, weiterzugehen. Mechanisch setzte ich mich in Bewegung, drehte mich noch einmal um, als ich das Geräusch aufjaulender schwerer Motoren hörte. Schwarzblaue Transporter waren vorgefahren, nahmen mir den Blick auf das Geschehen.

»Ausweis! Ausweis!« brüllte einer der Uniformierten den alten Mann an, der seinen Spazierstock abwehrend erhoben hatte. Als die Lastautos davonjagten, fegten bereits Zivile die Holzsplitter zusammen und schwemmten den Platz.

Das Wort Rechtssicherheit strich ich aus meinen Aufzeichnungen.

Wenn Alezja befahl, folgte ich. Ich war ein gutes Hündchen. Auch wenn es zwischen uns schon längst nicht mehr um die Erpressung ging. Beide hatten wir aufgehört, nach einem anderen Weg zu suchen. Oder nach einem anderen Menschen. Keiner wollte oder konnte dem anderen das Remis anbieten. Wir suchten, wir schlugen den in Feuchte erstarrten, klebrigen Leib des anderen.

Tatsiana hatte endlich ihr Studium aufgenommen. Onkel Janka war gestorben, das Wetter hatte dem Neunzigjährigen den Garaus gemacht. Tanja und Marya hatte er zu Erbinnen erklärt. (Lesja tobte.) Viel sei es nicht, sagte mir Tanja am Telefon, aber ausreichend. Ich konnte meine Zahlungen an die beiden einstellen. Sie hatten mich zuletzt einen Gutteil meines Gehalts gekostet.

Im Juni hatte der Präsident wieder einmal eine Wahl gewonnen. Natürlich hatte er das. Dafür sorgten schon die Pensionisten, die die Hitzewelle überlebten. Wahrscheinlich hätte er es auch ohne Fälschungen geschafft, aber er war sowjetische Ergebnisse gewöhnt. Und sechzig Prozent schienen ihm nach wie vor eine Splittergruppen-Mehrheit.

Immer mehr Oppositionelle verschwanden. Dann gingen auch ehemalige Weggefährten des Herrn Präsidenten in die Sommerfrische, um nie wieder zurückzukehren. Es schien, als wollte er sich und seine Vergangenheit neu schreiben. Als nächstes wäre dann die Vergangenheit unseres Staates dran.

Auf dem Oktoberplatz war die obligatorische Menge zusammengekommen, um gegen das Procedere der Wahl zu demonstrieren, beobachtet und flankiert von den obligatorischen Polizisten und Geheimdienstlern und wenigen, säuerlich dreinblickenden Kameraleuten ausländischer Fernsehstationen, die von Mailand oder Madrid träumten, aber mit Minsk hatten vorlieb nehmen müssen. Ohne ihre Ausrüstung erkannte man sie daran, daß sie nicht gegen Hauswände pinkelten.

Es sei eine regelrechte Zeltstadt, hatte mir ein Kollege verschwörerisch zwischen zwei Schluck Kaffee in der Redaktion zugeflüstert. Davon konnte nicht die Rede sein. Was ich sah, erinnerte mehr an das traurig gelichtete Haupthaar des führenden Oppositionellen. Wo der Kreis der Demonstranten am dichtesten stand, fand ich Stanislau. Sein Blondschopf überragte die Menge.

»Du traust dich, hierherzukommen? Hast du keine Angst, daß dich jemand aus der Redaktion sehen könnte?«

»Sowieso nur eine Frage der Zeit, bis mich Bublik rauswirft. Aber schön, daß wenigstens du an meine Karrierefähigkeit glaubst.«

»Du weißt, daß ich an dich glaube, früher oder später –«

»Ja, die Wette«, sagte ich und wischte mir den Schweiß von der Stirn, »ich hab schon mal leichtfertig oder leichtgläubig so eine Wette verloren, Stas. Solange ihr euren freien Markt anbetet, werde ich nicht den Weihrauch dazu schwingen. Wenn man's schon im Guten zu nichts bringt, soll man im Schlechten nicht alles verpatzen.«

»Schreib das unserem Herrn Präsidenten.«

»Was macht die Promotion, Stas?«

»Sag bloß, das weißt du noch nicht? Hat dir Tanja nichts gesagt?«

Ich stutzte. Tanja? Weshalb sollte mir Tanja etwas über Stas erzählen? Das letzte Mal, als die beiden zusammengekommen waren, hatte sie gerade aufgehört, mit ihren Puppen Sprechstunde zu spielen. Ich sah, wie Stanislaus Hände zitterten, er versuchte, sich mit einem Feuerzeug eine Zigarette anzuzünden (er war endlich von Belamorkanal abgekommen, halleluja!), aber er schlug nur kleine Funken aus dem Zündstein, schüttelte es, schlug Funken, er gab auf und sah mich mit einem sehr belämmerten Gesichtsausdruck an, die trockene Kippe zwischen den Lippen.

»Ich bin raus. Sie haben mich relegiert.«

»Das hab ich nicht gewußt. Ehrlich, Stas, tut mir leid.«

»Schon in Ordnung«, sagte er. Er hatte von einem der Umstehenden Streichholzbriefchen bekommen, mehr als er hätte tragen können.

»Schon in Ordnung. Oder magst du darüber schreiben?

Darüber, daß schon wieder Gesinnungswissenschaft in diesem Land betrieben wird?«

»Ach komm, Gesinnungswissenschaft betreiben sie im Westen doch auch.«

»Aber da halten sie sich an gewisse Prinzipien.«

»Die sie vorher selbst aufgestellt haben. Wie einen Meilenstein, einen für alle Zeiten und Landstriche gültigen Weg zum politischen Heil. Die machen sich ja nicht einmal Gedanken über ihre Vorurteile.«

»Dann schreib doch darüber, was gestern hier auf dem Oktoberplatz passiert ist.«

»Was ist denn passiert?«

Das sei doch in aller Munde gewesen, ereiferte sich Stas: Alte Frauen waren herbeigeströmt und hatten Suppen und böse wie gute Worte gebracht, die einen, um damit aufzustacheln, die anderen, um Mut zu machen, Mut zum Durchhalten. Aber als es Abend wurde, begannen immer mehr Demonstranten sich zu übergeben. In der Nacht kamen die Koliken dazu, einer nach dem anderen besudelte sich die Hose. Die meisten wurden vom Notarzt, einige von der Polizei mitgenommen. Bis zum Morgen blieben nur die übrig, die auf Omas gute Suppe verzichtet hatten.

»Vor den Kameras sieht das jetzt natürlich nach Resignation aus. Eine Handvoll Spalter, die noch nicht einmal durchhalten, wenn das Volk ihnen zu Hilfe kommt. So oder so kann man eine Demonstration auflösen und einen Platz räumen, Wasja. So oder so.«

Ich bat um eine Zigarette, inhalierte meine Sprachlosigkeit, hustete, dachte an die Budapester Revolutionswitwen. Wir lebten in erbärmlichen Zeiten!

»Und? Hast du uns auch etwas zu essen mitgebracht, Wasja? Na dann: Mahlzeit.«

Wenige Tage später krachten Linienmaschinen in die Schalt-
zentralen der amerikanischen Macht. Als wir in der Redaktion
davon erfuhren, war die Nachricht schon mehrere Stunden alt.
Jemand sprach davon, daß die Amerikaner jetzt wieder einen
Krieg beginnen würden, und alle zuckten mit den Schultern.

»Wir sollten das aber wirklich bringen«, sagte der Jemand
und erntete einen bösen Blick des Chefredakteurs.

Wir brachten es. Tage später. Ein Einspalter auf Seite 14.
Unter Vermischtes.

Katzendämmerung

2004 erhielt Tatsiana einen Studienplatz in Minsk. Statt dem üblichen Zimmer in einer Kommunalka, mit dem sie sich bereits arrangiert hatte, fand sie eine eigene Wohnung. Ihre Vermieterin war eine alte Frau, die zu ihrem Sohn gezogen war, mit dem Mietzins wollte sie die winzige Pension aufbessern. Ich sah der überraschenden räumlichen Nähe mit einer Gleichgültigkeit entgegen, die mich selbst verwunderte, stellte mir vor, wie Tanja eines Tages mit einer Flasche Schampanskaje vor der Tür stünde, und Lesja nackt dahinter. Ich ließ das Bild lange Zeit einwirken, wie Salz in einer Wunde. Nichts. Kein Brennen, keine Schmerzen. Nichts.

Und doch hatten wir unmittelbar nach ihrem Einzug Sex. Abschiedssex, wie sich herausstellen sollte. Zehnmal Schwarzlackiertes verkrallte sich in die Küchengardine.

»Da wäre etwas, worüber wir reden sollten, Wasja.«

»Nächstens, ja? Komm erstmal an.«

»Gut, dann komme ich eben erstmal an.«

So half ich Tanja beim Sicheinleben in die neue Stadt. Mjensk. Minsk.

Marya war nun wirklich aus dem Gröbsten heraus. Sie hatte ihre älteste Schwester regelrecht dazu gedrängt, endlich einmal an sich zu denken. Manja verzichtete auf die Reifeprüfung, sie besuchte eine Berufsschule, nahm in Kauf, daß sie weiterhin die Wohnung mit Lesja teilen mußte. Als Tanja mit ihren Umzugskartons das Städtchen verließ, knirschte die Mittlere mit den Zähnen, das Mausen der Bananen werde sie der Kleinen schon noch austreiben, und dann bat sie Tanja, sie ab und an in Minsk besuchen zu dürfen. Was sie auch tat. Meist nachdem sie zuvor bei mir gewesen war.

Die neue Kulturleitlinie hatte mir schon zweimal nicht gutgetan. Eine dritte Zeitung wollte es erst gar nicht mit mir versuchen. Der Rest von Vaters Erbe, so hatte ich ausgerechnet, würde für anderthalb Jahre reichen, wenn ich keine Arbeit fände.

Ich fand keine Arbeit. Ich nahm das Studium nicht wieder auf.

Stanislau begann damit, die Präsidentschaftswahlen vorzubereiten. Zwei Jahre vor der Zeit. Wir sahen uns selten, alle paar Monate. Er war zu einem wichtigen Mann in der Opposition geworden. Was auch immer das bedeuten mochte in einem Land, in dem es auf den ersten Blick überhaupt keine Opposition zu geben schien.

An der Planung und Vorfinanzierung eines in Polen beheimateten belarussischen Senders hatte er sich beteiligt, eines »freien Senders«, wie er nicht müde wurde zu betonen. Eines Senders, den wir in Belarus schon aus technischen Gründen gar nicht empfangen würden. Und wenn er dann sein Programm nur auf Weißrussisch ausstrahlte, wäre die ganze Aktion ohnehin nur »for show«. Für hunderteinundfünfzig Exilanten, die in Polen oder Litauen untergekrochen waren. Oder aber für den Westen, um ein Lebenszeichen aus dem Nebel zu senden, wie ich nicht müde wurde zu betonen.

Immerhin sahen das einige Regierungsleute anders. Beinahe monatlich wurde Stanislau in Polizeigewahrsam genommen.

»Ich kenne Ecken von Minsk, von denen du nicht einmal weißt, daß sie existieren«, sagte er und rieb sich die rotgeäderten Augen. Er war wieder auf Belamorkanal umgestiegen.

Als der Frühling da war, schlug Stanislau vor, wieder mal etwas zu unternehmen, nur wir zwei, am Polentümpel nach dem rechten (und dem linken) zu sehen. Ich war wenig begeistert, selbst als er darauf bestand, die Zugkarten für uns beide zu bezahlen. Seit über zwei Jahren war ich nicht mehr in unserem Städtchen gewesen, wieder mied ich unser Haus wie den Hort einer ansteckenden Hirnkrankheit. Aber weil Stanislau darauf bestand, schließlich habe er mir etwas zu berichten (oder sagte er »beichten«?) – ich nahm an, es handelte sich um finanzielle Unterstützung für seinen Sender aus ultrakonservativen westlichen Kreisen, »beichten« wäre dann das rechte Wort gewesen –, und weil ich wußte, daß Tanja und Lesja das ganze Wochenende in Minsk waren, sagte ich zu.

»Eine Ruderpartie«, lachte er, als er mein Gesicht und ich das abgewrackte Bötchen sah, das seine Familie in der Garage aufbewahrte.

Eine Ruderpartie. Auf dem Polentümpel. Fünfzig mal fünfzig Meter. Das verhieß nichts Gutes. Vermutlich war es noch schlimmer, was da in Sachen Radio zu beichten war.

Trampelpfade über abgeböschten Feldrain in die Gartengrundstücke meiner Kindheit. Marya war müßig, drückte sich um das Haus herum. Sie hatten Großpapas Elektroschrott entsorgt, für mein Erbe wäre es jetzt zu spät gewesen (mehr als einen Moment dachte ich darüber nach, wie mein Leben ohne dieses Erbe wohl verlaufen wäre). Sie schien meinem Jugendfreund nicht über den Weg zu trauen. Dabei war es Stanislau, der sie schließlich dazu aufforderte, mit uns zu kommen. Marya verschwand ins Haus, um sich umzuziehen.

»Ist dir doch recht, oder?«

Ich wußte nicht, ob es mir recht war. Ich hatte Manja seit Jahren nicht gesehen, sie nie wirklich beachtet. Sie schien mir noch immer ein schmales, weiches Mädchen mit ihren sechzehn Jahren. Ich wäre nie darauf gekommen, daß sie nicht zu klein für so etwas wäre, sie war ja gerade erst zwei Jahre alt. Sie war immer nur zwei Jahre alt. Basta.

Obwohl es winzig war, hatten wir Mühe, das Boot an den Tümpel zu tragen. Marya ging neben uns her. Sie brach eine Moosbeerenrispe, zielte mit den winzigen unreifen Früchten ins Grün. Bienen, Wespen, Fliegen fuhren auf und warfen sich zürnend zurück in den Holunder. Stille über den Feldern. Erhabene Stille. Wahnwitzige Stille. Völlig idiotische Stille für den Städter, der ich geworden war.

»Rudern!« schimpfte ich, schweißstarrend, als wir endlich angekommen waren und uns von der Last befreiten, »früher wollten wir hier in die Tiefe tauchen, jetzt gehen wir rudern. Was ist bloß aus uns geworden, Stas?!«

»Sei froh, wenn wir nicht tauchen müssen. Ganz geheuer ist mir das Boot nicht, wenn ich ehrlich sein soll.«

Es leckte zum Glück nur aus drei kleineren Löchern, die ich mit Proviantverpackungen verspundete. Was wirklich leckte, war die Unterhaltung auf engstem Raum. Ich beschränkte mich darauf, den beiden zuzuhören. Stanislau, der die meiste Zeit am Ruder saß, sprach mit Marya über die Schule, über die Schwestern, über das Leben an der Westgrenze unseres Landes, dort, wo es seit kurzem an die Europäische Union stieß. Ich bemerkte, daß er inzwischen viel Übung darin hatte, solche Gespräche zu führen. Politikergespräche. Die in Erfahrung zu bringen suchten, was das Volk denn so dachte. Die Jugend. Die Pensionisten, die Arbeiter, die Frauen, der Mittelstand, die Intelligenzija, die Züchter von Luxushamstern, die Liste ist beliebig erweiterbar. Stanislau war ganz Volksvertreter geworden, der sein Ohr überall hatte, aber alles, was in die Tiefe ging, überhören würde. Ich strengte mich an, nicht mehr angestrengt zuzuhören. Sonst hätte ich kotzen müssen.

Und dann, als ich hinsah statt hinzuhören, entdeckte ich, wie sein Auge für Momente schmerzvoll auf Marya ruhte, auf ihren Händen, und dabei mochte er an Jadwiha denken. Heute wäre sie nur ein paar Jahre älter als Manja. Und vielleicht ebenso schön.

Marya. Von mir unbemerkt war sie herangewachsen und hatte diese Phase der Jugend erreicht, in der sie ganz heiliger Ernst und missionarischer (oder zumindest reformatorischer) Eifer ist, das für gut und recht Erkannte durchzusetzen und es aufs äußerste zu verteidigen; mehr noch: diese Phase, in der die Jugend ganz Glaube ist, den Verworfenen und seine verworfene Welt reinigen und retten, ja, an sich aufrichten zu können. Vielleicht war sie gerade auf der Suche nach solch einem Verworfenen. Und sie sah um sich (meist hinauf, bei ihrer Größe), immer auf der Suche nach etwas, das sie ganz und gar gutheißen könnte. Du sollst etwas gutheißen können. Ihr elftes Gebot.

Nach der x-ten Kreisvermessung begann die Ruderpartie nun wirklich zu langweilen. Ich registrierte mit klammheimlicher Freude, wie ein Gewitter von Polen heranzog. Unter denselben Flüchen wie auf dem Hinweg trug ich meine Last zurück. Marya hatte uns schon am Tümpel verlassen, sie wollte nach Hause, Essen vorbereiten. Ich sagte, ich käme bei Stanislau unter, aber der winkte ab, geh nur, bedeutete mir sein Blick, hier ist die Jugend, da kann man noch etwas gutmachen, hier ist Rhodos, hier springe.

Ich dachte nicht daran, heute noch irgendetwas zu tun, geschweige denn zu springen. Aber dann kam der überfallartige Regen, ein Krieg zwischen Himmel und Erde. Wie im Himmel. So auf Erden. Von oben waren wir durch das Boot geschützt, doch der Sturm trug die Feuchtigkeit von allen Seiten an uns heran, pudelnaß enterten wir die Garage von Stas' Eltern, vor Erschöpfung lachten wir, bis ich Seitenstechen und Stanislau einen Hustenanfall bekam.

»Wir reden ein andermal, ja?«

»At your command! Du wolltest reden, nicht ich.«

Stanislau drückte mir stumm die Hand. Er drehte sie so, daß meine oben auflag. Ein Zeichen der Unterwerfung, dachte ich, oder der Abbitte. Stand es so schlimm um den Sender, waren es etwa Mafiagelder?

»Waldfee!« rief ich, als ich die Haustür öffnete, »ich bin klitschnaß, ich geh erstmal duschen, hab eigentlich auch keinen Hunger, ich – «

Manja kam mit zwei Tellern in der Hand auf den Flur. Sie hatte sich eine Küchenschürze umgebunden. Ich sah, daß sie ziemlich wenig darunter trug. Einen Moment blieb ich wie ein Trottel auf der Türschwelle stehen.

»Kochst du immer im Bikini?« fragte ich.

Marya blickte an sich herab, die Augenbrauen vor Irritation zusammengezogen, dann sah sie wieder zu mir her.

»Duschst du immer im Hemd?«

»Nein«, sagte ich und bemühte mich, ein Lächeln aufzusetzen, »nein, nur wenn meine kleine Tante in der Nähe ist.«

»Willst du wirklich nichts essen?«

»Wirklich nicht. Danke.«

Ich brauchte lange im Badezimmer. Dann legte ich mich aufs Sofa, verdöste den Tag. Als es Abend wurde, trat ich auf die Veranda. Es hatte aufgeklart. Diese nimmermüden Frühlingsnächte. Mit Regenbogenhorizont. Ein schwarzer Rachen, der sich auftut und gierig immer mehr Rot verschlingt. Bis nur ein letzter, fast leerer Streifen Violett verbleibt. Violett. Dann Blau. Dann Finsternis. Finsternis über Hrodna, Finsternis über dem Westen.

Ich setzte mich. Im übervollen Aschenbecher begann ich nach Kippen zu suchen, die Tanja, nicht Lesja gehört hatten, also so gut wie keine Lippenstiftspuren trugen. Ganz unten wurde ich fündig. Ich dachte an den Abend vor zehn Jahren, als wir uns wiedergefunden hatten. Plötzlich war es da, das Bedürfnis zu laufen, mit langen harten Schritten auf meinen Ballen. Ich wollte mich für meine Schwäche bestrafen, aber mir fiel nichts Passendes, nichts Unpathetisches ein. Ich hatte alles verdorben, nicht nur einmal, sondern wieder und wieder und wieder, immer, wenn ich mit Lesja geschlafen hatte. Es ließ sich nichts mehr daran ändern. Die Gefühle waren aufgebraucht, sie würden nicht mehr wiederkommen. Vielleicht hätten Tanja und ich noch eine Chance auf Wandlung, aber nicht mehr auf Neubeginn. Dabei ersehnte alles in mir so sehr einen Neubeginn.

Es war nicht mehr hell, war noch nicht dunkel. Der westliche Himmel hatte sich über dem Horizont tiefblau gefärbt, in der Höhe war er grau geworden. Marya trat aus der Tür, sah in die Ferne, und dehnte sich behaglich.

»Katzendämmerung«, sagte sie.

»Katzendämmerung?«

»Die Stunde nach Sonnenuntergang. Wenn es Sommer wird. Die Kater kommen heraus, sitzen rum und warten auf ihre große Zeit.«

»Wenn die Mäuse kommen?«

»Wenn die Katzen kommen.«

»Die Katzen. Natürlich.«

Ich erwartete einen Kommentar wie: »Was hat man euch eigentlich an der Uni beigebracht?« Aber der kam nicht. Denn das hier war Marya. Nicht Tatsiana. Nicht Alezja. Marya war nicht ironisch. Oder noch nicht. Oder noch nicht oft.

»Wasja«, sagte sie unvermittelt, »entspann dich, streng dich einfach nicht so an, ok?«

»Was meinst du?«

»Ich meine: ich freue mich, wenn du da bist. Ich mag dich nämlich, falls du das noch nicht weißt. Aber du mußt meinetwegen nichts Besonderes tun oder so. Das erwartest du die ganze Zeit nur von dir selbst. Ich kann mich ganz gut allein beschäftigen.«

»Ich muß also nicht Väterchen Frost spielen?«

»Und du mußt mir auch kein Geschenk mehr machen, in dem nichts drin ist.«

Ich senkte meinen Blick, ein Lächeln drängte herauf.

»Ich hatte befürchtet, daß es nicht funktioniert hat.«

»Nein, nein, funktioniert hat es, und wie es funktioniert hat.«

Marya geriet ins Stottern.

»Also je nachdem, was du eigentlich damit beabsichtigt hast. Es war jedenfalls total süß, daß du dich so um mich bemüht hast. Keiner hat sich damals so um mich bemüht.«

Ich räusperte mich.

»Ja, Tanja schon, aber das war was anderes. Kein Fremder.«

Ich nickte.

»Aber jetzt bin ich groß. Du mußt dich nicht bemühen. Mach dir einfach keinen Streß. Ok?«

»Ok.«

Marya gab mir einen Nasenstüber, bevor sie ins Haus ging. Mir. Ihrem dreißigjährigen Neffen. Marya. Die Nierenkosterin.

Als es mir eine halbe Stunde später doch zu kalt wurde und mein Magen zu knurren begann, fand ich sie in der Küche über ein Buch gebeugt.

»Was liest du?« fragte ich, während ich mich über den Kühlschrank hermachte.

»Sie kommen! Die Hufe der Nacht,
die Pferde des großen Schlafs kommen heran
unter ihren Mähnen aus Dunkelheit
Und immerdar fließen die Ströme
Tief wie die Flutgezeiten des Schlafs fließen die Ströme
Wir rufen –«
»Sie kommen«

fiel ich in ihren Sprechrhythmus ein,

»meine großen dunklen Pferde kommen!
Mit dem sachten und rauschenden Innern ihrer Hufe
Die Pferde des Schlafs galoppieren,
galoppieren über das Land.«

Sie blickte mich an. Ich hatte mir Wurst, Butter und Brot genommen, aß gierig.

»Du kannst das auswendig, Wasja?«

»Ich hab Thomas Wolfe auf dem Internat gelesen. Er hat mir das Leben gerettet. Er und Blok und Rimbaud –«

Marya wippte mit Kopf und Körper im Takt eines unhörbaren Rhythmus', aufgeregt, erregt, als sie den Faden weiterspann:

»– und Sologub, und Brjussow, und Balmont. Nur Claudel mag ich nicht.«

»Ich auch nicht. Ist mir zuviel –«

»Kackruß, katholischer?«

Ich lachte. Diese Worte von diesen Lippen! Ich lachte und verschluckte mich an einem Wurstbrocken. Woher hatte sie nur diese Worte?

Als ich mich endlich beruhigt hatte, erzählte sie mir, was ihr die Bücher bedeuteten, wie sie ihr Halt gaben in diesen Jahren. Sie konnte gar nicht mehr ablassen, an mich auszuteilen, was sie an Überfülle besaß, was sie vor Neugierde auf das Lesen, auf das Leben überlaufen ließ. Ich erschrak über ihre Formulierungen. Ebensogut hätten sie von mir sein können, von mir, als ich in ihrem Alter war. Es war mehr als nur eine Reminiszenz an das Internat. Das war nicht das fremde Kind, das anzutreffen ich erwartet hatte. Marya war nicht fremd. Und nicht Kind.

Dann hielt sie abrupt inne und stand auf.

»Banane?« fragte sie. Sie stellte eine ganze Schale voller Südfrüchte vor mir auf den Tisch und nahm wieder Platz.

»Die gehören Lesja, oder?«

»Na und?«

Marya hatte eine Banane geschält, biß ab, fuhr sich mit der Zunge über die Zähne. Mir fielen an ihrer Kehle rechts und links der Mitte zwei deutlich ausgeprägte Muttermale auf, die einander gegenüberlagen, sich belauerten. Jedes Mal, wenn sie schluckte, hoben und senkten sie sich.

»Hast du etwa Angst vor ihr, Wasja?«

»Du nicht?«

»Vor ›Ali‹?«

Marya lachte.

»Die mich, bevor sie ausgeht, ungefähr neunzehnmal fragt, ob die Farben zusammenpassen, ob schwarzer Lippenstift ihr ebenso gut steht wie Tanja, ob ihr Rock kurz genug ist? Vor der soll ich Angst haben?«

Du siehst nicht, wie sie wirklich ist, dachte ich, du siehst, was du sehen möchtest. Sie ist wie die Baba Jaga. Sie blendet dich. Und sie wird dich so gut wie mich fressen.

Manja hatte wohl auch von mir ein Lachen erwartet. Ich schwieg. Sie begann mich zu fokussieren. Eine mimische

Handlung. Ein Etwas, das ich auch von Vater und mir kenne, das in der Familie Verbreitung gefunden hat. Ich weiß nicht, ob es von unserer latenten Kurzsichtigkeit herrührt, die aber niemals dazu geführt hat, daß irgendjemand eine Brille benutzte, man übte immer nur diese kleine mimische Handlung: in Momenten höchster Konzentration, Momenten des Auf-dem-Sprung-Seins, spitzen wir förmlich die Augen, verengen sie zu schmalen Schlitzen, öffnen sie und verengen sie wieder, die Pupillen werden groß, der Blick bekommt etwas Raubtierhaftes. Bei Marya wurde es dadurch abgemildert, daß der Schnitt ihres linken Auges ein wenig nach unten, der des rechten nach oben gezogen war. Ein mildes Raubtier. Kein wildes.

»Weißt du, was das mit ›Ali‹ eigentlich soll?« fragte ich nach einer Pause. Sie zuckte mit den Schultern.

»Wahrscheinlich wollte sie so schlank sein wie Ally McBeal. Und so taff.«

»Ally McBeal?«

»Oh Gott, wie alt bist du, Wasja? 100?«

»150, um genauer zu sein. Ich bin die Wiedergeburt von Arthur Rimbaud.«

Manja prustete los:

»Wahnsinn. Ich möchte mit dir schlafen.«

Ich schluckte.

»Das möchtest du nicht, Manja.«

Ich schluckte.

»Glaub mir, das möchtest du nicht.«

Es war eine schlaflose Nacht, die ich verbrachte. Wie fast alle Nächte, die ich nach meiner Rückkehr aus Ungarn in diesem Haus verbracht hatte. Ich wünschte mir ein Buch herbei, um sie durchwachen zu können, aber ich hatte nichts mitgenommen, nicht einmal eine Zahnbürste. Und was sich ansonsten an Literatur in diesem Haus befand, war in Maryas Schlafzimmer.

Ich wußte, daß Lesja im Laufe des Tages aufkreuzen würde, mußte vermeiden, ihr zu begegnen, und so schlug ich Manja vor, einen Spaziergang zu machen. Ich sollte Stanislau erst nachmittags auf dem Bahnhof in Hrodna treffen.

Marya lenkte unseren Weg zu den Familiengräbern. Wahrscheinlich ist das ein menschheitlicher Urinstinkt: Familienmitglieder suchen zusammen ihre Ahnen auf, daran führt kein Weg vorbei. Das Grab meiner Eltern war wild überwachsen, Marya begann, hier und da Unkraut und Efeu zu zupfen, aber sie sah nach wenigen Handgriffen ein, daß das nicht genügen würde. Umso mehr überraschte mich Großmamas Doppelgrab, auf das jemand sehr viel Pflege verwandt hatte. Wahrscheinlich war es Marya. Wahrscheinlich war es noch immer das schlechte Gewissen gegen die Mamuschka. Marya, die Nierenkosterin.

»Schön«, sagte ich, »schönschön. Für Großpapa vielleicht ein bißchen viele Blümchen, außer roten Nelken hat er das Gewächs nicht ausstehen können. Aber es wird ihn nicht sehr stören, er ist ja gar nicht mehr da.«

Marya fokussierte mich. Ihre Augen bekamen einen fiebrigen Glanz. Als ich ihr sagen wollte, daß ich lediglich einen Scherz gemacht hatte, zog sie mich an den Armen weiter, aus dem Friedhofstor hinaus, dem Schlittenhügel zu. Sie hatte unseren Schritt so sehr beschleunigt, daß von Spazierengehen nicht mehr die Rede sein konnte.

»Brrrr, meine jungen dunklen Pferde«, feixte ich, »wo willst du denn hin, Manja?«

Sie ging noch einige Schritte weiter, dann stellte sie sich mit verschränkten Armen hin. Sie fröstelte. Die rechte Hand rieb beständig den linken Oberarm.

»Ich weiß auch, daß er nicht da ist.«

»Wer?«

»Der Rote Stepan. Dein Großpapa.«

»Weil?«

»Weil er mir ein paarmal begegnet ist.«

»Wo?«

»Hier.«

Ich versuchte, so beiläufig wie möglich zu klingen.

»Und wie war er, Manja?«

»Nüchtern.«

»Dann war er es nicht.«

»Nein, ich meine: sehr sachlich. Er hat mir einfach nur Ratschläge gegeben.«

»Zum Beispiel? Wie man einen Elektromotor repariert?«

»Nein. Wie man es aushält, einsam zu sein.«

»Aber du warst doch nicht allein. Tanja war doch immer da.«

»Ich habe ›einsam‹ gesagt, nicht ›allein‹.«

»Und dann hat ausgerechnet *er* dir geraten, symbolistische Dichter zu lesen?«

Marya hielt in ihrem Warmreiben inne. Sie nahm ihren Schritt wieder auf, weiter in Richtung Schlittenhügel.

»Nur weil ich erst 16 bin, heißt das nicht, daß ich dämlich bin, ok?«

Ich holte sie ein, legte ihr den Arm um die Schulter.

»Ok, Manja. Ich hab's nicht so gemeint. Ich versuche nur herauszufinden, ob das wirklich Großpapa gewesen sein kann. Wann, sagst du, hat das begonnen?«

»Mit Mamuschkas Tod.«

Mit Großmamas Tod. Hatte ich den Alten gar nicht in Budapest gelassen, sondern hierher mitgebracht, hier zu ihr? Oder hatte sich einfach nur meine Beklopptheit auf dieses Kind übertragen?

»Ich weiß, das klingt dämlich«, sagte Marya, sie hatte sich bei mir untergehakt. Ich wiegelte ab.

»Doch, das klingt dämlich, deshalb hab ich auch niemandem davon erzählt. Aber es war einfach so – normal, verstehst du? Ich meine: er war da, er hat mit mir gesprochen, so wie du mit mir sprichst.«

»Hat er dich dabei angesehen?«

»Nein. Angesehen hat er mich nie.«

»Mich auch nicht.«

Wir hatten die Hügelkuppe erreicht. Ich wußte, ich müßte Marya nichts erklären. Wir standen und sahen in die Weite, noch immer Arm in Arm. Es war dieselbe Blickrichtung, in der ich ihn das erste Mal gesehen hatte. Dann spürte ich, wie Maryas Augen plötzlich auf mir ruhten.

»Warum willst du mit der Schule aufhören, Manja?«

»Weil ich nicht gut bin.«

»Wie kommt's? Ich meine: du bist klug – «

(Beinahe hätte ich hinzugefügt: »… und schön!«)

»Bin ich das?«

»Komm schon, das weißt du.«

Marya schwieg. Sie wurde unsicher und unruhig, drängte aus meinem Arm.

»Ich hab mich gelangweilt. Ich hab während des Unterrichts Gedichte gelesen. Meine Lehrer haben mir gesagt, ich sei faul oder dämlich oder beides. Meine Klassenkameraden haben es auch gesagt, und sie haben es mich spüren lassen.«

»Und Tanja?«

»Meine Entscheidung. Sie respektiert sie.«

Wir nahmen den Weg wieder auf.

»Verpasse ich etwas, wenn ich nicht auf die Uni gehe?«

»Ich weiß nicht. Vielleicht. Wenn man so studiert wie Stanislau: Ja. Wenn man so studiert wie ich: Nein.«

»Wie hast du denn studiert?«

»Gar nicht. In Minsk hab ich gar nicht mehr studiert. In Budapest schon.«

»Erzähl mir davon.«

»Von der Uni?«

»Von Budapest.«

Ich erzählte Marya von Gábor und seinen Joints, die er in ominösen Plastikbeuteln aufbewahrte, auf denen unter dem Hoheitszeichen der Freibeuter »ABC-Probe« stand (des Frischhalte- wie Abschreckeffekts wegen); erzählte von meiner den Marktgesetzen angepaßten Wohnung, von Großpapas Besuchen, von meinen Träumen, per Zeppelin eine riesige Betonplatte zu transportieren und sie, wenn der internationale Kapitalismus mal wieder eine Zusammenkunft dort abhielte, über dem »Vierjahreszeiten« abzukoppeln. Ich erzählte vom Jánoshegy und von Turul, dem Adler des Stammesgottes Isten, wie er mit kräftigem Flügelschlag die Reiterscharen der Ungarn westwärts trieb, immer westwärts, die großen dunklen Pferde. Dann schwieg ich abrupt.

»Das klingt schön.«

»Schön ja, toll nein.«

Wieder fokussierte sie mich, stellte ihre Trennschärfe ein.

»Ja«, sagte ich, um die Irritation nicht noch mehr zu steigern, »es ist eine schöne Stadt. Aber wer mag schon Städte, die schöner sind als man selbst?«

»Nimmst du mich mit, wenn du das nächste Mal hinfährst?«

»Ich glaube nicht, daß das geht.«

»Warum nicht?«

»Ich hab kein Geld mehr. Und Ungarn ist jetzt in der EU. Allein die Visa würden ein Vermögen kosten. Ob legal oder illegal.«

Wir waren bei der Busstation angekommen. Ich sagte »kézicsókolom«, küßte Marya, so formvollendet, wie es mir möglich war, die Hand. Sie umarmte mich zum Abschied und flüsterte mir ins Ohr:

»Ich glaube, du würdest das hinkriegen mit den Visa. Wenn es einer hinkriegt, dann du, Wasja.«

Vor dem Wartehäuschen tauchte plötzlich eine Katze auf. Sie sah mich. Erschrak. Sie fauchte. Ich fauchte.

Ich schlich herum wie ein Kater.

Der kündende Morgenvogel

Zwei Tage vergingen, dann traf ein Brief von Marya ein. Er enthielt eine Buchbestellung, überwiegend französische Autoren. Ich mußte ihr versprechen, sie mitzubringen, wenn ich das nächste Mal nach Hause käme. Ich mußte ihr versprechen, bald, ganz bald wieder einmal nach Hause zu kommen.

Seit meiner Rückkehr aus Budapest hatte ich das Lesen fast aufgegeben. Nun suchte ich die alten Bücher hervor, begann, in ihnen zu blättern, begann, in ihnen zu lesen. Ich betrachtete die Sätze als das, was sie waren: Sätze, die Marya in Bälde lesen würde. Sätze, die uns über räumliche und zeitliche Distanz miteinander verbanden. Sätze, die einen Bund zwischen uns schlossen.

Ich betrank mich.

Dann schrieb ich zurück. Es war ein kurzer Brief.

Treppab, treppab, treppab, schrieb ich. *Unten sind sie damit beschäftigt, den massigen Körper anzuwuchten. Zu dritt. Rasou, der Fleischer, faßt unter den Schultern an. Vater und Onkel Janka greifen nach je einem Bein. Es riecht nach Aprikosenschnaps. »Jetzt!« heißt das Kommando, und alle heben an.*

Ich schob ein Buch in den Umschlag. Dann würde Marya nicht darauf warten müssen, bis ich nach Hause käme. Ich wußte nicht wann, ich wußte nicht, ob ich überhaupt noch einmal nach Hause kommen würde.

Wenige Tage später folgte ihr zweiter Brief. Sie teilte mir ihre Leseeindrücke mit. Und bat mich, mehr von Großpapa zu erzählen. Von Großmama. Von Vater. Von mir. Und von Budapest. Sie richtete mir Grüße aus. Zuerst dachte ich: Grüße von Großpapa. Aber dann las ich: von Ali.

Um Himmelswillen, Manja, schrieb ich zurück, *sag Lesja nicht, daß und wie wir uns getroffen haben, sag ihr nicht, daß wir uns schreiben, sag ihr keine Grüße von mir zurück. Und lern Thomas Wolfe auswendig, daß ich ihn dir abhören kann, wenn wir uns das nächste Mal sehen.*

Das beigelegte Buch war so dick, daß es schon auf dem Weg zur Post aus dem Umschlag ausbrach.

Ich bin doch nicht so dämlich, schrieb Marya, *und erzähle meiner dämlichen Schwester von irgendetwas, das mir wirklich wichtig wäre. Das war ein Scherz, Wasja. Im übrigen träume ich von Budapest, fast jede Nacht. Die Stadt sieht immer aus wie der feuchte Traum eines Denkmalpflegers. Und du bist an meiner Seite.*

Es grenzte an Verzweiflung, daß ich mich ausgerechnet jetzt und ausgerechnet in Marya zu verlieben begann. Doch aus jedem Brief, den sie mir, den ich ihr schrieb, aus jedem Satz, den ich ihr aus der Internatsordnung oder Großpapas Florilegium zitierte, aus jedem Vers, über den wir uns einig geworden waren, daß er besser nicht geschrieben und nicht gelesen hätte werden sollen, oder wenn, dann gleich millionenfach –: aus jedem Wort glaubte ich das Knacken von Kettengliedern herauszuhören.

Ich stellte mir eine wie auch immer geartete platonische Zuneigung vor. Ich würde daran leiden, gerade daran, aber es wäre ein anderes Leiden. Das rechte für jetzt. Es wäre ein Leiden, das nach Buße oder Aschermittwoch schmeckte. Etwas in mir sehnte sich nach Aschermittwoch und Reinheit. Meine Lebensressourcen bestanden jahrelang nur aus meiner Zähigkeit, und darin, daß ich mich habe aufsparen wollen für ein wärmeres, unverbrauchteres Leben und ein wahreres, unverfälschteres Gefühl. Ich wähnte mich von Marya merkwürdig erkannt, erkannte sie auf merkwürdige Weise, erkannte mich in ihr und ihren Worten auf merkwürdige Weise, eine ins Unendliche gespiegelte Merkwürdigkeit. Ich wollte mich aussöhnen, versöhnen, mit einem Gegenüber, das aushalten würde, was ich aushalten mußte, und ich fand dies, merkwürdigerweise, bei Marya, bei der Nierenkosterin, nicht bei den Gefährtinnen meiner Jugend. Vielleicht weil wir einander zu nah waren, Alezja und Tanja und ich. Im gleichen Sumpf geboren, im gleichen Sumpf aufgewachsen. Und so wenig wie möglich aneinander aufgerichtet.

Erst war es ein Versuch, Wasja, dann ein Wagnis, dann ein Energiesprung. Und jetzt ist es nur noch die Frage: Wie konnte ich dich so lange nicht finden? Warum nur hat mir das Väterchen nie geraten, mich an dich zu halten?

Ich betrank mich. Ich hörte mit dem Trinken auf. Alle Figuren noch einmal auf Grundstellung, dachte ich, nochmal neu mit dem Spiel beginnen, und diesmal nicht dieselben Fehler begehen.

Zwischen Stanislau und mir waren Frauen nie ein Thema. Umso mehr war ich von mir selbst überrascht, als mich die Überfülle dieser Tage drängte, ihn aufzusuchen, ihm davon zu berichten. Zu berichten, daß ich in eine Beziehung mit einer 16jährigen schlidderte. Natürlich ohne einen Namen zu nennen. Keinen Vornamen, keinen Vatersnamen, keinen Familiennamen. Und daß ich kaum daran dachte, dies Schliddern noch abzubremsen.

Während ich erzählte, hielt Stanislau die Finger wie zum Gebet gefaltet, die Zeigefinger abgespreizt, aneinander gelegt, vor den Mund gelegt.

»Soll ich dazu jetzt etwas sagen, Wasja?«

»Sag was dazu.«

»Sie könnte deine Tochter sein!«

»*Könnte*, richtig. Ich *könnte* auch schon tot sein. Keiner weiß das besser als du.«

»Und was erwartest du von so einer Beziehung?«

»Daß sie mir Wasser in Wein wandelt. Mindestens.«

»Wein! Den brauchst du gar nicht mehr. Was du sagst, klingt so dermaßen besoffen.«

Wasser in Wein. Das war es wohl tatsächlich, was wir voneinander erwarteten. Die eine wollte mich retten, die andere wollte mich haben, weil mich ihre Schwester hatte, und die dritte, die wollte einen Helden, einen Ritter aus mir machen. Die göttliche Choreographie sah lauter komische Elemente für mein Leben vor, und erst ich habe versucht, dem ein wenig Würde und Tragik abzugewinnen.

Nur einen Tag später sprach mir Tanja auf die Mailbox: Daß wir dringend miteinander sprechen müßten, jetzt, es sei nicht aufzuschieben. Es klang nach Schlußmachen. Nach etwas Endgültigem.

Ich war bereit.

Wir trafen uns in einem Lokal im Regierungsviertel. Ich hätte sie kaum wiedererkannt, sie hatte sich das Haar aschblond gefärbt und zu einem strengen Medizinerinnen-Zopf gebunden, es kontrastierte scharf mit ihren schwarzen Fingernägeln. Aber es sah nicht billig aus. An ihr sah nie etwas billig aus.

Sie trank Wein, das erste Glas schüttete sie förmlich in sich hinein. Ich beschloß, ihr zu helfen, die Geschichte loszuwerden.

»Also: du möchtest mir sagen, daß es das war zwischen uns. Daß in der Beziehung ohnehin nichts mehr geht, daß du dein Leben endlich in ruhigere und geordnete Bahnen bringen möchtest, aber daß du mich nicht verlieren möchtest, daß wir durch soviel durchgegangen sind, gemeinsam, daß wir versuchen sollten, wieder das zu werden, was wir sind: Tante und Neffe. Und daß es auch für mich das Beste wäre, du siehst doch, wie ich an dem Zustand leide, aber nicht in der Lage bin, etwas dagegen zu unternehmen –«

»Du? Du leidest, Wasja?«

Ich trank von meinem Wein, Tatsiana fuhr sich über die Stirn, deutete ein Lächeln an.

»Tut mir leid, das war unnötig.«

»Kenne ich ihn wenigstens?«

»Ja.«

»Wirklich? Wer ist es?«

»Stas.«

Die Nachricht kam wie ein Schuß im Dunkeln. Ich war ein ahnungsloser und fassungsloser Trottel, jahrelang mit nichts anderem beschäftigt als damit, mir Alezja mit dem Leib vom Leib zu halten. Uns Alezja von der Seele zu halten. Um dieser Beziehung willen. Und dann fängt Tanja etwas mit meinem besten und ältesten Freund an.

Er aber verleugnete ihn und sprach. Nicht wieder diese Worte!

Ich kämpfte gegen die Sätze, die er mir ins Internat mitgegeben hatte. Ich kämpfte damit, das Glas auszutrinken und es Tanja nicht ins Gesicht zu schütten. Ich hätte sie töten können in diesem Moment.

»Wie lange geht das schon?«

»Wir wollten es dir sagen. Längst schon. Ich war total sauer, daß er es bei der Bootsfahrt nicht hinbekommen hat. Er hat dann ja sogar Manja eingeladen, um einen Vorwand zu haben, mit dir nicht sprechen zu müssen.«

»Wie lange geht das schon?«

»Was soll das, Wasja? Was bringt es dir, wenn du das weißt?«

»So lange schon?«

»Zwei Jahre.«

»Zwei Jahre???«

»Wir haben nicht miteinander geschlafen.«

»Das tut mir leid. Für dich.«

Ich bestellte eine Karaffe Wodka. Dazu nur ein Glas.

»Ich habe ihm nichts erzählt von uns.«

»Ach ja? Und weshalb macht er dann ein Drama daraus, als müßte er bei mir um deine Hand anhalten?«

»Weil es auch so ist.«

»Das Drama?«

»Das Handanhalten.«

Tatsiana bat ums Wort, ohne Unterbrechung, sprudelte, daß es wohl niemanden sonst gebe, der so gut wie Stanislau ermessen könne, welche Bedeutung unsere Beziehung für uns beide habe. Ohne daß er etwas von ihrem sexuellen Charakter wisse. Er habe, sie habe, man habe mich nicht verletzen wollen. Er habe, sie habe, man habe mir nicht den Eindruck geben wollen, daß sie mich beide jetzt im Stich ließen. Wo es ohnehin nicht so recht voran wolle mit meinem Leben. Auch als Paar seien sie beide für mich da. An unserem Kontakt würde sich nichts Eigentliches ändern. Es sei denn, ich wünschte es. Aber da wir erwachsen waren, vernünftige Menschen …

»Ach komm, Tanja, erspar's mir einfach, Appelle an meine

Vernunft hatten wir doch schon. Ich geh ins Internat, wir müssen nicht diskutieren.«

»Wasja: Ich hab das seit Jahren mitgemacht, aber das geht nicht mehr. So geht das nicht mehr. Das macht alles kaputt.«

Sie stand abrupt auf, legte einige Geldscheine auf den Tisch und warf mir einen undeutbaren Blick zu, bevor sie das Lokal verließ. Ich staunte über den Abgang. Es wäre eigentlich meiner gewesen. Klaut sie mir jetzt also auch noch meine Szenen. Nicht nur den Freund.

Ich trank allein weiter. Wunderte mich über mich selbst. Ich war eifersüchtig. Aber nicht auf Stas. Sondern auf Tanja. Wenn ich an Marya dachte und daran, was mir bevorstehen würde, falls Alezja irgendwann einmal Wind von der Sache bekäme, wurde mir plötzlich klar, daß es wichtiger war, den Freund nicht an die Tante zu verlieren.

Um halb zwölf entfernte man mich aus dem Laden. Ich nahm ein Taxi, fuhr zu Stas, klingelte seine Vermieterin aus dem Bett, die mit der Polizei drohte, wenn ich nicht sofort abziehen würde. Ich machte es mir im Treppenhaus bequem, sah aber nach einer halben Stunde ein, daß es keinen Sinn hatte. Stanislau würde nicht rauskommen, um sich mit mir zu prügeln.

Auf der Schwelle der Haustür, die Tag und Nacht offenstand für Herumtreiber, wilde Katzen und Hunde, sah ich, daß mir Tanja eine SMS geschickt hatte.

stas ist noch in polen. laß ihn in ruhe. wenn du streiten willst, komm zu mir sobald du wieder nüchtern bist. liebe, trotz allem: t.

Das Taxi war weg. Die letzte Metro auch. Ich hatte jede Menge Zeit, um auf dem Weg nach Hause nüchtern zu werden.

Der Tag hatte seine Unschuld verloren. Eine Ente querte, laut quakend, den Luftraum über uns. Zum wiederholten Male. Kein Gewässer weit und breit. Ich fragte mich, in welche geheimen Unternehmungen das Biest verwickelt war. Wenigstens war es kein wilder Schwan.

Marya schmiegte ihren Kopf in die Kuhle zwischen meiner rechten Schulter und meiner Brust. Das Gitter der Parkbank drückte gegen meinen Rücken. Egal. Ich würde meine, unsere Position nicht verändern, um keinen Preis. Ich inhalierte den Duft ihres Haars. Es roch nach frischem Teer, Pfeffer, Damaszenerrosen. Ich fragte mich, wie sie es geschafft hatte, den spätsommerlichen Staub und die Minsker Abgase von ihm fernzuhalten.

Es war ein Donnerstag. Sie hätte in der Schule sein müssen, aber sie hatte darauf gedrängt, nach Minsk zu kommen. Alles in mir hatte darauf gedrängt, dem nachzugeben, auch wenn ich ihr am Telefon gesagt hatte:

»Geh in die Schule. Vergiß es.«

»Holst du mich vom Bahnhof ab?«

»Vergiß es, Manja.«

»Halb zwei.«

»Manja?«

»Ich komme, so oder so. Zur Not auch zu Fuß.«

»Ok. Halb zwei. Aber du kannst nicht bei mir übernachten.«

Bevor sie auflegte, hörte ich ihr Lachen in einem metallischen Echo ausklingen.

Wir fuhren vom Bahnhof aus quer durch die Stadt. Ich wußte noch immer nicht, ob es überhaupt so etwas wie eine Sehenswürdigkeiten-Tour gibt. Minsk ist keine Stadt der Sehnsucht. Marya bat mich, sie an die Orte zu bringen, die Budapest in irgendetwas ähnelten. Ich schlug die Kanalisation vor.

Wir landeten ziemlich weit im Westen, in einer städtischen Brache, verschwatzten, veralberten, verdösten den Abend.

»Was ist das eigentlich für ein seltsames Verhältnis zwischen dir und meinen Schwestern? Was treibt ihr all die Jahre?«

»Das ist eine ziemlich lange Geschichte, Manja.«

»Zu lang, um sie zu erzählen?«

»Wahrscheinlich.«

»Dann schreib sie auf. Schreib sie. Für mich.«

Wieder das oboenartige Husten an den Himmeln. Diesmal in entgegengesetzter Richtung. Und so hingen unsere Blicke, gerade in dem Moment, da ein erster Kuß fallen hätte können, unisono am Himmel, am lose zeternden Entenpostillon.

Wir fuhren zur Njamiha, stopften uns mit Bliny voll, bis uns schlecht wurde. Um uns her die Idiotie einer Pubertierenden-Selbstfindung mit Klingeltönen und MTV Russia. Was mochten sie gedacht haben? Daß da eine von ihnen mit ihrem Papa saß? Manja rollte mit den Augen, warf mir Blicke zu.

»Ich muß hier raus, das sind dieselben Idioten wie an meiner Schule«, sagte sie. Sie hakte ihre Hände in meinen Gürtel ein, zog mich vom Sitz, schob mich vor sich her, um mich schneller und effektiver wegtransportieren zu können. Vielleicht in eine Disco, dachte ich. Nein. In meine Wohnung. Ich hörte mich nicht einwilligen. Aber auch nicht Nein sagen.

Ich begann, Bücher für sie herauszusuchen. Wir lasen sie quer, stundenlang, lagen auf dem Boden vor dem Regal. Dann hakte Marya aufs neue ihre Hände in meinen Gürtel ein, diesmal von vorn. Sie versuchte, mich spielerisch vom Boden zu heben.

»Mein Gott, Wasja, was bist du schwer! Du schleppst noch immer das ganze Zeug mit dir rum, das ich dir aufgeladen habe, nicht wahr?«

»Ja. Das. Und ungefähr zwei Zentner Fett und Kohlehydrate.«

Ihre Pupillen wurden groß. Wieder war da dieser Raubtierblick.

»Was denkst du, Manja?«

»Laß mich dich jetzt befreien. Ich kann das.«

»Fast forward. Und was denkst du noch?«

»Ich denke, du denkst, daß ich jetzt gleich wieder sagen werde, daß ich mit dir schlafen möchte.«

»Möchtest du?«

»Denkst du das?«

Ich rollte mit den Augen, um ihrem Blick nicht weiter zu begegnen.

»Glaub mir, das möchtest du nicht«, sagte sie. Sie ahmte meinen tiefen Brummton nach. Begann zu grinsen.

»Hör auf zu grinsen, Manja.«

Sie grinste noch breiter.

»Und überhaupt: Sex wird überschätzt.«

Sie lachte, und die beiden Muttermale an ihrer Kehle lachten mit ihr.

»Das erste Mal ist sowieso immer Scheiße«, sagte ich. Ich zog sie näher an mich.

»Dann freue ich mich schon aufs zweite Mal, Wasja.«

Die Annäherung an Marya verlief stufenweise. Oder eher: häppchenweise, um meinem: »Ich suche deinen Mund« gerechter zu werden.

(Und wie ich ihn suchte! Und wie oft. Wie intensiv ihre Lippen nach dem schmeckten, was sie zuletzt gegessen hatte. Karottensalat. Bliny.)

Um vier Uhr hatten wir einander müde geküßt. Wir rochen nach Nacht. Marya schlief, angezogen, als müßte sie einen langen Winter überdauern, in altgeschichtlicher Begräbnisstellung (Höcker) auf meinem pastellfarbenen Schwedensofa. Sie hatte mich an den Rand gedrängt. Ich stützte mich auf den Ellenbogen, um sie besser betrachten zu können. Dann fielen auch mir die Augen zu. Ich lauschte dem Gang ihres Atems. In jedes Ausatmen duckte sich ein leiser, früher Vogelruf, mit solcher Regelmäßigkeit, daß es war, als hauchte aus Marya ein kündender Morgenvogel.

Wir sind zu jung nur

»Daß selbstgeschaffnes Grau'n mich quält,
Ist Furcht des Neulings, dem die Übung fehlt:
Wahrlich, wir sind zu jung nur.«
(Macbeth)

November verschwand im Dezember. Plötzlich war er weg.

Die zahllosen Briefe, die zwischen Marya und mir hin-
und hergingen, hatten sicherlich Neueinstellungen bei der
Post bewirkt. Ich schickte sie unter falschem Namen, damit
unsere Haushexe (von der ich allerdings seit Monaten kein
Lebenszeichen hatte) nichts erfuhr. Tarnte sie als Lehrmittel-
sammlungen. Nichts würde Lesja effektiver davon abhalten,
einen Brief, der nicht an sie bestimmt war, zu öffnen, als die
Befürchtung, daß sich darin Bildungsgüter befanden.

Doch ich mußte auch Manja gegenüber vorsichtig zu
Werke gehen. Wären sie zu ausgeklügelt, würde sie vielleicht
ahnen, daß sich hinter meinen Vorsichtsmaßnahmen noch
etwas anderes verbarg als reine Abneigung gegen Alis Neugier. Zur Erklärung dessen war ich beim Aufschreiben meiner
Geschichte für sie noch nicht gekommen.

Alle Figuren auf Grundstellung.

Ich hatte nicht vor, jemals so weit zu kommen.

In meinem Verhältnis mit Tatsiana und Stanislau war kurz
vor dem Schachmatt gleichsam ein Wunder geschehen: Wir

hatten uns auf ein Remis geeinigt. Ich glaubte verstanden zu haben, daß zwischen Liebe und der Einbildung, zu lieben, ein großer Unterschied war. Meine Einbildung bestand darin, eine Person zu lieben, die eine andere Zeit der Liebe hatte; eine Zeit, die ebenso vergangen war wie die Person, die sich selbst längst nicht mehr glich. Der Unterschied zwischen der Liebe zu einem Menschen und einer, die in Wahrheit Liebe ist zu bestimmten Stunden, zu einer bestimmten Zeit. (Und im letzten: Liebe zu uns selbst, wenn wir in diesen Stunden, in dieser Zeit, uns selbst durch den Blick der anderen wahrnehmen und lieben lernen.)

Ich liebte nicht mehr. Oder liebte nur noch die Zeit, in der ich Tanja geliebt hatte. Und ließ sie vergehen, diese Zeit.

Es war Dienstag vor Neujahr, als sie aus Brest anrief. Atemlos sprach sie davon, daß man Stanislau wegen »Beleidigung des Präsidenten« verhaftet hatte. Einer dieser Gummiparagraphen, der für Oppositionelle erlassen worden war, die zu schnell zu viel erreichten. So ziemlich auf alles anwendbar, angefangen mit offener Kritik in einem ausländischen Fernsehsender.

Stas hatte es also endlich geschafft, dachte ich. In seinen Kreisen war das so etwas wie ein Ritterschlag. Und wenn ich ehrlich war: auch für mich war es einer.

Ob wir etwas tun könnten, fragte ich Tanja, ob es ihm soweit gut gehe. Den Umständen entsprechend, sagte sie. Beim Grenzübertritt sei er in Brest von Geheimdienstleuten abgefangen und sofort verhört worden. Es gleiche einem Wunder, daß man ihn überhaupt telefonieren hatte lassen.

(Natürlich hatte er *sie* angerufen, und sie spricht auch schon wie er, dachte ich. Diese Regierung war ihr ein Jahrzehnt lang vollkommen egal gewesen. Und nun war sie über Nacht zur barbusigen Göttin der Freiheit mutiert, die das Volk zur Revolution anführte.)

Vor Donnerstag komme sie nicht zurück. Sie hatte Kontakt mit politischen Freunden dies- und jenseits der Grenze aufgenommen, wolle sehen, ob sich etwas zu Stas' Gunsten ausrichten lasse. Alle hatten zugesagt und abgewiegelt, ins Gefängnis werde er wohl nicht müssen. Oder nicht lange. Ob ich in ihrer Wohnung einen Kontrollgang machen könne? Sie wisse nicht einmal, ob sie das Licht abgestellt habe, so übereilt sei sie aufgebrochen. Ich versprach, noch am selben Tag vorbeizuschauen, ich wußte, wo sie ihren Ersatzschlüssel aufbewahrte.

»Und, Wasja …?«

»Ja?«

»Laß dich nicht von Lesja ärgern. Kann sein, daß sie gerade da ist. Ich hab sie nicht ans Telefon bekommen, sonst hätte ich sie gebeten …«

Ich knurrte leise. Wie ein aufgescheuchter Köter.

»Und, Tanja …?«

»Ja?«

»Laß dich nicht auch noch verhaften. Und sag Stas, er soll verdammt nochmal die Ohren steifhalten. Schließlich hat er jetzt die Wette gewonnen.«

Ich nahm die nächste Metro, sah in Tanjas Wohnung nach dem Licht (aus), nach dem Gas (aus), nach Ali (aus). Ich war schon auf dem Weg nach draußen, als ich das Klappern hochhackiger Stiefel hörte, das sich die Treppe herauf rasch näherte.

Lesja erschrak nicht, als sie mich sah.

»Das trifft sich, Wasja. Zu dir wollte ich auch noch.«

»Schade, Ali, ich bin gerade gar nicht zuhause.«

Lesja schlug die Tür hinter sich zu. Ich sah, daß sie ihre Fingernägel schwarz lackiert trug, auf jedem thronte ein Swarovski-Stein. Dann stellte sie ihren Reisetrolley zwischen uns in den Korridor. Es sah aus wie ein Zauberbann. Hier kommst du nicht vorbei.

»Ein niedliches Ding, die kleine Manja.«

Instinktiv richtete ich mich auf, stemmte die Arme in die Seiten.

»Was willst du?«

»Ach komm, Wasja, das hatten wir doch schon alles. Ich hab weder Zeit noch Lust, das hier in die Länge zu ziehen. Manja war blöd genug, deine Briefe auf ihrem Bett zu verteilen.«

Die Steine aller zehn Finger begannen, vor meinen Augen zu tanzen. Von rechts nach links, von oben nach unten. Niemals hätte Manja die Briefe offen herumliegen lassen, Lesja hatte in den Sachen ihrer Schwester geschnüffelt, wieder einmal.

»Außerdem kotzt sie sich seit einigen Tagen die Seele aus dem Leib. Kleine Magengeschichte. Falls sie nicht schwanger ist.«

Langsam schob ich den Trolley mit dem Fuß gegen die Wand.

»Hm, Wasja? Wie wird die Kleine wohl darauf reagieren, wenn sie erfährt, daß du ihre Schwestern gefickt hast, der Reihe nach, wie die Orgelpfeifen.«

Sie pfiff ein Glissando abwärts. Ich packte sie an der linken Schulter, wirbelte sie herum, daß sie mit dem Gesicht gegen die Korridorwand prallte. Hörte einen Knochen knacken. Mit dem linken Arm quetschte ich ihren Oberkörper gegen die Mauer, mit dem rechten griff ich in ihr Haar.

»Deine Lieblingsstellung«, preßte Lesja zwischen zwei Atemzügen hervor, »der Rock hat einen Klettverschluß, einfach nur dran ziehen.«

Ich drückte fester.

»Na mach schon«, zischte sie.

Ich drückte noch einmal zu. Der Trolley schwankte und fiel zu Boden. Du gräbst dir dein eigenes Grab, dachte ich.

Ich wußte nicht, wen von uns ich damit meinte. Ich hatte plötzlich Lust, Alezja die Haare herauszureißen, einzeln. Ihr alle Kraft zu nehmen. Dann begann ich die Aura zu spüren. Aber schon im nächsten Moment war sie wieder weg und eine merkwürdige Kühle in meinem Kopf. Ich ließ von Alezja ab, schüttelte meine Hände aus. Sie waren rot vor Anstrengung.

Lesja drehte sich allmählich von der Wand weg. Sie verzog den Mund zu einem Grinsen.

»Laß deine Finger von Manja«, sagte sie leise, »sonst stecke ich ihr alles. Und Tanja werde ich auch davon erzählen. Von der Kleinen, und von uns beiden.«

Ich ging zur Tür.

»Du hast dich schon vor langem entschieden: keine von uns. Keine von uns *dreien*. Also halt dich dran.«

Ich zog den Ersatzschlüssel aus dem Schloß, stieg langsam die Treppen hinab. Lesja rief hinter mir her.

»Ich geh noch aus. Aber vielleicht magst du später zu mir kommen. Hm, Wasja, magst du das? Kleiner Fick auf die alten Zeiten, im Schlafzimmer von Schwesterchen? Das Vorspiel haben wir ja schon erledigt. Oder stehst du jetzt auf kleine Mädchen, Wasja?«

Ich ging in den Keller, legte den Schlüssel zurück. Alles an seinen angestammten Platz. Zurück auf Grundstellung. Ich nahm die Metro zur Njamiha.

Verehrte Passagiere! Seien Sie freundlich zueinander! Bieten Sie Ihren Platz Frauen mit Kindern, Pensionisten und Helden des Zweiten Weltkriegs an!

Die Metro war voll, wie immer um diese Uhrzeit, wie immer, um jede Uhrzeit. Ich wußte nur, ich würde Marya nicht verlieren wollen. Mein Nebenmann drückte mir seinen Ellenbogen in den Nacken. Nicht verlieren wollen, was zwischen uns geschehen war. Er war mehr als einen Kopf größer als ich, nahm einen Raum ein wie einer dieser Bagatyri aus den alten Sagen, die barhäuptig ganze Tatarenheere in die Flucht schlugen und Hexen den Garaus machten. Egal, was jetzt geschah: Ich würde sie nicht verlieren wollen.

Verehrte Passagiere! Seien Sie freundlich zueinander!

Ich hatte mich nicht jahrelang von Alezja erpressen lassen, hatte die Beziehung mit Tanja nicht leichtfertig aufs Spiel gesetzt, um nun doch alles preiszugeben. Mich. Uns.

Wie wird Manja darauf reagieren, hm, Wasja? Wie reagiert jemand, der davon träumt, sich von mir durch eine mittelalterliche Stadt, in ein Schloß führen zu lassen, wie reagiert so jemand wohl, hm, Wasja?

Verehrte Passagiere! Verehrte Passagiere!

Ich hörte Gesualdo, »O vos omnes«. An der letzten Station war ein klassikliebender Mittzwanziger mit lichtem Haupthaar zugestiegen. Aus seinen Ohrstöpseln dröhnten die Tenebrae-Responsorien, die Höhen ekelhaft zerfetzt. Ich erkannte sie schon nach den ersten Tönen. Sofort war sie wieder da, meine kaum zu erklärende Angst vor kontagiöser Magie, wenn ich diese Musik höre. Vielleicht hatte Gesualdo die Melodieführung schon im Kopf, als er seine Frau, ihren Liebhaber und die kleine Tochter tötete.

Verehrte Passagiere!

243

Marya wollte mich befreien. Die wilden Schwäne. Es war wie im Märchen. Nur daß ich nicht das willenlose Brüderlein war. Und daß Schwesterlein und Brüderlein auch nicht daran gedacht hatten, die Hexe und ihr Viehzeug auf immer loszuwerden. Ein Fehler. Ein großer Fehler!

Verehrte Passagiere! Seien Sie freundlich zueinander!

Das Kind, das mit seiner Mutter zugestiegen war, sah mich mit großen Augen an. Es schüttelte den Kopf. Die Mutter sprach besänftigend auf das Kleine ein, doch unablässig schüttelte es den Kopf, sah mich an, schüttelte den Kopf, sah mich an. In diesem Moment wurde mir bewußt, daß ich töten würde. Daß ich ein Leben auslöschen würde, nicht nur einen Leib. Oder Fleisch. Fleisch, das sich in meines verkrallt hatte. Und verbissen. Nicht das allein. Sondern ein Leben. Ich würde jahrelang versuchen, es mit einem neuen Namen zu belegen, aber schließlich würde ich doch daran scheitern. Mord, würde ich sagen müssen.

Verehrte Passagiere!

Mutter und Kind stiegen aus. Und ich spürte, wie das Leben in mir zu betteln begann. Mein Leben. Es würde so lange betteln, bis ich in Kauf nähme, vor mir zwei blasse graue Quader zu sehen und in ihrer Mitte die Tag für Tag neu gezählte Menge rostiger Stäbe. Sollte es schiefgehen. Als die Gitterstäbe sich auflösten, sah ich mich selbst vor Alezja in Ketten liegen. Die Baba Jaga. Wie sie mich gehetzt hat. Wie sie mich geritten hat. Mein Fleisch. Mich hatte sie nie gemeint. Immer nur ihre Schwester. Alezja war ein Machtmensch. Ich mußte handeln wie ein Machtmensch, wenn ich sie besiegen wollte. *O vos omnes, qui transitis per viam, attendite, et videte si est dolor similis sicut dolor meus – Seht, ob es einen Schmerz gibt, dem meinen gleich.* Die Hexe sollte verschwinden. Einfach nur verschwinden. Aus meinem Leben. Aus Manjas Leben. Aus dem Leben.

Verehrte Passagiere! Seien Sie freundlich zueinander! Bieten Sie Ihren Platz Helden an!

Die Worte verschwammen. Als ich an der Njamiha ausstieg, war es vierzehn Uhr.

Ich habe Draht gekauft. Draht zum Überbrücken der Sicherung.

Und einen Pürierstab, dieselbe Marke, dasselbe Modell, das mein Tantchen dazu benutzt, um ihren Tag mit einem Bananen-Shake zu beginnen.

Es würde nicht schiefgehen. Tatsiana hatte sich oft genug beim Hausverwalter beschwert über die Sicherungen, die ohne ersichtlichen Grund heraussprangen, und die wieder einzuschrauben ihr auf Dauer zu mühselig war. Selbst der Hausverwalter würde vermuten, daß sie es war, die in einem Anfall von Unzufriedenheit mit seinen professionellen Fähigkeiten den Draht angebracht haben mußte. Schließlich konnte Tanja nicht damit rechnen, daß der Pürierstab hinüber war. Alezjas vermaledeite Sucht nach Bananen!

Weil die Metro voll war, ging ich in ein Schnellrestaurant und stopfte mich mit Bliny voll, bis mir schlecht wurde. Dann setzte ich mich zurück an meinen Tisch und machte mich daran, den Pürierstab mit meinem Taschenmesser aufzuschrauben.

Es war ein Spiel mit Draht. Von hier aus besehen, war

alles eine molekulare Winzigkeit, eine Winzigkeit, an der ich manipulierte. Nicht der Rede wert. Über kurz oder lang hätte es Alezja sogar zuhause passieren können. Wenn ich an Großpapas Reparaturarbeiten am Küchenlicht dachte!

Es begann zu regnen, zu schneien, zu regnen. Ich ging zu Fuß bis zur Station Maladzjozhnaja, den Kragen meines Hemds hochgeschlagen. Zuhause habe ich Kaffee gekocht, habe mich hingesetzt, bin wieder aufgestanden. Ich würde schnell handeln müssen, bevor Tatsiana zurückkäme. Bevor ich mir alles anders überlegte. Ich hatte zwei Tage. Bis Donnerstag. Ich würde es heute abend machen. Lesja würde die Wohnung gegen 20 Uhr verlassen und nicht vor vier Uhr morgens heimkommen. Und ich würde, kaum daß die Spielshows begonnen hätten, wieder auf der Straße sein.

Den Sekundenzeiger der Uhr vor Augen verlangsamte sich alles vor mir. Meine Hände glitten im Zeitlupentempo über mein Werkzeug. Rechts von mir: das Messer, die Zange.

Die leitenden Teile im Inneren des Pürierstabs so mit dem Einschalter zu verbinden, daß auf dem Knopf Strom fließt, ist ein Leichtes. Strom durch den Knopf durchzuleiten, ist ein Leichtes, man muß nur ein wenig mit dem Messer an seiner billigen Plastikabdeckung kratzen.

Minsk ist keine Stadt der Sehnsucht, hörte ich Marya sagen.

Nein, das ist es nicht. Es ist nicht Moskau, nicht Petersburg, nicht Lissabon, Florenz, Rom, Paris, London, Brügge, Rio & Co., dies durch und durch verblödete Behaglichkeits-Repertoire und -Reservoir von Weltschmerz-Repositorien und -Suppositorien einer erbarmenswerten Literatur. Minsk ist keine beschissene Stadt der Sehnsucht. Deshalb liegt rechts von mir: das Messer, die Zange. Und zu meiner Linken: Draht, Draht zu meiner Linken. Die Elektrokution wird wie ein bedauerlicher, wie ein bescheuerter Unfall wirken. Alezja liebt es, nach Asche zu riechen. Und ich habe ihn einmal geliebt, den Geruch von Asche an ihr, in ihrem Haar.

Um 20 Uhr verließ ich meine Wohnung.

Wie lang ein Tag sein kann.

Und wie kurz, wenn es der letzte ist.

Begleitet vom Bellen der blöden Töle aus dem vierten Stock, die ihr Herrchen am Ton der Auto-Zentralverriegelung erkennt, zog ich Tatsianas Haustür um 21:27 Uhr hinter mir zu. Auch wenn es nichts bringt. Das Türschloß schließt nicht. Das Haus steht immer offen.

Zurück in meiner Wohnung war es saukalt. Ich drehte die Heizung höher. Die Gasleitung summte. Ich öffnete den Verschluß der ersten Wodkaflasche.

Minsk *ist* eine Stadt der Sehnsucht.

Ein auf Vibration geschaltetes Handy tanzt wie verrückt auf einem Glastisch, der ganze Tisch vibriert. Niemand geht ran. Niemand scheint zuhause zu sein.

In der Nacht träumte ich von Sex mit einem seltsamen Zwitterwesen, halb Frau, halb Tier. Sie ritt mich, aber ich kam und kam nicht. Ich erwachte mit steifem Glied.

Ich lag im Bett. Der Restalkohol ließ mich wie in einer Retorte eingesperrt atmen. Mein Leben in vitro.

Ich bin nicht da, einfach nicht da.

Es war kurz vor halb neun, als ich aufstand. Vor dem Spiegel fuhr ich mir mit den Handinnenflächen über die Wangen, hinterließ rote Flecken. Auf der Hand. Im Gesicht. Ich trank einen Schluck Wodka. Gegen den Kater. »Strafschnaps« nannte ihn Gábor, den ersten Schluck am nächsten Morgen. Ich betätigte die Schnellwahl auf dem Handy.

Sie haben – zwei – Nachrichten auf Ihrer Mailbox.
Erste Nachricht. Gestern, zweiundzwanzig Uhr zwölf.
Ahoi, Wasja, bin doch schon wieder zurück. Ich kann für Stas nichts tun, die werden ihn erstmal dabehalten, wenigstens einen Monat lang. Er scheint total entspannt damit, ich bin – ich weiß gar nicht, was ich bin, ich habe Angst, ich bin genervt, ich ... Ja, und Brest ist sauteuer, noch eine Nacht hätte ich mir gar nicht leisten können. Ich melde mich morgen nochmal. Muß jetzt unbedingt schlafen. Oh Scheiße, ich seh gerade: Lesjas Röcke liegen hier rum. Hoffentlich kommt sie nicht vor morgen mittag zurück. Nacht, Wasja, Kuß.

Ich starrte auf das Display. Spürte, wie sich die Haare an meinem Arm aufrichteten. Meine Hand zitterte leise, als ich die Taste drückte, die zur nächsten Nachricht springen ließ.

Zweite Nachricht. Heute, sieben Uhr vierunddreißig.
Scheiße, Wasja. Tanja liegt im Krankenhaus. Künstliches Koma. Sie sagen, sie hat nur überlebt, weil sie Rechtshänderin ist. Sie sagen, daß das aber wahrscheinlich nichts hilft, weil ihr Gehirn kaputt ist. Ich hab sie gefunden heute morgen. Ich hab sie gefunden. Sie hat Bananen für mich püriert, Wasja.

Alezjas Stimme pausierte. Ich hörte das Schnappen eines Metallfeuerzeugs. Einatmen. Husten.

Ich weiß, daß du das warst, du Drecksau. Ich weiß nicht genau, wie du das gemacht hast, ich weiß nicht einmal, wann du es gemacht hast, aber ich weiß, daß du das warst. Und ich weiß, daß das für mich bestimmt war. Das hättest du nicht tun dürfen, Wasja. Ich geh zur Polizei, ich erzähl denen, daß du uns die ganzen Jahre mißbraucht hast, sogar die Kleine, und Tanja getötet hast, um alles zu vertuschen. Ich hol Manja, und dann geh ich –

Ich unterbrach die Nachricht, wählte die Nummer von Zuhause. Marya ging nicht ans Telefon. Ich weiß, daß sie es in den Ferien immer aussteckt. Sie steht nie vor Mittag auf.

Der erste Zug des Tages nach Hrodna würde in vierzig Minuten fahren. Wenn ich mir bei der Schaffnerin ein Billet kaufte, könnte ich es schaffen. Mein Seesack steht immer gepackt im Schrank. »Survival-Pack« hat Tanja ihn genannt. Beim Rausgehen verhedderte sich eine seiner Tragschlaufen an der Türklinke, zog die Tür vor mir zu, zog mich wieder in die Wohnung hinein. Ich warf einen letzten Blick rundum. Ich lauschte.

Leise summte die Gasleitung.

Fliegeralarm

Ein Rettungswagen raste über die Straßenkreuzung, ich enteilte in eine Unterführung, das Geheul der Sirene schwoll in dem riesigen Hallraum unaufhörlich an, vermischte sich mit seinem Echo zu einem lang anhaltenden Ton, Flieger- alarm, ohrenbetäubend laut. Ich dachte an das Beatmungs- zimmer, in dem Tanja aufgebahrt lag. An die Intubation. An die ganzen medizinischen Geräte, von denen ihr Leben abhing. Daran, daß ihr Gehirn kaputt war. Zum ersten Mal wünschte sich Alezja wohl nicht, das zu haben, was Tatsiana hatte. Hätte ich doch auf mein Handy gesehen auf der Fahrt nach Hause. Hätte ich bloß die Mailbox abgehört. Gestern abend noch.

Ich drängte vorwärts, verfluchte mich dafür, daß ich kein Auto mehr hatte.

Am Bahnsteig war von Alezja nichts zu sehen. Ich suchte den ganzen Zug nach ihr ab. Er war überfüllt, zwei Tage vor Silvester wollten sie alle nach Hause, in den Westen. Nichts. Keine Spur von ihr.

Es war der erste Zug, der heute nach Hrodna ging. Ich hatte noch immer gute Chancen, vor ihr zuhause anzukommen. Zigmal versuchte ich, von unterwegs Marya zu erreichen, aber meist befand ich mich in einem Funkloch, und wenn nicht, ging niemand ran.

Ich konzentrierte mich auf Manja. Ich ermunterte mich, daß es funktionieren würde, begann mir ein Leben mit ihr auszumalen. Wenigstens für einige Zeit. Wir gehen nach Budapest, würde ich ihr sagen. Du weißt doch: Wenn es einer hinkriegt, dann ich. Wir gehen zusammen, aber wir müssen es sofort tun, jetzt sofort, hörst du, Manja? Laß uns hingehen, wo wir herkommen.

Der Zug hatte Verspätung, in Hrodna erwischte ich den Bus ins Städtchen nicht, ich mußte in der Bahnhofshalle auf den nächsten warten. Mir gegenüber saß ein Pensionist. Er schob sich mühevoll die Vorderzahnprothese in den Mund, justierte sie, nahm sie wieder heraus, und immer so weiter. Nach einer halben Stunde setzte ich mich auf einen anderen Platz. Über mir hing eine Schmeißfliege in den Fetzen eines Spinnennetzes. Sie war umsonst gestorben, Essen sollte man nicht verderben lassen, aber hier war weit und breit keine Spinne mehr, alles erfroren, was lebendig war.

Ich lauerte auf den nächsten Zug, der aus Minsk kam, aber auch in dem saß Alezja nicht.

Das Wetter schlug um, es begann zu schneien, im Bus saßen wir wie erstarrt. An der Station angekommen, schlang ich den knielangen Wintermantel enger um meinen Leib, zog den Schal über die Nase, die Wollmütze in die Stirn, daß nur ein schmaler Schlitz für meine Augen offen blieb. Die Hände barg ich in den Manteltaschen, schob den Seesack über den Kopf hinweg auf die rechte Schulter, sein Gurt führte wie eine grüne Schärpe zur Hüfte, lag über der Brust fest an und hielt die Enden des Mantels, der keine Knöpfe mehr hatte, zusammen. Einen Moment betrachtete ich mein Bild im blau schimmernden Fensterglas eines vorüberfahrenden Autos. Ich sah aus wie ein Mitglied der neuen Antiterroreinheiten. Die wenigen Gestalten im Städtchen, die mir und meinen durch den Schal ausgestoßenen Atemwolken entgegenkamen, machten einen weiten Bogen um mich.

Ich hatte keinen Schlüssel mehr für das Haus. Die Tür war abgesperrt, ich klopfte, ich rief Manja, niemand öffnete. Dann sah ich, daß sogar das Kellerfenster, durch das Großpapa und Vater ein Kabel gezogen hatten, um die ostdeutsche Gefriertruhe anzuschließen, verrammelt war. Ich konnte also nicht einmal durch den Keller einsteigen.

Im Augenwinkel nahm ich eine Bewegung hinter einem Fenster bei den Nachbarn wahr. Ich ging hinüber, pochte hart gegen die Tür. Die Milinkiewitsch lugte heraus, öffnete, aber nur einen Spaltbreit, sie behielt mich im Auge und den Türknopf in der Hand. Ich sagte, ich sei mit Marya verabredet, aber sie öffne nicht. Dann kam ihr Mann hinzu, ein alter Griesgram, brummte, ja, sie hätten die Kleine heute morgen wachgeklopft, schon vor halb acht, warum auch immer, sagten die beiden, sie hätten doch jetzt ein Telefon, aber Alezja habe darauf bestanden, daß sie es tun. Das Telefongespräch zwischen den beiden sei kurz gewesen. Ich fragte, ob Manja mit Gepäck weggegangen sei, erhielt von beiden aber nur ein Achselzucken. Man habe niemanden gesehen, niemand habe etwas gesehen, und jetzt müßten sie wieder an die Arbeit. Sie knallten mir die Tür vor der Nase zu.

Ich blieb in der Nähe des Hauses. Den ganzen Tag. Hin und wieder wählte ich die Nummer. Das Telefon mußte noch immer ausgestellt sein, sonst hätte ich seinen penetranten Dreiklang hören müssen. Dann schaltete ich die Rufnummernunterdrückung an meinem Handy ein und versuchte es in Tatsianas Wohnung. Nach dreißigmaligem Läuten unterbrach mich die Telefongesellschaft.

Schweiß. Trotz der Kälte klebte mir der Stoff am Rücken, am Gesäß, straffte sich um die Schenkel. Der Schnee ging wieder in Regen über. Spülte den Staub in die Straßen. Teer und Staub. Teerstaub. Den schwarzen Dunst.

Am späten Abend gab ich auf. Ich nahm den letzten Bus nach Hrodna, suchte mir ein Hotel. Eines, in dem ich nie zuvor mit Tanja und Lesja war. Das Risiko wäre einfach zu groß gewesen, daß mich der Portier oder eine der Etagendamen erkannt hätte.

Das Zimmer: vier mal vier Meter, hohe Wände, braunes Resopal, gehobene Unterklasse. Von der Decke baumelnd: eine Weinlaubzierat tragende weiße Lampe, die Aufhängeschnur fingerdick staubbedeckt. Auf den Tapeten Stechmückenreste, Blutkleister, gleichmäßig verteilt, ab 15 Zentimeter südlich der Decke, schwerpunktmäßig ecknah. Ein Doppelbett, klamm, drei schmale Fenster auf die Straße, schmutzigbraune Vorhänge, engmaschige Gardinen. Irgendjemand mußte hier einmal im Zimmer gefrühstückt haben. Ausgiebig. Brotkrumen zwischen Bettgestell und Boden. Ein Bad, so groß und so leer, daß es zum Tanzen einlud.

Ich stellte meinen Seesack ab, sah in den Schrank, wie ich es immer zu tun pflege, fühlte mich beobachtet, wie immer, putzte mir die Zähne mit Mineralwasser, sorgte für einen kurzen Durchzug zwischen Fenster eins und Fenster drei, und fügte eine Stechmückenspur auf der Tapete hinzu (wie hatte das Biest bis jetzt überleben können?). Ich streckte mich auf dem Bett aus, quer über das Bett, trank einen Schnaps, der das Gefühl, beobachtet zu werden, nur verstärkte. Ich dachte an Marya. An Großpapa. Trank noch einen Schnaps und sehnte das Tageslicht herbei. Ich schlief erst ein, nachdem ich die zwei Kissen und zwei Decken hinter und über mir plaziert hatte, zwischen Bett und Wand, und sicher gehen konnte, daß mir keine Spinne übers Gesicht laufen würde. Als ob das noch etwas zu sagen, als ob mein gebrochenes Verhältnis zu Kreatürlichem hier und jetzt in meinem Leben noch einer Geste bedurft hätte.

Am nächsten Morgen wollte ich den ersten Bus ins Städtchen nehmen, noch einmal versuchen, ob ich Marya erreichen könnte. Ich sah, daß ich einen Anruf auf der Mailbox hatte. Es war Manjas verweinte Stimme. Sie war in Minsk. Bei Alezja.

Meine dämliche Schwester sagt, du hättest das getan. Du hättest Tanja umbringen wollen. Und sie sagt, du hättest das meinetwegen getan. Aber das stimmt doch nicht. Weshalb hättest du das tun sollen, Wasja? Sag, daß das nicht stimmt. Geh ran und sag's mir, verdammt nochmal, Wasja.

Ich hörte die Nachricht dreimal ab. Ich konnte mir nicht vorstellen, daß sie in Tatsianas Wohnung zurückgegangen waren. Also versuchte ich, anhand der Hintergrundgeräusche zu erahnen, wo die beiden steckten. Fehlanzeige. In der Anrufliste wurde die Nummer nicht angezeigt.

Weshalb war ich nicht auf den Gedanken gekommen, ihr ein Handy zu schenken? Es ist alles ganz anders, würde ich gesagt haben, hör mich an, Manja. Wir treffen uns in der Weststadt, bei unserem Entenpostillon. Sag deiner Schwester nichts. Es ist alles ganz anders als sie behauptet. Vertrau mir. In vier Stunden kann ich da sein. Du bist der wichtigste Mensch für mich. Der einzige, Manja.

Eine Finte. Alezja hatte mich klassisch ausgespielt. Ich hielt es für einen Impuls, aber sie hatte mir absichtlich auf die Mailbox gesprochen. Sie kennt mich gut genug, um zu wissen, daß ich sofort nach Hause fahren würde, um zu Marya zu kommen. Sie mußte sie in den ersten Zug von Hrodna nach Minsk befohlen haben. Wir waren aneinander vorbeigefahren.

Ich brauchte einen neuen Plan. Und ich wußte nicht, ob Manja in ihm noch eine Rolle spielte.

Ich fuhr zurück nach Minsk, wußte, wo ich mir Pässe und Ausreisestempel verschaffen konnte. Bei mir waren noch 6 000 Dollar.

Am Fahrkartenschalter saß eine Altgediente in Uniform, ihre übergroße Brust lag auf einer Tischplatte, stützte den ganzen Körper ab. Ich verlangte zwei Billets nach Warschau für den nächsten Tag. Sicherheitshalber reservierte ich das ganze Schlafwagenabteil für mich allein. Falls ich kein Ausreisevisum auftreiben würde, könnten Manja und ich immer noch versuchen, uns in den Klappbänken zu verkriechen. Und darauf hoffen, daß es die Zöllner und Grenzer in der besoffenen Silvesternacht nicht so genau nehmen würden. Einmal in Polen würden wir es schon irgendwie schaffen, nach Ungarn zu kommen.

Wie laut Minsk über Nacht geworden war! Aus allen Läden wummerten die Bässe auf den Bürgersteig. Das Summen synthetischer Hi-Hats. Die verzweifelten Geräusche des Warenkapitalismus. Ich nahm es als Abhärtung für Budapest.

Grüppchenweise kamen mir Polizisten entgegen. Ich drückte mich in Hauseingänge. Wußte ja nicht, ob man schon nach mir suchte.

Als nächstes versuchte ich, Kontakt mit meinem alten Verbindungsmann aufzunehmen. Er war wie ich Internatszögling, kurze Zeit vor mir abgegangen. Sjarhej hatte ihn empfohlen. Er hatte mir 1991 das Visum verschafft.

Ich hatte Glück, fand ihn noch immer am selben Ort. Sogar in derselben Körperhaltung wie damals: lässig hingelümmelt auf dem Schreibtischstuhl, mit übereinandergeschlagenen Beinen, das darüberliegende wippte im Takt eines russischen Stampfrhythmus aus dem Radio. Dazu seine Stimme. Immer ein wenig zu laut. Und immer auf dem Sprung. Einer dieser Menschen, von denen man gar nicht möchte, daß sie sich Zeit für einen nehmen, weil man Angst hat, sie ihnen eigentlich zu stehlen.

Offiziell verkaufte er Krankenversicherungen für Ausländer.

»Du? Was willst *du* hier?«

»Eine Lebensversicherung.«

»Tsts. Nicht mein Metier.«

»Hast du noch deine alten Verbindungen?«

»Kommt drauf an.«

»Zwei Ausreisevisa. Und zwei Pässe.«

Ich reichte ihm einen Zettel mit den Daten.

»Puh«, machte er und zog die Mundwinkel nach unten, »wird nicht ganz billig.«

»4 000 Dollar.«

Er nickte beifällig.

»Bis wann?«

»Morgen.«

»Unmöglich.«

»5 000.«

»Ich weiß nicht, wie wir an die Stempel kommen sollen. Morgen ist Silvester.«

»Fünf – tau – send Dollar!«

»Ich schau, was ich machen kann.«

»Mein Zug geht um 18:50 Uhr.«

»Halbe Stunde vorher. Neben dem Bahnhofsgebäude sind zwei Scheißhäuser für Gleisarbeiter. Die haben die Kameras so verstellt, daß die Videoüberwachung nicht zwischen sie reicht.«

Ich nickte. Ich bekam Lust, eine Zigarette zu rauchen. Und meinen Namen auf den Oktoberplatz zu kotzen.

»Hast du mal wieder was von Sjarozha gehört?« fragte ich.

»Sag bloß, das weißt du gar nicht?«

Er drehte sich auf seinem Stuhl einmal um die eigene Achse. Dann deutete er nach oben.

»Ist hochgegangen. Vor fast zehn Jahren. Aufgefahren zu den Altvorderen. Tretmine in Bosnien, besoffen beim Räumkommando. Kennst doch den alten Witz, fragt der Frischling: ›Herr Kommandant, was machen wir, wenn wir auf eine Mine treten?‹ – ›Normale Vorgehensweise wäre, hundert Meter in die Luft zu springen und sich dann über eine möglichst große Fläche verteilen.‹«

Sein Gesicht zeigte kaum Veränderung, lediglich eine Lauerhaltung. Ich nickte. Ein Grinsen wollte ich mir nicht abringen. Als ich gehen wollte, packte er mich am Ärmel.

»Noch eins: wie alt bist du?«

»Wieso?«

»Na das Geburtsdatum. Im Paß. Auf dem Visum.«

»Dreißig. Ich bin dreißig Jahre alt.«

»Dreißig? Du siehst jünger aus. Verdammt viel jünger. Nie richtig gelebt, was?«

Ich machte meinen Mantel los und ging zur Tür.

»Wir schreiben 25«, feixte er mir hinterher, »das fällt weniger auf.«

Der Nachmittag brach an. Ich fand ein Hotel, dann ein Internetcafé. Die ungarische Telefongesellschaft hatte die Kontaktdaten ihrer Kunden online gestellt. Ich suchte nach Adresse und Nummer von Gábor. Und tatsächlich wurde ich fündig. Ich erkannte Straße und Hausnummer wieder. Entweder lebte er noch immer bei Großcousine Klára, oder er hatte sie endlich beerbt.

Es klingelte zweimal. Dann hörte ich zum ersten Mal seit zehn Jahren das Timbre seiner Stimme.

»Ich glaub's ja nicht, der Russe!«

»Ich bin Weißrusse.«

»Der Weißrusse! Ich hätte dein Organ nicht wiedererkannt. Alter, klingt dein Ungarisch scheiße!«

»Danke, deines auch.«

»Wie geht's dir? Was treibst du? Das ist keine ungarische Telefonnummer, die ich da sehe, oder?«

»Das ist ja auch keine deutsche, die ich da sehe, oder? Hast du deine kleine Deutsche nicht geheiratet?«

»Welche Deutsche?«

Wir schwiegen einen Moment.

»Ach die? Totale Pleite, ich bin nie aus Ungarn weg. Hab seit einiger Zeit einen Job. Und Kinder.«

»Gratuliere.«

»Zwei, ein Mädchen und ein Junge.«

»Tadellose Arbeit, Gábor.«

Ich ahnte es: Nirgendwo sonst sind die Lebensentwürfe, die in den Kitsch flüchten, so zahlreich wie in den Hauptstädten.

»Hör mal, ich müßte für einige Zeit in Budapest unterkriechen. Mit meiner neuen Freundin. Klärchens Haus ist doch groß genug für – gibt es eigentlich eine Frau zu den Kindern?«

»Du kommst hierher? Wann?«

»Übermorgen.«

»Übermorgen. Ach du Scheiße! Echt jetzt, Waschi, das ist ein bißchen kurzfristig. Am Neujahrstag sind wir immer bei meinen Schwiegereltern.«

»Ist ok, einen oder zwei Tage können wir ins Hotel. Gibt es noch die Spelunke, in der du gearbeitet hast?«

»Hm, weißt du, Alter, wir wollten wegfahren für ein paar Tage. Bis Dreikönig.«

»Na bestens, da stören wir euch nicht.«

Ich hörte, wie sich Gábor lautstark über die Bartstoppeln kratzte.

»Ich müßte erst meine Frau fragen.«

»Gábor, ich würde dich nicht anrufen, wenn es nicht wichtig wäre. Es ist aber wichtig. Superwichtig. Von weltbewegender

Wichtigkeit. Quasi eine Invasion von Außerirdischen in meinem Heimatland.«

Ich hörte tiefes Einatmen, er zischte etwas nach hinten, zwei Silben, einen Kindernamen, Sásá.

»Na, jetzt komm erst mal, Alter, dann sehen wir weiter.«

Ich legte auf. Mehr war nicht zu wollen. Nicht unter diesen Umständen. Nicht jetzt, nicht heute, nicht hier.

Seit gestern hatte ich nichts mehr gegessen. Ich ging in einen Bäckerladen, einen Kaffeeausschank nach westlichem Vorbild. Rechts und links eingerahmt von Sträuchern, in denen Vögel tobten. Ich kaufte zwei Bubliki, aß sie vor dem Laden. Dazu trank ich aus einem Plastikbecher schwarzen Kaffee, der nach Seife schmeckte. Die Winterschwalben hörten wie zu einer verabredeten Zeit auf zu toben. Die Stille um mich her kam so unerwartet und war so vollkommen, daß die Vorübergehenden mich mißtrauisch musterten.

Ich rief in Tanjas Wohnung an. Es klingelte durch. Dreißigmal. Schließlich wurde die Leitung unterbrochen. Ich schaltete das Handy ab, dachte daran, daß sie mich vielleicht zu orten versuchten. Mit der Metro fuhr ich zu Tatsianas Haus. Klingelte. Ich hatte nicht ernsthaft damit gerechnet, daß mir jemand öffnen würde. Ich hatte auch keine Idee, was ich tun würde, wenn Lesja und Manja auftauchten. Ich rechnete wohl nicht mehr damit. Auch nicht mehr damit, dem, was mir bevorstand, noch entkommen zu können. Ich wollte Marya wiedersehen, sie sehen, das war alles. Sie aus den Fängen von Baba Jaga zu befreien, daran verzweifelte ich.

Es wurde Abend. Um mich her quietschten die Zentralverriegelungen, der Hund bellte. Ich sah hinauf zu den Fenstern. Wären sie da, müßte jetzt das Licht angehen. Oder sie würden die Rolläden runterlassen.

Wieder ließ ich es in der Wohnung klingeln, dann probierte ich es auch zuhause. Den ganzen Tag über kein Anruf von Marya, keine Nachricht auf der Mailbox. Um 22 Uhr gab ich auf, wie lang ein Tag sein kann!, und fuhr mit der Moskauer Linie bis zur Station Oktoberplatz. An der Akademija Nawuk stiegen eine Blonde und ein Mädchen mit dunklen Haaren ein. Haaren, die aussahen, als hätte sie sie soeben frisch gewaschen. Sie standen am anderen Ende des Wagens, hielten mir den Rücken zugewandt. Ich schlich mich näher. Kurz bevor ich aussteigen mußte, drehten sie sich zu mir um.

Auf dem Weg zum Hotel verfolgte ich jede zweite Brünette wenigstens fünfzig Schritte weit.

Ich kam abgehetzt an, versuchte es mit einem letzten Anruf, bevor ich das Handy endgültig abstellen würde. Dann fielen mir Vor- und Vatersname von einer ein, bei der Alezja ein paarmal geschlafen hatte, wenn sie in Minsk war und nicht bei mir übernachten wollte, weil wir uns gestritten hatten. Oder gar keine Worte zwischen uns gefallen waren. Tamara Iwanauna. Den Namen gab es in Minsk ungefähr fünfzigtausendmal. Ich sehnte einen Nachnamen herbei, aber ich war mir sicher, daß Alezja ihn nie erwähnt hatte.

Ich schlief in den Kleidern auf dem Bett ein. Ein Traum schenkte mir den Nachnamen. Aber als ich um vier Uhr früh davon erwachte, daß sich der Reißverschluß des Pullovers in meine rechte Wange gebohrt hatte, verschwand auch der Name wieder.

Ich drehte mich auf die andere Seite und ließ ihn ziehen.

Brest. Bahnhof

Der Bahnhof Brest. Unterteilt in einen westlichen und einen östlichen Sektor, treffen auf seinen gewaltigen Gleisanlagen die westeuropäische Spurweite von 1435 mm und die osteuropäische Spurweite von 1520 mm aufeinander. Die Umspuranlagen befinden sich in riesigen Wagenhallen, in die die umzuspurenden Wagen mit Rangierlokomotiven geschoben werden. In den Gebäuden werden die Drehgestelle gelöst und die Wagenkästen angehoben. Anschließend tauscht man Gestelle und Kupplung aus, bevor die Wagen, auf neuen Drehgestellen angebracht, die Hallen Richtung Terespol in Polen wieder verlassen. Der ganze Vorgang dauert Stunden, die Reisenden können den Zug nicht mehr verlassen.

(Aus einem Reiseführer)

In meinen Träumen ist mein Alter stehengeblieben. Ich bin 25 Jahre. Darauf sollte auch mein Paß lauten. 25 Jahre. Keinen Monat jünger, keinen älter.

Ich träumte. Ein Kerl, der aussah wie ein fett gewordener Gábor, veranstaltete Windhundrennen um mein Bett und nahm pro Lauf fünftausend Dollar Grundeinsatz. Als alle Rennen beendet waren, sagte er:

»Ich geh nach oben und laß mir einen Bart wachsen.«

»Das ist bürgerlicher Scheiß, vom After rückwärts gelabert«, antwortete ich.

Ich träumte. Erwachte, vergaß den Traum. Träumte ihn

weiter. Erwachte, erinnerte mich an den Traum. Jetzt versuche ich ihn wieder zu vergessen.

Statt noch einmal zu Tatsianas Wohnung zu fahren oder zu meiner oder zu unserem Entenpostillon, verbrachte ich den Tag auf dem Oktoberplatz. Ich sah Bauarbeitern vor dem Kulturpalast zu, nahm Abschied von den froststarrenden Buchstaben auf dem Museum für die Geschichte des Großen Vaterländischen Kriegs (*Padvigu naroda zhit w wekach – Die Heldentat des Volks bestehe in Ewigkeit!*); ich schnippte eine letzte Zigarette, die ich von einem pausbäckigen Studenten geschnorrt hatte, in einen der zentral aufgestellten Blumenkübel (Nächtliche Stolperfallen für Besoffene? Oder sollten sie davon abhalten, weiterhin Namen auf das klinisch reine Pflaster zu kotzen?).

Dann ging ich zur Njamiha, setzte mich in ein Café, lauschte den Stimmen der Jeunesse d'Or. Es waren Stimmen mit unüberhörbar russischer Metropolfärbung. Oligarchentöchterchen. Oligarchenweibchen. Ein Baß dröhnte dazwischen:

»Eure Generation redet doch wirklich nur noch von Geld. Geld und Mobiltelefone. Das Telefon ist das Erbe des Kommunismus.«

Aus mir platzte ein Lachen, das nicht mehr mir zu gehören schien. Es gehorchte mir jedenfalls nicht. Von allen Tischen starrte man zu meinem herüber, und ich konnte nicht mehr aufhören zu lachen, ich lachte und lachte, stand auf, langte nach meinem Seesack, noch immer von Lachen geschüttelt, dann trat ich an den Nebentisch, legte mein Handy zwischen die Kaffeetassen, und sagte, die letzten Zuckungen in meinen Mundwinkeln verbergend, zu dem auf die Tischoberfläche starrenden Familienvater:

»Sie haben recht. Hier. Nehmen Sie, Gaspadin. Nehmen

Sie den Kommunismus aus meinen Händen. Nehmen Sie ihn entgegen.«

Es war bereits viertel vor sieben, in fünf Minuten ging mein Zug. Ich spürte, wie die Kopfschmerzen kamen. Dann hörte ich Kies knirschen, Schritte näherkommen.

»Die gute Nachricht zuerst: zwei Visa für die Ausreise.«

»Ich brauche nur noch eines.«

Er hob eine Augenbraue. Wie Vater. Ich warf einen Blick in das Dokument. Es war auf meinen richtigen Namen ausgestellt.

»Das ist die schlechte Nachricht: auf die Schnelle gibt's keine neuen Pässe. Dafür nehme ich auch nur 3 000.«

»Du lieferst mir die Hälfte. Du bekommst auch nur die Hälfte.«

Er knurrte, ich solle zur Hölle fahren. Als er das Geld in Händen hielt, wünschte er mir doch noch eine gute Reise, beehren sollte ich ihn so bald nicht wieder. Ich bestieg den Zug im allerletzten Moment. Die Schaffnerin sah böse auf mich herab. Erst als ich auf Augenhöhe war und sie mit der unschuldigsten mir zu Gebote stehenden Miene anlächelte, lächelte sie zurück.

Es sah gut aus. Wie letztes Mal auch. Das Visum wirkte tadellos. Ich konnte nur hoffen, daß sie mich noch nicht suchten. Ich nahm mir vor, genau auf die Reaktion des Zugpersonals zu achten.

Stanislau hatte recht behalten. Die Frage war nicht, ob man mich hier haben wollte. Die Frage war, wie ich hier wieder rauskäme.

Ich reichte Paß und Visum an die Zugbegleiterin weiter. Sie monierte, daß das Ausreiseformular nicht vorschriftsgemäß eingeklebt war. Ich bat um Entschuldigung und Einsicht in den Paß, ließ eine Hundertdollarnote darin verschwinden. Sie sah mich nicht mehr an, steckte die Papiere ein und ging.

Bis Baranawitschy waren es knapp zwei Stunden. Vorher würde die Miliz nicht zusteigen.

In Gedanken wählte ich die Nummern, die ich mit Marya verband, deren Rechts-Links-Oben-Unten-Bewegungen auf dem Display ich längst auswendig kannte, by heart, und in Gedanken legte ich rasch auf. Ich wußte, es würde wieder nur durchklingeln, zwei lange Minuten, bevor mir die Telefongesellschaft mit aufdringlichem Besetztzeichen verkünden würde: »Gib die Leitung endlich frei für Menschen, die hierzulande etwas erreichen wollen, zumal jemanden erreichen wollen, zumal jemanden, den sie auch erreichen können!«

Ich flirtete mit der Schaffnerin, bestellte einen Kaffee. Dann noch einen. Ich spielte mit dem Rausgeld, acht Fünfhunderter und ein Tausendrubelschein. Der Schein war kaputt, trug ein großes ausgestanztes Loch in seiner Mitte, sei nur noch achthundert wert, scherzte die Zugbegleiterin.

Ich verschüttete Kaffee.

Auf dem Tisch zeichnete ich den Bewegungsablauf der Telefonnummer in einer Lache nach. Marya. Ich suchte, meinen Bewegungsplan der nächsten Stunden zu rekapitulieren. Zu ordnen. Zu zähmen. Zu bändigen. Zu dressieren.

Bis Baranawitschy waren es anderthalb Stunden.

Dann begann ich zu schreiben. Mir fielen die Worte wieder ein, die Lieblingsworte meines ungarischen Literaturprofessors: Schreiben heiße, schreibend den eigenen Tod zu erfinden.

Ich habe Draht gekauft, schrieb ich, *Draht zum Überbrücken der Sicherung.*

Ich schrieb, trank Kaffee, schrieb und schrieb.

Hinter Baranawitschy war die Landschaft aufgerieben, von der Nacht vergewaltigt. Sonne, die über einer Schneelandschaft untergegangen war. Oder genauer: alles andere als untergegangen war. Verblichenes Schwarzblau am Horizont, in den Höhen noch immer graduelles Grau, die letzten schneefreien Grasflächen am Schienenrand noch zu erkennen, nur die Birkenwäldchen waren keine Birkenwäldchen mehr. Erst morgen würden sie ihre Farbe und Gestalt zurückerhalten.

Dann, schon ganz nah: Brest. Brest durch das Loch in der Tausendrubelnote. Die Ebene. Dahinter der Fluß. Über dem Fluß die Heldenfestung, der Himmel, der aufziehende Regen, Grauregen. Vom Licht der Stadt angestrahlt: die Schlote, die Türme, die Kirchen. Der rote Stern über dem Bahnhofsgebäude.

Und meine Angst. Angst vor den Bahnhöfen der großen Städte. Die schon immer scharf bewacht worden sind.

Brest. Die Stadt weidete sich vor meinen Augen aus, bis sie dalag wie erlegtes Wild.

Es war 23 Uhr. In einer halben Stunde würden wir in die Umspurhallen einfahren. Ob ich inzwischen auf Fahndungsfotos war? Wenn nur die Kopfschmerzen nicht wären, nicht schon wieder diese Kopfschmerzen! Die Migränetablette, die ich im Mund zerbiß, schmeckte nach Galle.

Ich ging noch einmal auf die Zugtoilette, bevor die Schaffnerin sie verschließen und nicht wieder öffnen würde, bevor wir weit genug auf polnischem Boden wären. Im Klosett verklumpten Tabakkrümel und -fäden von einem Zigarettenrest, Scheiße und zerknülltes Papier zu einer gelbbraunen Melasse. Ich versuchte, sie mit meinem Strahl zu versenken, zu sehen, was zuletzt unterging, den Widerstand hielt. Es war das Papier.

Ich beschloß, mich hinzulegen. Auch wenn es nicht wahrscheinlich war, daß ich in den Umspurhallen mehr als zehn Minuten am Stück schliefe.

Ich hörte, wie der Zug in die erste Halle einfuhr, zog die Jalousie vor dem Fenster ganz herunter. Für einen Moment erhellten grelle Funken die Nacht. Durch einen Riß, der sich über die gesamte Breite zog, drangen die Lichtfetzen ins Abteilinnere. Ein tiefes Kollern. Das Spannen einer riesenhaften Feder. Es begann bei den hinteren Waggons und setzte sich nach vorn fort.

Dann begann die Tablette zu wirken, und ich nickte ein.

Ich tauchte und tauchte und tauchte, ohne zu atmen. Ich sah eine Höhle vor mir, einen Karstgang, das Wasser wurde kälter, und ich schwamm hinein.

Sekundenschlaf.

Lichtbogen. Ein Schweißgerät.

Die Eisenbahn fährt vor und zurück, vor und zurück.

W lesu radilas jolatschka – Im Walde wuchs ein Tannenbäumchen.

Eine helle und eine dunkle Stimme, eine junge und eine alte, eine weibliche und eine männliche.

Ein Schrecken ohne Ende.

Sekundenschlaf.

Die Eisenbahn fährt vor und zurück, vor und zurück.

Der Riß in der Jalousie.

Die Glut einer Zigarette.

Ein Gesicht, das eines Toten, ganz nah an der Fensterscheibe.

Von der Tag- und Nachtgleiche menschlichen Verstandes.

Sekundenschlaf.

Wenn es einer hinkriegt, dann du, Wasja.

Der Wagen hebt sich, jault auf, fährt krachend nieder.

Brest Zentralny.

Beton und Stahl. Beton auf Stahl. Stahl auf Beton.

Sekundenschlaf.

Meine Erinnerungen springen vor und zurück, vor und zurück.

Alle Toten von Brest, alle Helden von Brest.

Brest Zentralny.

Die weibliche Ansagestimme.

Wortfetzen aus dem östlichen Bahnhof.

Herübergeweht durch den Nachtwind.

Anschluß an die Züge nach Minsk, Moskau, Almaty, Kiew.

So leicht wirst du die Baba Jaga nicht los.

Die Notbeleuchtung über der Tür springt an.

Das haben schon andere probiert.

Grünes, blaues, gelbes Flackern.

So leicht wirst du die Toten nicht los.

Sekundenschlaf.

Vor und zurück, vor und zurück.

Brest Zentralny.

Alle fahren wir zur Hölle.

Du hättest die Seele der Baba Jaga finden müssen.

Stahl auf Beton.

Du hättest die Seele der Baba Jaga töten müssen.

Sie hält sie in einer Nadel versteckt.

Die in einem Ei liegt.

Das in einer Ente ruht.

Die in einem Hasen gründelt.

Der in einer eisernen Kiste sitzt.

Vergraben unter einer Eiche.

Auf einer Insel.

Weit draußen im Meer.

Hin und her.

Hin und her.

Rööööt. Rööööööööt. Die Besoffenen bliesen eine Nacht-musik. Sie rüttelten an der Abteiltür, schmetterten sie auf, brüllten »S nowym godam! Frohes neues Jahr!«, rööööt, sie zogen weiter, von Abteil zu Abteil, rööööööt, »Frohes neues Jahr, gottverdammte Scheiße auch!«

Sie kommen, meine großen dunklen Pferde kommen!

Ich schüttelte den Schlaf ab, trat auf den Gang. Die Kopf-schmerzen gaben einen Moment Ruhe, aber ich konnte mein Gleichgewicht nicht finden. Ich stützte mich rechts und links ab, schob mich, zog mich vorwärts, vorbei an den umherir-renden Gestalten,

Mit dem sachten und rauschenden Innern ihrer Hufe kom-men sie

um endlich die Plattform zwischen den zwei Liegewagen zu erreichen,

Die Pferde des Schlafs galoppieren,
galoppieren über das Land!

Ich wollte rauchen, blickte aus der offenen Tür, und sah einem vielleicht vierzigjährigen Bahnarbeiter direkt in die Augen.
»Frohes neues Jahr«, sagte ich.
»Dir auch, Brüderchen.«
»Kann ich dir eine Zigarette abkaufen?«
»Nein.«
Er sah mich durchdringend an.
»Aber du kannst eine mit mir rauchen. Auf das frohe neue Jahr.«

Ich stellte mich auf die unterste Treppenstufe, überragte ihn so um Haupteslänge. Wir rauchten schweigend. Bei den letzten Zügen blitzte es in meinem Schädel auf. Ich drückte die Zigarette aus, klopfte Brüderchen auf die Schulter, schleppte mich zurück ins Abteil.

Ich verfiel wieder in einen grauen Schlaf.

Vor und zurück. Vor und zurück.

Das Licht ging an, die Tür rauschte auf, ein Schäferhund sprang herein, sprang auf mich zu, fletschte die Zähne, sprühte Funken aus seinen Augen, der Zöllner rief ihm etwas zu, nur die linke Hälfte seines Kopfes schien in der Abteiltür auf. Die Nase des Tiers senkte sich, zog über den Boden hinweg in die Ecken des Abteils, dann kehrte es zu seinem Herrchen zurück. Licht aus. Die Tür wurde mit einem Ruck zugezogen.

Wir hatten die Umspurhallen verlassen. Der Zug fuhr wieder. Langsam trottete er dahin. Er ruckte. Mußte sich erst an seine neue Haut gewöhnen. Mußte in sie hineinwachsen.

Ich öffnete die Jalousien ganz, sah in die Nacht hinaus. Sah Lichter. Da vorn war Terespol. War Polen. War das blaue Schild der Europäischen Union.

Es roch nach Erbsen. Mir wurde schwarz vor Augen. Ich rannte zur Toilette, um mich zu übergeben, sie war noch immer verschlossen, rannte weiter zur Plattform, wo ein Müllsack hing, spie hinein, es war kaum mehr als Galle, befreite nicht. Ich sah, wie ein Schaffner an mir vorübereilte, ich bekniete ihn geradezu, und er schloß mir widerwillig eine der Zugtoiletten auf, nicht ohne darauf hinzuweisen, daß dies gegen die Vorschrift war.

Zweimal verlor ich das Bewußtsein, zweimal schlug ich mit dem Kopf gegen die Bodenheizung, zweimal kam ich so wieder zu Bewußtsein. Mir schien es eine halbe Ewigkeit, die ich so zugebracht hatte. Der Zug war in diesem Moment zum Stehen gekommen.

Ich wankte zurück zu meinem Abteil. Die Schaffnerin sah mich schon von fern, huschte aus ihrem Coupé und paßte mich vor meiner Tür ab. Sie blickte mich besorgt an, aber sie fragte nicht, wie es mir gehe, während sie ihre beringten Fingerchen schüttelte, sondern eröffnete mir, daß es Probleme gebe mit meinem Paß. Oder mit dem Visum. Sie mußte die Wirkung an meiner Miene abgelesen haben und machte ein noch besorgteres Gesicht. Zwei Offiziere hätten nach mir gesucht, aber ich sei ja nicht im Abteil gewesen.

»Es gibt Ärger, Gaspadin, man sucht Sie. Besser, Sie gehen ihnen entgegen, ich weiß auch nicht, sie sind nach hinten, weg von den Liegewagen. Gehen Sie ihnen entgegen, sonst kommen Sie nicht über die Grenze.«

Ich dankte ihr. Schlüpfte zurück in mein Abteil, verschloß die Tür. Setzte mich. Vor meinen geschlossenen Augen war gleißendes Licht, also öffnete ich sie wieder.

Dann sah ich ihn.

Er stand neben mir am Fenster. Sah in die Nacht hinaus. Die Entzündung war noch immer nicht besser geworden, er stand gebeugt. Beide sahen wir in die Nacht hinaus. In die Nacht des stehenden Zuges.

Es war still. Nur hin und wieder drang ein Laut von einem besoffenen Gröler zu uns herüber.

»Großpapa«, sagte ich, »ich habe Angst.«

»Ja, Kleiner, das verstehe ich.«

»Sie suchen schon nach mir.«

»Davon kannst du ausgehen.«

Der Kopfschmerz zwang mir die Augen zu.

»Wo warst du die ganze Zeit?«

»Wo warst *du* denn?«

»Bei deinen Töchtern.«

»Bei meinen Töchtern, oho!«

»Bist du böse mit mir?«

»Sollte ich es sein?«

»Ich glaube, ich habe eine schlechte Partie gespielt.«

»Wir machen immer ein paar falsche Züge.«

»Es waren nicht nur ein paar falsche Züge. Ich hab das ganze Spiel verpatzt.«

»Das stimmt. Du hast gespielt wie ein Feigling. Du hast die ganze Zeit gedacht, du müßtest diese Gefühle vor der Welt verstecken. Gar nichts mußtest du. Scheiß drauf, daß es deine Tanten waren!«

Ich hörte Schritte, die sich schnell meinem Abteil näherten. Jeder Tritt ein Hammerschlag auf meinen Schädel. Im Moment, in dem ich erwartete, daß die Tür aufginge, entfernten sie sich wieder. Ich hörte ein leises Lachen. Von einem jungen Mädchen.

»Das alles wäre nicht passiert, wenn du dein Leben in die Hand genommen hättest, wenn du einmal zu dir gestanden hättest. Aber du bist schon immer vor allem abgehauen. Das war eine richtig miese Eröffnung, Kleiner.«

»Du bist nicht zufrieden mit mir, Großpapa?«

»Scheiß auf meine Zufriedenheit!«

In der Ferne knallte ein Feuerwerkskörper.

»Großpapa?«

»Ja?«

»Wie war das eigentlich mit dir und der Tscheka?«

»Sonst hast du keine Probleme?«

»Es ist mir wichtig.«

»Hast du einmal drangedacht, dir einen anderen Namen zu verdienen? Krasnyj Wasilij, der Rote Wasilij. Wie klingt das für dich?«

»Russisch.«

»Und Russisch ist nicht gut?«

»Hast du an deinen Namen gedacht, als du die Leute verraten hast?«

»Ich habe an die Sache gedacht. Wohin kämen wir, wenn wir uns unser Leben wegen ein paar dreckiger Spießbürger kaputtmachen lassen würden?! Das tun nur Dummköpfe.«

»Wie ich?«

Der Zug ruckte an, fuhr einige Meter zurück. Dann hielt er wieder.

»Ich glaube nicht mehr daran, daß meine Geschichte gut ausgehen wird, Großpapa. Mit Alezjas Tod hätte ich leben können. Aber ich weiß nicht, ob ich damit leben kann, daß ich den Menschen getötet habe, den ich all die Jahre am meisten geliebt habe.«

»Das ist alles?«

»Das ist alles.«

»Dann geh raus. Wenn du nichts mehr zu gewinnen hast: Geh raus, raus und lauf, Kleiner. Bevor sie noch weiter zurückfahren. Du hast nichts mehr zu verlieren. Und du kannst nichts besser als davonlaufen.«

Meine Hand fuhr über die Blätter, die vor mir lagen. Ich hatte mitten im Satz aufgehört zu schreiben, die Aufzeichnungen noch nicht beendet.

Wahrscheinlich hast du recht, Großpapa.

Noch einen letzten Satz. Damit werde ich meine Aufzeichnungen beenden. Aufs oberste Blatt werde ich »Für Marya« schreiben. Ihre Adresse werde ich darauf schreiben. In diesem letzten Brief werde ich mich zu erkennen geben. Ganz. Keine Lehrmittelsammlung. Nur meine Geschichte.

Dann werde ich meinen Stift beiseitelegen.

Ich werde den Zug ohne mein Gepäck verlassen. Eine eiskalte morgendliche Brise wird vom Fluß aufgestiegen sein und mir um die Kehle greifen.

Ich werde loslaufen, Großpapa, lange harte Schritte auf meinen Ballen. Ich werde laufen, auf den Fluß, auf das Licht zu.

Vor mir die Lichter von Terespol.

Hinter mir ein Ruf.

»Stoj! – Stehenbleiben!«

Da drüben ist Polen.

Der rasende Zigeuner ist noch immer schnell.

Dann noch ein Ruf.

»Stoj!«

Da drüben. Da ist Licht.

Da drüben. Da, ins Licht.

Personenliste

(Vor- und ggf. Vatersname, weißrussisch und russisch, Kosename)

Wasil Mikalajewitsch (*oder* Wasilij Nikalajewitsch, Wasja)
Tatsiana Stafanauna (*oder* Stepanawna, Tanja) –
Wasils älteste Tante
Alezja Stafanauna (*oder* Stepanawna, Lesja) –
Wasils mittlere Tante
Marya Stafanauna (*oder* Stepanawna, Manja) –
Wasils jüngste Tante
Mikola Stafanawitsch (*oder* Nikalaj Stepanawitsch, Kolja) –
Wasils Vater
Sweta – *Wasils Mutter*
István *oder* Stafan *oder* Stepan (»Der Rote István«, »Der Rote
Ungar«) – *Wasils Großvater, Vater von Mikola, Tatsiana,
Alezja und Marya*
Katalin *oder* Jekaterina (Katika, Katja) – *Wasils Großmutter,
Mutter von Mikola, Tatsiana, Alezja und Marya*
Stanislau (Stas) – *Wasils Freund*
Jadwiha – *Stanislaus Schwester*
Onkel Janka *oder* János – *Wasils Urgroßonkel, Katalins Onkel*

Auf die bis ins Detail korrekte Verwendung von Kurz- und
Kosenamen, wie sie in Weißrußland üblich ist, habe ich
zugunsten einer einfacheren Lesbarkeit für ein deutsches
Publikum verzichtet.

Zur Lautung

Die Umschrift folgt im Zweifel der belarussischen Aussprache, also Kalbasa (endbetont) statt russisch Kolbasa; ›O‹ ist daher immer betont, sonst wäre es kein ›O‹, sondern ein ›A‹. Ausnahmen hiervon sind Eigennamen russischer Herkunft wie Gorbatschow oder Tschigorin, sowie stehende Begriffe wie Kommunalka.

(Salvatorische Notiz: Für Russisten mag dies befremdlich aussehen, es hat aber für Deutsche den Vorteil, daß sie die Wörter sprechen, wie sie geschrieben werden.)

›Zh‹ entspricht weichem ›Sch‹, wie in Journal (z.B. beim Ortsnamen Uzhgarad); ›Y‹ ist russisch / belarussisch ›ы‹, ein I-Laut, bei dem die Zunge weit zurückgezogen wird.

Der Einfachheit halber unterscheide ich nicht zwischen hartem und weichem ›S‹ (außer bei Alezja, das mit wunderhübsch weichem ›Z‹ gesprochen wird).

Bei den ungarischen Wörtern entspricht ›S‹ dem deutschen ›Sch‹ (István = Ischtvaan); ›Sz‹ ist deutsch ›S‹ (Szálasi = Saalaschi); ›Gy‹ in etwa ›Dj‹ (wie in Madjare).

Ungarische Wörter werden grundsätzlich auf der ersten Silbe betont.

Herzlichen Dank ...

... für Lektorat, Korrektorat, Ideenaustausch ganz besonders an: Annette Kosakowski, Anja Kümmel, Daniela Hägele, Svetlana Schmid, meine Minsker Chasjaika, T.R., Axel Haase, Joachim Zelter, L.W. und W.G.;

... an meinen Verleger Hubert Klöpfer, an den Förderkreis deutscher Schriftsteller in Baden-Württemberg e.V. für das Arbeitsstipendium, das mir die Verfertigung des vorliegenden Buchs ermöglichte;

... an Hans Schiebelhuth für die Übersetzung aus »Tod, der stolze Bruder« von Thomas Wolfe; an Friedrich Rückert für die Rumi-Übertragung; die Textstellen aus dem Neuen Testament folgen der Zürcher Bibel, die Rimbaud-Zitate der Übersetzung von Werner Dürrson;

... an das Auswärtige Amt und das Projekt »Internationale Maßnahmen« des Verbands deutscher Schriftsteller (VS), die meine Recherchen in Minsk, Brest, Hrodna und Budapest maßgeblich unterstützt haben.

Inhalt

Tümpel, so tief, daß auf ihrem Grund Höhlen sein könnten 7

Kartoffelzucker 12

Er war der Mann 23

István hätte man mich nennen sollen 36

Drei Streichhölzer aus Teheran 47

Kapitän Nemo 52

In dubio pro Deo 62

Verlottern 68

Heimweh ist mein großväterliches Erbe 73

Der Tod kocht Erbsen und Kohl 91

Der Fliegenfänger von Budapest 104

Teppiche im Paradies 127

Siegerjustiz 142

Maryae Himmelfahrt 155

Das Ewig-Weibliche zieht uns hintan 172

Grande Opéra 187

Barfuß kann man keinen Krieg gewinnen 196

Katzendämmerung 211

Der kündende Morgenvogel 227

Wir sind zu jung nur 238

Fliegeralarm 250

Brest. Bahnhof 261

Personenliste 275

Zur Lautung 276

Herzlichen Dank 277

© 2012 Klöpfer und Meyer, Tübingen.
Alle Rechte vorbehalten.
ISBN 978-3-86351-023-7

Lektorat: Petra Wägenbaur, Tübingen.
Umschlaggestaltung: Christiane Hemmerich
Konzeption und Gestaltung, Tübingen.
Herstellung: Horst Schmid, Mössingen.
Satz: Alexander Frank, Ammerbuch.
Druck und Einband: Pustet, Regensburg.

Mehr über das Verlagsprogramm von Klöpfer & Meyer
finden Sie unter: *www.kloepfer-meyer.de*